장편소설

구봉리 사람들

구병산 자락의 전형적인 농촌마을
구봉리 사람들의 기쁨과 애환이 맺힌 시소설

류장묵 지음

작가의 말

구병산 자락 농촌의
안타까운 실상을 그리고파…

    향기 나는 엄마의 품도 좋지만 구수한 사람냄새 나는 할머니 품이 더 그리울 때도 있다.

    눈 내리는 산골 긴긴 겨울밤 문풍지가 울어대는 등잔불 밑에서 할머니가 들려주는 호랑이 이야기가 얼마나 무서웠는지 호랑이 이야기만 하면 밤에 밖에 나가지를 못했다. 그렇게 무서워도 호랑이 이야기를 계속 듣고 싶어 했다. 양손을 갈퀴손으로 "어헝!" 하고 호랑이 흉내를 내는 할머니의 이야기는 어렸을 때부터 정서적으로 충만하게 해주었다.

    추억이 있고 정서가 있는 그때 그 시절을 이야기하고 써두고 낙서해 왔었다. 근년에 들어와서 다듬어 정리를 해보았으나 진실로 쓰고 싶은 순수성은 다 깎여 나가고 겉모습만 남게 되어 아쉽다.

오늘날 농촌 젊은이들 결혼 문제가 심각하다.

농촌에 자식을 가진 부모가 자식 결혼을 시키지 못한 절박한 심정을 개탄(慨歎)하며 이기주의가 만연된 오늘의 사회상이 안타깝다.

농촌뿐만 아니라 요새 젊은이들은 결혼에 관심이 없다. 결혼을 해도 애를 갖지 않는다. 몸 망가진다는 이유, 경제적인 이유 등으로 그렇다고 한다.

결혼해서 그 집 가문의 손을 이어주지 않으면 죄악(罪惡)으로 생각하고 살아온 우리 어머니상이 사라진 지 오래이다.

문제점이 무엇이고 원인이 어디에 있는가?

법과 학문으로 해결될 일이 아니라 기성세대에 책임을 묻지 않을 수가 없다.

요즘 아이들은 책이나 동물원에서 눈으로만 보는 호랑이는 있어도 할머니 이야기 속의 호랑이는 들어본 적이 없다.

이삼십 년 전 어느 신문사설에 명절 때 조상제사 모시러 고향을 찾는 민족의 대이동을 보고 세계인들이 감탄하며 부러워한다는 내용을 본 적이 있다. 지금은 자가용이 있어도 일가친척을 찾지 않는다. 뿐만 아니라 육촌 칠촌은 아예 남 같다. 우리나라는 세계인이 부러워하는 동방예의지국으로 자처하면서 주체성을 잃고 있다. 모두 우리가 지켜야할 소명(召命)들이 잊혀지고 있다. 심각한 이기주의에 침몰되어 우리는 우리를 잊고 있다.

"요양원과 어머니"란 부분에서 영감은 영감대로 텅 빈 집에서 요양원에 간 할머니를 기약 없이 기다리고, 할머니는 할머니대로 요양원에서 가족에게 돌아가고 싶은 절박한 심정, 이런 것들이 우리 모두의 서글픈 현실이다.
   너무 가혹하고 잔인하다.
   이런 사연들을 담아 필자가 접해서 살고 있는 충북의 알프스로 불리는 구병산을 주제로 옛 농촌의 실상을 그려보았다.

2024. 3.
류장묵

여름밤 폭우와 민수 아버지

*

구봉리 사람들

침묵(沈黙)으로 위용(威容)을 지켜가는 구봉산

산새들이 지저귀는 산자락에

옹기종기 모여 앉은 정겨운 마을들

인연을 같이하며

장날이면 시끌벅적

주거니 받거니 한잔 술에 시름 잊고

아웅다웅 다투어가며

수없이 스쳐간 초로(草露) 인생들

한 오백년 살자더니

저마다 사연(事緣) 안고 묻혀진 무덤

바뀌어가는 철 따라

오늘도 씨앗 뿌리며 묵묵(黙黙)히 살아가는

구봉리 사람들

우르르 쾅! 쾅!

  칠흑 같은 밤하늘을 뚫고 방으로 뛰어드는 번갯불에 민수 아버지는 잠이 깼다. 아직 취기가 덜 갔는지 반쯤 풀린 눈으로 꼼작거리기가 싫어 그냥 자리에 널브러져 바깥 날씨에 귀를 기울이고 있다. 동굴 같은 캄캄한 방에는 번개 칠 때마다 곁에 누워있는 아내 모습이 확확 눈에 들어왔다.

  천둥번개가 잠시 멈추자 벽시계 소리가 더 선명하게 똑딱인다. 똑딱똑딱…

  어둠을 뚫고 들리는 앞 냇물소리는 천지개벽이라도 하듯 요란스럽다. 불안한 생각과 두려움에 아내 쪽으로 고개를 돌렸다.

  "여보! 자요?"

  대답이 없다. 밖에는 번갯불만 번쩍인다. 불러도 대답하지 않던 민수 엄마는 자지 않고 무언가 고민하는 모습이었다.

"비 많이 왔어?"

잠꼬대 같은 소리로 어물거리며 물었다.

"왜? 여태 안 자고! 불 좀 켜 봐요."

그래도 아무 대답이 없다. 잠시 지켜보던 민수 아버지가 왜 그러느냐고 물어도 역시 반응이 없다. 원래 저 사람은 싸우거나 화가 나면 말을 잘 하지를 않고 혼자 꾹 참고 삭이는 사람이다. 그런데 싸우지도 않았고 화가 날 일도 없는데 궁금한 생각이 들었다. 어제 읍내장에 가서 내가 술 먹고 실수를 했나? 평소에 술을 많이 먹고 와도 저렇게 대하는 일이 없었는데… 이상한 생각으로 아내 거동을 계속 지켜본다.

"불이 안 들어와요."

얼마의 시간이 흘러서 겨우 한마디 한다.

"전기가 벼락 맞았구만!"

비가 많이 오고 바람 불 때는 자주 이런 현상이 생긴다. 먹통 같은 캄캄한 방은 번개 불만 번쩍이는 공포에 침묵으로 잠겨있다.

"여보 밤도 오래 됐는데 이제 그만 자요."

"밖에 저 난리를 치는데 무슨 잠이 와요?"

아내는 그때서야 하기 싫은 말투로 내뱉는다. 어제가 읍내장날이라 모처럼 나가서 이 친구 저 친구 만나다 보니까 과음을 했는가. 그렇게 많이 먹지 않았는데 장에서 어떻게 왔는지 생각이 나지를 않는다. 한 번도 술 취해 정신을 잃어본 적이 없었는데 좀 무리하게 일을 해서 몸이 많이 망가졌나보다. 쉽사리 잠을 잘 수 없는 민수 아버지가 어둠 속 아내에게 다시 입을 연다.

"여보 나 시원한 물 좀!"

역시 묵묵부답이다. 아무 반응이 없는 어둠 속 아내의 동정을 지켜보고 있었다. 밖에는 가끔 비바람이 쏴하고 지나간다. 잠시 기척 없던 아내는 귀찮은 듯이 억지로 일어나 어둠 속을 더듬거리며 물을 떠가지고 왔다.

"아! 시원해, 이제 정신이 좀 드는구만!"

"……"

"어제 내가 술이 많이 취했지?"

미안한 마음으로 아내를 향해 물었다.

"어떻게 왔는가 몰라요?"

아내는 원망스런 말투로 반문을 한다.

"모르겠는데!?"

"이장이 데리고 오느라 얼마나 애를 먹었던지, 내가 미안해서 인사도 제대로 못하고 보냈구만. 무슨 술을 고주망태가 되도록 자시고 남까지 귀찮게…"

입을 다물고 있던 아내는 한숨 섞인 불만을 토해낸다.

"뭐? 이장이!"

민수 아버지는 정신을 가다듬어 다시 어둠 속 아내 쪽을 향했다.

"그렇게나 몰라요?"

역시 아내 말투는 가라앉혀지지 않고 퉁명스러웠다.

"이장을 만나 술은 마셨지만 그렇게 많이 마시지도 않았는데 술 몇 잔 먹고 이렇게 깜박했으니… 지난 주 목욕탕에서 달아 보니까 몸도 많이 줄었더라고. 전에는 한잔씩 해도 기분 좋을 정도였는데… 그나저나 당신은 왜 안 자고 그래? 밤이 오래 됐는데."

"잠은 무슨 잠, 날씨가 저 야단을 치는데도 걱정이 안돼요?"

아내는 짜증스러운 말을 뱉어낸다.

"걱정은 무슨 걱정?"

"저 돼지 집 때문에 생병 나겠어!"

앗차 그래 맞아! 민수 아버지는 이제 생각이 났다.

"아! 아! 맞아! 그래 돈사 때문에"

아직 내가 술기가 있는 모양이다. 그제사 민수 아버지는 정신이 번쩍 들었다.

아내 불만이 이것이었구나.

"그래 알았어. 걱정 말고 그만 자요! 이번에는 장마 끝나는 대로 바로 처분할게. 약속할게, 정말 약속할게."

비올 때마다 약속은 해왔지만 실행을 하지 않았다. 냇가 쪽에 있는 돈사가 위험하니까 옮기든지, 아니면 처분을 하든지, 비가 올 때마다 걱정을 해왔지만 민수 아버지는 고집을 피워왔다.

이제 지쳐 말하기도 싫다. 말하면 또 싸움만 날 것 같아 참으려고 애쓰고 있지만 비가 저렇게 쏟아지니까 불안한 생각에 불만이 절로 튀어 나온다. 장마철만 들어서면 위험을 느끼면서도 선뜻 처리를 하지 못한 것은 돼지로 재미를 짭짤하게 봤기 때문에 미련을 버리지 못했다. 이번에는 꼭 처분을 할 작정으로 약속을 했다. 안 그래도 시세도 안정적이지 않고 이제는 처분해야겠다는 생각을 하고 있는 중이었다.

"흥, 비올 때마다 하는 소리인데 뭐! 팔아치운다, 처분한다 맨날 그 소리인 걸!"

민수 아버지 고집이 원망스럽기만 하다.

"아이구, 나도 몰라!"

민수 어머니는 뭔가 할말이 있지만 더 말하다보면 가정 불화만 생길 것 같아 그냥 긴 한숨을 내쉬며 눈을 감고 잠을 청했다.

뒤뜰 밤나무가 세찬바람에 흔들리고 있다. 격렬한 빗줄기가 쏟아지고 있다. 바깥 날씨 하는 꼴이 심상치 않다. 장대비가 쏟아져 내린다. 처마물이 물동이로 퍼붓듯 주룩주룩 쏟아진다. 엄습해오는 불안감에 초조해진 민수 아버지는 머리맡 라이터를 더듬어 찾아 벽시계 쪽으로 불을 켰다. 시계는 3시 30분을 가리키고 있다.

비가 그칠 때마다 방문을 열어보고 또 벽시계 쪽으로 라이터 불을 켜보고 날 새기만 기다리면서 자리에 누워 잠을 청해보기도 하였으나 잠이 오지를 않았다.

'어얀 밤이 이렇게 길어?'

혼자 중얼대면서 안절부절 못하는 사이 날이 희멀건 해진다. 날이 밝아지면서 천둥 번개도 조용해지고 비도 그쳤다. 앞들은 황토물바다가 되어버렸고 마을을 온통 집어삼킬 듯 소용돌이치는 냇물은 바위에 부딪혀 황토 포말을 마구 토해내고 있다. 읍내로 가는 버드나무 숲 신작로가 갈라지고 실배미논 쪽으로 벼락에 작살이 난 미루나무는 물속에 잠겨 수라장이 됐는가 하면 안마실로 건너가는 나무다리가 곧 붕괴 직전에 놓여 있다.

축사는 아직 괜찮지만 점점 불어나는 골짝 흙탕물이 축사 둑에 부딪히는 게 예사롭지 않았다. 진작 처분을 했어야 할 일인데! 이번에는 열일 제쳐 놓고 장마 끝나는 대로 처분할 작정이다.

앞들에는 새벽부터 논 주인들이 삽을 들고 종종걸음으로 논둑을 오르내리지만 속수무책이다. 두불 논까지 맨 김팔수 장구배미는 나락포기 하나 보이지 않고 물에 잠겨있다. 팔수는 자식새끼라도 잃은 양 실의에 찬 걸음으로 땅이 꺼지도록 한숨을 내쉰다.

"제기랄, 하늘에 구멍이 뚫어졌나…"

중얼대면서 푹 빠져 나간 물꼬에 삽질을 하고 있다.

갑자기 하늘이 침침해지더니 먹구름이 또 몰려들기 시작한다. 게릴라식 태풍이 몰고 오는 한줄기 소나기는 격렬하게 퍼붓는다. 불어난 냇물은 썩은 나무토막하며 골 안에 살던 화전민 집채며 싱싱한 나무가 뿌리째 뽑혀 떠내려가고 있다.

드디어 축대 한 모퉁이가 물살에 못 이겨 와르르 무너지고 있다. 어! 어! 놀란 민수 아버지는 다급한 마음으로 자고 있는 아내를 부른다.

"여보 민수 엄마, 빨리 나와 봐!"

밤새껏 잠을 설친 아내는 눈을 겨우 붙이려고 하는데 몹시도 다급한 민수 아버지 목소리에 놀라 밖으로 뛰쳐나왔을 때는 벌써 흙탕물이 왈칵왈칵 축사 둑을 뚫고 밀려들기 시작했다.

"아이고 여보, 어떻게 하면 좋아? 축사가 무너지고 있잖아요?"

아내는 하얗게 질린 얼굴로 무너지고 있는 축사를 바라보고 발을 동동 구르며 어쩔 줄 모른다.

"어허 그런다고 되나 가만히 있어."

포기해버린 담담한 심정으로 안심을 시켰지만 떠내려가는 돼지를 차마 그냥 볼 수가 없었는지 민수 아버지는 누가 부르는 듯이 아직 형체가 남아있는 축사 안으로 순식간에 뛰어들었다.

"여보! 거기는 왜 들어가요? 안돼요! 위험해요!"

만류하는 아내 말을 뒤로하고 마저 남은 축사 안으로 뛰어드는 순간 우루루 쾅 하는 벼락같은 폭음과 함께 축사가 무너져 흙탕물에 휩쓸려 버렸다. 돼지가 곤두박질을 하고 슬레트, 서까래, 벽돌, 기둥이 산산이 흩어져 떠내려가고 있다.

그런데 민수 아버지가? 설마 설마 했지만 민수 아버지가 보이지를 않았다. 불길한 생각이 들었다.

"여보! 민수 아버지! 민수 아버지, 어디 있어요?"

대답이 없다.

"아이구, 어떡하면 좋아? 민수 아버지! 어 어! 왜? 대답이 없어요?"

 그만 정신을 잃고 쓰러진 민수 어머니는 땅을 치며 소리쳐 불러 봐도 대답이 없다. 여보! 목이 터져라 불러봐도 아무 대답이 없고 애절한 통곡을 삼켜버린 무심한 물소리만 소용돌이 치고 있다. 남편의 죽음이 자신의 탓인 것 같아 가슴을 치며 통곡을 해도 아무런 소용이 없다.

 "그기 누가 없어요?"

 미친 듯이 건너 마실을 바라보면서 도움을 청했으나 물소리에 들리지 않을 뿐만 아니라 독가촌이라 마실 사람들에게 알릴 수가 없었다. 먹구름은 미친 듯이 산령을 넘나들며 소나기를 한줄기씩 퍼붓는다.

 가끔 구름 사이로 보이는 해는 어느새 한나절이 지났다. 그때서야 안마을 민수 삼촌 진영이가 소식을 듣고 달려왔다. 축사는 붕괴되고 민수 어머니는 진흙바닥에 쓰러져있었다. 민수 삼촌 진영이는 깜짝 놀라며 쓰러진 민수 어머니를 잡고 흔들어 깨웠다.

 "왜 이래요? 아지매, 아지매, 정신 차려요!"

 "저… 민수 아부지가…"

 흙투성이가 된 민수 엄마는 정신을 간신히 차려 손으로 축사 둑을 가리키며 말끝을 맺지 못하고 재차 쓰러졌다.

 "누가? 형님이?"

형님에게 무슨 일이 생겼음을 직감적으로 느낀 진영이는 어찌 할 바를 모르고 있는데 따라 들어선 김반장이 서둔다.

"아니 이거 왜이래 있어? 빨리 방으로 모셔야지."

그때사 마을 사람들이 한 사람 한 사람 모여들기 시작했다.

"민수 엄마 왜 이래? 정신 차려!"

광동댁의 다급한 목소리에 놀란 주위 사람들은 울먹이면서 민수 엄마를 흔들어 깨웠다. 모여든 마실 사람들은 수마가 할퀴고 간 축사를 보고 민수 아버지의 당시 상황을 짐작했다. 바위에 부딪히는 물소리가 요란스럽게 소용돌이 치는 마을은 칙칙한 잿빛구름으로 겹겹이 덮여 바람 한줌 없이 온통 풀 썩는 쾌쾌한 냄새로 가득 메워져 있다.

민수 어머니의 애절한 통곡으로 구봉리 산골마을 하루 어둠살이 밀려들기 시작한다. 질퍽한 마당에 삼삼오로 둘러선 마실 사람들은 실종된 민수 아버지 걱정들로 웅성이고 있다. 뚝바리 홍씨가 쩔룩이며 이장 곁으로 다가선다. 홍씨는 긴장이 되거나 바쁘면 더 많이 쩔룩인다.

"이장, 지금 저물어서 시신을 찾을 수가 없고 내일 날이 밝는 대로 찾아보는 수밖에 없네."

침통한 얼굴로 이장을 바라보는 홍씨는 민수 아버지와는 죽마고우요 민수 아버지 귀향 시 이집을 짓게 주선해준 가장 가까운 친구다.

"예, 그렇잖아도 진영이하고 냇가에서 찾다 어두워서 돌아오는 길입니다."

"아, 그래 수고들 했네."

이장 얼굴은 땀이 흠뻑 젖어 있었다. 뚝바리 홍씨 눈은 붉게 충혈되어 있었다. 마실 사람들은 질퍽한 마당에 짚을 깔고 장작불을 피워가며 밤을 지킬 준비를 하느라 법석거린다. 이토수는 처참하게 무너져 유실된 축사 둑을 바라보면서 중얼거린다.

"에이, 사람도! 돼지 집을 옮기라고 그렇게나 말을 해도 고집을 부려 쌓더니…"

"그래 말일세! 저기가 어디 축사 자리인가, 냇둑이지."

갈골영감 하는 이야기를 곁에서 듣고 있던 홍씨가 한마디 한다.

"어허 이 사람들아! 그걸 누가 몰라서 안 옮겼는가? 본인도 위험하다는 걸 알고 있었지만 이집으로 봐서 어디 마땅한 자리가 없잖아? 저기 개간한 생땅에 사과를 심어놓고 거름 장만 할라고 돼지 몇 마리를 시작한 것이 돼지 시세가 좋으니까 거름도 거름이지만 욕심이 생겨서 살살 돈사를 확장했지. 저 식구는 위험하다면서 돼지를 먹이지 말자고 계속 말리고 했대. 여름 장마철만 되면 가정불화가 자주 생겼지. 내가 잘 알아."

마실 사람들도 알고 있는 사실이라 홍씨 말에 고개를 끄덕인다. 김이 무럭무럭 나는 술상을 들고 나오는 박서방은 불 앞에 둘러선 마실 사람들 사이를 뚫고 술상을 갖다 놓는다.

"자 모두 이리 오시지요."

이장은 술상 앞으로 마실 사람들을 불러들인다. 박서방은 이 마실 대성을 이루고 있는 강씨 문중 사위다. 작은 체구에 마음씨가 착하고 몸이 가벼워 동네 길흉사 일을 안팎으로 잘 보아줄 뿐 아니라 동네 아주머니들과도 농을 하면서 잘 어울려준다. 그런데 나이 마흔이 넘도록 아직 애가 없다. 그러다보니까 강씨 문중에서 부르는 박서방이 동네 박서방이 되었다. 술상 앞에 둘러선 마실 사람들은 뜨거운 콩나물국 한 그릇씩 들고 후후 식혀가면서 박서방이 돌리는 술 한 잔씩을 하자 긴장됐던 마음들이 서서히 풀리기 시작한다.

여름이지만 비가 온 밤이라 선선하다. 벌써 술기가 있어 보이는 판덕이 아바이는 햇볕에 그을린 검붉은 얼굴로 불 앞에 쭈그리고 앉아 나무 꼬챙이로 장작불을 마구 쑤석거리면서 혼자 중얼거리고 있다.

"개새끼들, × 같은 놈들"

누구한테 하는 말인지 중얼거리고 있다. 어제 장에서 민수 아버지하고 술 먹은 이야기를 하다 또 욕을 하다 밑도 끝도 없는 말로 혼자 횡설수설하고 있다. 술잔 돌릴 때부터 기분이 상해 있었다. 제일 좌상인 판덕이 아부지부터 술잔이 돌아갔어야 하는데 홍씨 이토수부터 술잔이 돌아갔다. 뿐만 아니라 나이 칠십이 넘은 지금까지 판덕이 아바이로 부르는 것도 불만이다. 물론 장가를 늦게 가서 늦둥이 아들 이름을 부르게 된 것은 이해를 하지만 옥성이란 택호가 있는데도 애나 어른이나 판덕이 아바이라고 부르며 술좌석에 서까지 무시를 당하는 느낌이 들어 늘 자존심이 상해왔다. 판덕이 아버지는 술을 좋아하면서도 많이 먹지 못한다. 몇 잔만 먹으면 취하면서 술 욕심을 많이 낸다. 거기에다 술버릇이 안 좋아 꼭 누구하고 시비를 하기 때문에 마실 사람들은 술좌석 같이 하는 걸 싫어한다. 술 안 먹으면 그렇게 좋을 수가 없다.

"판덕이 아바이 벌써 한나절 됐구만!"

"에이거, 저 사람 술만 속에 들어가면 저 모양이라, 저 꼴 보지 말고 술이나 먹세."

판덕이 아바이한테 시선을 주고 있는 이토수 말에 술상 앞으로 다가선 홍씨는 술잔을 들고 이장을 찾는다.

"어이 이장 이리와."

멀찍하게 떨어져 있는 이장을 곁으로 불러들인다.

이장이 곁에 온다.

"애먹네! 자, 한잔 받게."

이장 앞으로 소주잔이 건너간다.

"아니 저 판덕이 아부지 한잔 더 줘요. 아까 술 한 잔 더 달라는 걸…"

이장이 받은 술잔을 판덕이 아버지 앞으로 내밀었다. 비틀거리면서 술잔을 받아 든다.

"이 사람 좀 봐, 지금도 술이 취했는데, 이 사람 더 먹으면 귀찮아. 그만 줘."

술잔을 빼앗으려는 홍씨를 몹시도 못마땅한 눈으로 노려본다.

"뭐라 캤나? 왜 더 먹어만 안되는데? 네 술이야? 네가 뭔데?"

받아 쥔 술잔을 들고 홍씨를 노려본다.

"이 사람아, 자네는 벌써 취했어. 이기지도 못하는 술 먹고 술주정할까봐 그래! 이런 초상집 와서 말이야."

판덕이 아바이는 말하고 있는 홍씨 얼굴을 뚫어져라 노려본다.

"그래, 니 잘났다. 그래! 니 잘났다."

몇 번을 되풀이한다.

듣고 있던 홍씨는 주머니 담배를 꺼내 불을 붙여 한 모금 길게 빤 후 연기를 확 뿜어내면서 참으려고 애를 쓴다.

"그만 해라. 내가 참는다."

그래도 계속 지껄여대는 판덕이 아바이를 보고 참다못해 소리를 버럭 지른다.

"그럼 이집에 술 처먹고 술주정하러 왔나?"

"뭐! 술 처먹어로! 술 처먹어로!"

몇 번을 되풀이하면서 음성을 높인다.

"그럼 뭐라고 할까? 술 잡수로 오셨다고 할까. 아이구 더러버!"

"뭐? 더러버?"

판덕이 아바이가 불 건너 홍씨를 향해 벌떡 일어난다.

"어! 어! 한번 붙어볼라고?"

화가 난 홍씨는 피우던 담배를 땅바닥에다 집어 던진다.

"그래 한번 붙어보자."

이렇게 두 사람 간에 고성이 오고 가자, 이토수가 막는다.

"어허, 이 사람들 이러다 정말 싸우겠네. 그만들 해, 낫살이나 먹어가지고 남의 초상집에 와서 잘들 하는구만. 아무 것도 아닌 거 가지고!"

이토수는 이번에는 홍씨에게 싸움을 말린다.

"자네가 그만 참아, 저 사람 술 먹으면 저러는 거 이제 알아?"

판덕이 아바이는 말로나 힘으로 홍씨한테 안 된다는 걸 잘 알고 있다. 마실 사람들 믿고 술김에 한번 대들어본 것이다.

"그래 너 잘났다."

"저 사람 초저녁부터 뭐가 잘못된 것 같아. 계속 불만이라. 아이 더러버. 상가 집이 아니면 대번에…"

흥분한 홍씨는 담배를 주머니에서 꺼내 입에 물고 불을 붙이려고 하자 곁에 있던 눈치 빠른 팔수가 퍼떡 라이터를 켜댄다. 담배를 몇 모금 빨면서 홍씨는 애써 진정해보려고 한다.

"내가 참아야지… 어이 박서방! 술 하잔 주게. 나도 술주정 좀 해보게."

분위기를 바꾸어보려는 홍씨 말에 박서방은 고개를 굽실거리며 홍씨 곁으로 다가선다.

"예, 술 드리지요. 술 납시요."

향단이 흉내를 내면서 한잔 술을 건넨다. 보고 있던 마실 사람들이 한바탕 웃어댄다. 분위기는 금세 부드러워졌다. 판덕이 아바이는 홍씨보다 3살 위이지만 서로 만나면 욕으로 인사하고 욕으로 헤어지는 아주 막역한 사이다. 오늘 이렇게 싸웠어도 내일 아침이면 언제 싸웠냐는 듯이 농과 욕으로 만난다.

활활 타고 있는 장작불 열이 달았다. 불 앞에 둘러섰던 사람들은 몸을 앞뒤로 돌려가며 불을 쬐다가 뜨거우면 슬슬 뒤로 물러선다.

잠시 침묵이 흐른다. 냇물소리와 불타는 소리만 타닥거린다.

"야아! 어제 저녁 소나기 한창 쏟아질 때는 물동이로 퍼붓는 것 같아서 겁나던구만."

팔수가 화제를 돌린다.

"그때가 새벽 한 4시쯤 됐지?"

이토수가 팔수를 바라보고 맞아 하면서 고개를 끄덕인다.

"진주어른이 카는데 이렇게 비가 많이 오고 태풍이 부는 건 평생 처음 봤다고 그래. 진주어른 나가 얼마지요?"

팔수가 묻자 이토수가 여든여덟이라고 대답하며 말을 잇는다.

"태풍에 그 큰 나무가 뿌러지고 뿌리째 뽑혀지는 기 백년만에 처음 본다는 말이 맞아. 산사태 난 걸 보라고…"

홍씨는 이토수 하는 말이 맞다는 뜻으로 고개를 끄덕인다.

"우리 장구배미 논은 어디가 냇가고 논인지 전부 쓸어 묻어 버렸으니 저걸 어떻게 하지? 아이구 힘들어. 농사 때려치우고 어디 가서 니아까 끄는 게 낫지, 못해 먹겠어! 백날 농사지어 봐야 고생이 뻔한 걸!"

올봄 모 심을 때 입었던 햇빛에 바래서 누르스름한 잠바에 꾀죄죄한 농약상표 모자를 눌러쓴 팔수가 푸념을 털어놓는다.

"저거 복구를 무슨 힘으로 해? 사람 힘으로는 못해. 이거, 면사무소 가서 장비 지원 좀 받도록 해봐."

황달수가 이장을 보면서 말을 한다.

"예, 그렇잖아도 내일 나가봐야겠어요."

타닥 타닥 장작불 타는 소리로 침묵이 이어지고 있다.

"팔수 자네야 뭐 걱정할 거 있는가?"

이토수가 불쑥 한마디 던지곤 시치미를 뚝 떼고 있다.

침묵에 잠겨 있던 마실 사람들 시선이 이토수에게 향한다.

"왜요?"

팔수가 이토수를 바라보며 묻는다.

"몰라서 물어? 마른논에 양섬 먹는 거 있잖아."

장난기 있는 이토수 말에 그제사 알아차린 팔수가 아아 하며 하하 웃는다. 마실 사람들도 같이 따라 웃는다.

겨울철만 들어서면 팔수는 노름을 해왔다. 노름꾼들이 읍에서까지 찾아온다. 한 장소에서 하는 게 아니라 옮겨가면서 타 시군까지 돌아다니면서 노름을 해왔다. 노름 전과가 여러 번 있을 뿐 아니라 겨울철만 되면 팔수 집에는 이혼 소동이 벌어진다. 유산으로 물려받은 문전옥답을 노름

빚으로 날려 보내고 남은 건 장구배미 논 일곱 마지기에 산비탈 밭 한 떼기뿐이다.

"이제는 돈도 없지만 돈이 아까워 그 짓도 못 하겠네요."

"이제 철이 드는구만!"

이장이 받아 끼어든다. 이장하고는 동갑이며 초등학교 동창이다. 노름하다 단속에 걸리면 늘 이장이 파출소에 가서 해결사 역을 해왔다.

"아이, 이 사람아! 언제는 돈 가지고 했나."

곁에 있는 황달수 말에 팔수는 고개를 끄덕이면서 인정한다.

"그건 그래요. 돈 한 푼 없다가도 화투장만 들면 어디 가서 무슨 거짓말을 해서라도 돈을 구해가지고 온다니까. 한번 어떤 일이 있었는가하면 노름을 하다 새벽녘에 돈 다 잃고 노름판이 깨지기 전에 어디 가서 돈을 구해 가지고 와야 하는데 고민 끝에 이 사람 생각이 들더라고…"

곁에 있는 만호를 가리킨다.

"저 마누라 디스크 수술 하로 서울 병원에 갈라고 소 팔아 준비했는 걸 알고 찾아갔지, 새벽에 가니까 어얀 일로? 하면서 놀란 얼굴로 잠시 보고 있더니만 내가 노름하다 왔는 걸 눈치 챘더라고."

"그럼 눈치 챘지."

곁에 있는 만호가 고개를 끄덕이고 있다.

"다짜고짜로 돈 좀 빌려달라고 솔직하게 이야기했지. 내일 조합에 문 여는 대로 갚아주겠다면서 사정을 했지. 모레 식구 병원 갈려고 장만해 놓았다면서 난처한 표정이더라고! 그때 내 통장에 매상한 돈하고 해서 그 돈이 있었으니까 막무가내로 뺏다시피 했으니 그때 만호는 참말로 난처했지!"

팔수는 옆에 있는 만호를 웃는 얼굴로 바라보면서 그때 상황을 이야기한다.

"말도 말아. 인제 이야기지 집 마누라 알면 택도 없지. 더구나 노름 돈 빌려줬다 해봐!"

"자기 마누라 병원비 빌리준다는 기 쉬운 일이 아닌데 박절하게 거절하기가 곤란했는지 할 수 없이 저 마누라 몰래 빌려주더라고. 그 이튿날 갚아주었지만, 그때 참말로 고마웠어. 그래가지고 반 본전은 찾았다니까. 노름꾼은 신용과 의리만은 확실해야지 안 그래만 돈 못 구해. 그러니까 돈 없어도 판만 벌리만 어디 가서 어떤 돈이라도 구한다니까. 노름재이 신용 없다는 소리 들어봤어? 노름하다 돈 떨어지만 돈 못 구해오는 노름꾼은 옳은 꾼이 아니라!"

"논문을 써라!"

듣고 있던 이장이 한마디 거든다.

"내가 논문 써가지고 박사 되면 나 자주 못 봐!"

노름 말만 하면 팔수는 신이 난다.

"달수 형은 큰 놀음 못해봤지요?"

팔수는 황달수를 호기심으로 끌어들인다.

"또 이야기 할까?"

불 곁에 둘러섰던 마실 사람들 시선이 팔수에게 모여든다.

"새벽녘인데…"

"그래 이야기해봐."

황달수는 팔수 곁으로 다가선다.

"놀음판이 살살 커져서 한판에 소한마리 돈을 놓고 짓고 땡이를 하는데 한 사람이 오땡이 잡았다고 소리치는데 야 이거 죽었구나 싶더라고. 사실 나는 포기상태였지. 밤중에 읍내서 돈 떨어지면 어디 돈 빌릴 곳도 없지 오땡이 잡은 놈은 돈 따면 싸들고 갈 거고 참, 같잖은 일 아니라? 할 수 없지, 하고 내 패나 본다고 보는데 삼칠장에 짓기는 짓는데 팔자를 잡고 쪼려는데 뒷장이 공산명월이 생긋이 내밀더라고. 나도 모르게 팔땡이라고 소리쳤더니만 오땡이 잡은 놈이 그만 그 자리에서 뒹구는데, 야! 참말로 까무러쳤다니까!"

팔수는 그때 흥분된 표정을 지어가며 이야기를 하자 둘러섰던 마실 사람들이 와하고 박수를 치는 사람도 있고 웃어대는 사람도 있었다.

"달수 형은 그런 짜릿한 놀음 못해 봤지요?"

황달수를 바라보는 팔수는 당시 상황을 생생하게 실감나도록 이야기 해주고 싶었다.

"그 기분 안 해본 사람은 몰라."

"그때 소 한 마리 값이 얼마 정도인데?"

황달수는 열나게 지껄이는 팔수 얼굴을 통쾌한 표정으로 바라본다.

"그때 보통 송아지가 백만 원 정도였으니까, 한 판에 백만 원이였지요."

팔수 하는 말에 곁에 있던 김반장이

"그때 백만 원이만 큰돈이라! 하이간 저 사람 간띠가 디리 분 사람이란게."

팔수는 신이 났다.

"까짓 농사! 저래 봐야 한번만 잘 쪼면 되는 걸."

"저 사람 또 시작한다. 노름 이야기만 하면 저래 신이 난다니까! 그래 그때 그 돈 벌어서 다 뭐 했는데?"

이장이 끼어든다.

"어허, 자네는 좀 빠져봐. 어른들 말씀에 꼭 끼어들어 태클을 건다 말이야. 장사 안 되는구만."

팔수는 하하 하고 웃어댄다.

불 앞에 앉아 졸던 판덕이 아바이는 잠결에 마실 사람들 웃는 소리에 영문도 모르고 같이 따라 웃으며 술이 깨는지 부시시 고개를 들고 일어나 뒤로 밀쳐낸 날벌레들이 뛰어드는 술상 앞으로 슬슬 다가서고 있다.

날이 밝아지기 시작한다. 박서방은 해장 술상을 들고 나온다.

"이장 몇 시인가?"

홍씨가 묻는다.

"예, 5시가 좀 넘었네요."

"그럼 해장 한잔씩 하고 나가보세."

해장을 한잔씩 하고 한 밤을 새운 마실 사람들은 냇둑을 따라나섰다. 둑이 무너져서 어디가 어딘지 분간할 수 없고 또 바위에 부딪히는 물소리 때문에 옆 사람 말소리조차 들을 수 없다. 구름 사이로 가끔 내미는 따가운 아침 햇살을 받으며 냇가 둑을 따라 얼마를 내려왔는지 마실 사람들은 물이 줄줄 흐르는 바짓가랑이를 툭툭 털면서 바위에 올라서고 있다.

"여기가 잿들보 맞지?"

"맞아."

팔수가 묻자 이장이 대답한다. 이장의 헝클어진 머리에 땀이 흠뻑 젖어 있다.

"우리가 십리나 내려왔네."

마실에서 잿들보까지 십리로 알려져 있다. 따라나선 사람들 모두가 물통잡이가 되어 바위로 올라서자마자 배도 고프고 힘들어 주저 앉아버린다. 시신을 찾지 못한 허탈감에 빠진 마실 사람들이 쉬고 있는데 버드나무 숲 쪽에서 이토수가 이쪽을 보고 고함을 지르면서 손짓을 한다. 물소리에 잘 들리지는 않았지만 그쪽으로 오라는 손짓이다. 찾은 모양이다. 바위에 쉬고 있던 마실 사람들은 환호를 지르며 냇가 쪽으로 내려섰다. 차츰 다가가자 버드나무 끝자락 망개덩굴 속에서 이토수가 여기라고 손짓을 한다.

민수 아버지 삼일장

아침 일찍 상여꾼들이 북적이고 있다. 아침밥이 끝나자 상여 앞잡이 황달수가 요령을 마구 흔들어 댄다. 상여가 움직이기 시작한다. 상여는 집 주위를 몇 번을 맴돌더니 인정사정없이 집 어귀를 돌아선다.

"정든 고향 두고 북망산천 찾아 가네…"

황달수의 구성진 소리는 마실 사람들 가슴을 마구 흔들어댄다.

떠버리 광동댁도 청산댁도 쑥밭골댁도 훌쩍이는 콧물을 치마에 닦으며 눈물을 글썽인다. 밭둑 길에 들어선 상여는 염소골 과수원 밭 한 모서리로 향하고 있다. 장마가 끝나지 않았는지 가끔 구름이 몰려와 빗방울을 던진다. 상여소리와 매미소리로 메워진 염소골, 하얀 소복의 민수 어머니와 허리에 광목 띠를 두른 민수가 무너진 논둑 밭둑을 따라서 고 있다. 공양미 삼백석에 심청이를 끌고 가는 임당수 뱃사공처럼 황달수는 인정사정없이 상여를 끌고 가고 있다.

*
펄럭이는 초라한 상여

짤랑이는 요령 소리
어하, 어하,
상여는 발을 맞춘다.
허리에 흰 광목 띠 열 살배기 철부지 아들 하나
쓸쓸한 상여 행렬
동네 아낙네들 행주치마를 적신다.

아직 죽기는 이른 나이 쉰
고걸 살 걸!
아웅다웅 다투어온 게 후회스럽다.
부인 얼굴에 달구똥 같은 눈물이 주룩 내린다.

모든 고뇌 다 잊고, 당신은 떠나지만,
이 가슴에 슬픔과 눈물은 언제 마를지,

무심한 당신!
상여는 동네를 돌아선다.
어하, 어하 당신이 떠나가던 날
먹구름도 산령을 따라 서네.

가끔 구름 사이로 내미는 한낮 햇살은 더 따가웠다. 어느새 상여는 과수원 한 모퉁이에 자리를 잡는다.

직장 따라 고향을 떠날 때는 큰 뜻을 갖고 문전옥답 팔아 떠났었는데 세상만사가 마음과 뜻대로 되지 않은 것이 경찰로 있으면서 부산 밀수사건 당시 상관의 거액 뇌물로 밀수범을 은폐시키라는 명령 불복종으로 억울하게 해고를 당했다. 목적달성을 위해 불의에 타협하고 아부하는 세상이 싫어 직장생활을 그만 포기하고 온기가 있고 인정이 남아 있는 고향을 찾아왔다. 그러나 고향도 옛날 같지를 않았다. 경찰에서 도둑질하다 쫓겨났다느니 경찰은 성깔이 있다느니 별의 별 소리를 들으며 참으로 적응하기가 힘들었다.

어느 날 하루는 부부가 서로 붙들고 후회도 했었다.
"여보! 세상만 변한 게 아니라 고향도 변했어요."

"어허이 지 시노 천년만년 살고 지고…"
어느새 한 평 남짓 조그마한 흙더미가 생겼다. 상여꾼들은 마구 무덤을 밟고 있다.

　술 취한 사람, 빨리하고 가자는 사람, 염소골은 시끌벅적하다. 쌓여져가는 무덤을 넋을 잃고 멍하니 바라보는 민수 어머니의 부석부석한 눈가엔 좌절과 실의의 슬픔이 차 있다.

　일을 마친 상여꾼들은 마실로 향하고 있다. 남편을 염소골에 묻고 돌아서는 민수 어머니는 한숨으로 가슴을 달래가며 기진한 몸을 끌고 말을 잃어버린 채 마실 사람 따라 좁은 밭둑길을 한 줄로 늘어서서 걷는 발걸음 소리만 터벅거린다. 정적이 흐르고 있는 밭둑길은 민수 어머니 한숨소리만 가끔 터져 나왔다.

　장례를 마치고 돌아온 사람들 모두가 술에 취해 있다. 뚝바리 홍씨가 비틀거리며 민수 어머니 곁으로 온다.

　"민수 엄마! 민수 저 아부지 이제 멀어졌네요."

　코끝을 한참 실룩거리더니 뒤로 돌아서서 한참 흑흑거려 눈시울이 촉촉이 젖은 채 울먹인다.

　"친구 인제는 못 봐! 인제는 끝이야! 학교도 같이 다니고 군에도 같이 월남전에 가서 내가 부상을 당했을 때 먼 타국 땅 야전병원에 찾아와 나를 위로한다면서 같이 고향의 노래를 불러가며 눈물을 흘리면서 제대하고 고향에 가서 같이 살자고 해놓고 지가 먼저 약속을 어기여! 나쁜 놈!"

　술에 취해 절뚝거리는 홍씨는 서러움을 참지 못하고 민

수 엄마를 잡고 닭똥 같은 눈물을 흘리며 흑흑거린다. 한 사람씩 빠져나가고 술주정꾼들만 남아 있다.

　서산으로 넘어가는 햇덩이에 가벼운 구름조각이 붉게 물들어 가고 있다.

　*
당신이 떠나던 날

당신은 떠나갔습니다.
떠난단 말없이
꽃상여 타고 사향방초(麝香芳草) 길 따라
산바람 헤치며 당신이 떠나던 날
어둠에 묻힌 두견새 우는 마을로
떠난 빈자리엔 아직 눈물이 고여 있습니다.

아!
구천(九天)에 통곡(痛哭)하며
불러도 대답 없는 당신이여!
산바람 스쳐가는 골짝에
고요한 무덤 위로 풀뿌리 묵어가는
무심한 세월만 흘러갑니다.

이튿날 하늘은 아무런 일 없는 것처럼 아침햇살이 펼쳐지고 있다. 앞들은 어제 장마가 할퀴고 간 버드나무 미루나무가 길바닥에 쓰러져 있고 움푹 파인 논둑 밭둑이 흙골을 드러내고 있다. 아침상이 끝나고 일가친척 모두가 떠나려고 서둘자 민수 외삼촌은 민수 어머니를 불러 앉힌다.

"그래 어떻게 할 작정이야? 농사짓겠나? 모두 떠나기 전에 이야기나 한번 들어보자."

"글쎄요, 아직 어떻게 해야 좋을지…"

혈색 하나 없이 지쳐 있는 민수 어머니는 말끝을 흐린다.

"원래 내가 뭐라 하더냐? 민수 저 아부지 직장 그만 두고 귀향한다고 할 때 내가 그렇게나 말렸잖아. 농사 못 짓는다고 농사짓던 사람들도 그만두고 떠나는데, 왜 촌으로 들어올라고 해. 그래도 고집을 지기드니 결국 이 꼴이 됐잖니. 지금에 와서 이런 말 해봐야 아무 소용없는 말이지만 이 꼴을 보고 떠날려 하니까 하도 속상해서 하는 말이다. 강서방 있을 때하고는 또 달라 민수 저 어린거하고 해내겠나?"

외숙모, 큰 이모, 대전 작은 이모, 삼촌 진영이 모두 입을 다문 채 민수 어머니에게 시선을 모으고 있다. 방안은 민수 외삼촌 이야기가 그칠 때마다 무거운 침묵으로 이어진다.

"우리는 그때 잘나갔지."

자기 부인을 보면서 다시 말을 잇는다.

"그때 우리가 안 나갔어만 촌에서 애들 학교 못 시켜! 우리가 여기를 떠난 지가 근 20년이 되는구만."

민수 외숙모는 고개를 끄덕인다.

"요 며칠 전 방송에 돼지 먹이던 젊은 놈이 돼지 집에서 목 메달아 죽은 방송을 봤는데 사료 값은 올라가지요, 돼지 값은 내리고 빚은 계속 늘어나고 얼마나 답답하면 젊은 놈이 그래 죽겠나. 과수원 저거 보통 힘 드는 게 아닌데! 누군 농사 안 지 봤나? 그렇게 농사가 어려워! 도시사람들 걸핏하면 시골에 가서 농사나 짓지 하는데 농사 아무나 하는 게 아니야. 서울에서 못사는 사람은 촌에 와서도 못살아! 네가 알아서 하겠지만 이 꼴을 보고 그냥 떠날라고 하니까 발걸음이 떨어지지를 않는다."

"그래요. 저래 저질러놓고 그만둘 수도 없고 이 살림살이 다 팔아봐야 얼마나 되겠어요? 누가 살 사람도 없고 혹 살 사람이 있어도 옳은 값을 주겠어요? 농협 부채도 다 못 갚을 건데. 전세방 하나도 구할 형편이 못되면서 어떻게 나갈 마음을 먹겠어요."

고개를 떨구고 있던 민수 어머니는 참담한 심정으로 실토한다.

"그래 어떻게 하라고 하는 게 아니라 걱정이 돼서 하는 말이다. 민수 저거 학교는 시켜야지. 촌에서 뭘 가지고 학교를 시켜!"

"어쨌든 학교는 시켜야지. 고등학교까지는 여기서 시키고 대학교는 대전으로 보내요."

듣고 있던 대전 작은 이모도 한마디 한다.

"그래 고맙다. 그때 가서 어예 해보자."

민수 외삼촌도 함께 동참하겠다는 의사 표시를 하자 민수 어머니는 인사를 한다.

"고마워요, 모도 걱정을 끼쳐 죄송하구만요."

건너 들에는 장마가 할퀴고 간 논둑을 고치는 사람, 흙 묻은 나락 포기를 꺼내는 사람, 아낙네들이 이고 가는 새참이 바쁜 걸음을 하고 있다. 건너 앞산 비탈 다랑가지 논에 엎드려 일하고 있는 영감 할마이를 잠시 바라보던 민수 외삼촌이 묻는다.

"저 사람들이 누군가?"

"상골 노인 내외일세요."

민수 삼촌 진영이는 민수 외삼촌이 바라보고 있는 노인 내외분을 가리켜 알려준다.

"상골 노인! 아직까지 살아계시는가?"

방안에 있는 사람들은 앞산 다랑가지 논에 붙어 일하는 이들 노부부에게 시선을 준다.

"저 영감 나가 얼마인데?"

"구십이 넘었어요."

"그래 될 거야! 나는 벌써 죽은 줄 알았는데."

"아이구, 근력이 아직 껄껄한데요. 지금 젊은이보다 일을 더 잘해요."

"언제 상골 노인이라, 강씨 종가 상머슴으로 여러 해 있었지. 힘 좋고 일 잘했는데."

"그래요. 평생을 남의 집 머슴살이로 사경 받아 번 돈대로 구입을 하다보니까 좋은 땅은 못 사고 겨우 산비탈에 붙은 기계도 못 들어가는 다랑가지 저 논 사가지고 저 고생하잖아요. 살 때는 영감이 젊었을 때 싸게 잘 구입을 했는데, 이제는 늙어 힘없지 농기계도 못 들어가지 팔라고 내놔봐야 살 사람도 없어요. 땅을 그냥 묵힐 수도 없고 할 수 없이 저래 영감 할마이 나와서 억지로 꾸물대고 있잖아요. 저래도 농사가 잘 돼요. 그런데 저기 몇 년이나 가겠어요? 영감 죽어만 저 논도 끝나는 거지. 사정이 참 딱해요."

"저 영감 평생 고생만 하는구만!"

마루에 걸터앉아있던 민수 삼촌이 자리에 일어나면서 마을 실상에 대해 얘기한다.

"이제 이 마실에도 손꼽아보면 살아날 집이 몇 집 안 돼요. 그의 다 안노인 혼자 사는 집이고, 어제 보다시피 마실에 큰일이 생기면 거의 칠십 노인들이지 젊은 사람 몇 명

안 되잖아요. 박서방 어머니는 노망이 들어 날만 궂으면 곡소리를 하면서 동네를 돌아다니지 이장 부친은 풍이 와서 몇 년을 저 고생 한다니까요."

"그를 거야. 일할 만한 사람들은 전부 서울 와서 우글거리니 우리가 여기를 떠날 때만 해도 근 백여 호가 됐는데. 앞으로 농촌이 걱정이구만."

흰 구름이 해를 가릴 때마다 그림자가 마루 끝을 지나 마당을 건너 들녘으로 솜털 되어 둥실 둥실 떠가는 파란 하늘을 민수 삼촌 진영이는 하염없이 바라보고 있다.

동구나무 아래 더위를 식히는 사람들

　마을 앞 느티나무는 옛날 주막집 담장 곁에 버티고 서 마을에 얽힌 역사를 고스란히 간직한 채 여름 더위를 식혀주고 마실에 일어나는 희비애락이 오고가는 장소이기도 하다.
　옛날에는 서울 가는 심심산골 길목에 외딴 주막집이었다. 이 마을이 생기기 전부터 서울 가는 객들이 쉬어가는 아늑한 움막을 만들어 눈비도 피하고 짐승도 피하고 거기서 술도 팔고 객상들끼리 상거래도 했다는 이야기가 전해 내려오고 있다.
　전설에 의하면 움막에 사람이 살고 있었는데 매일 밤마다 한밤중쯤 되면 호랑이가 내려와 설치기 때문에 거기서 살던 사람이 움막을 버리고 떠났다는 그 소문을 듣고 강씨 성을 가진 건장한 사람이 그 움막에 들어와 살았는데 역시 호랑이가 나왔지만 그 호랑이는 사람을 해치는 것이 아니라 움막을 지켜주고 새벽이면 사라진다는, 그런 이야기 주인공이 바로 이 마을에 대성을 이루고 있는 강씨들이다.

이런 인연으로 강씨들 집성촌이 되었다. 물고 가던 호랑이도 강씨라면 그냥 버리고 간다는 옛말이 여기서 유래되었기도 하다.

그 후 움막이 주막으로 변하고 여러 전쟁을 겪어 오면서 불타버렸으며 지금은 동구나무를 약간 비켜 앉은 마을 가게가 바로 옛날 주막 자리다. 지금도 마을 사람들은 가게를 주막으로 부르고 있다.

이 마을은 몇 년 전만 해도 강씨들 세도가 아주 대단했었는데 시대가 바뀌고 배운 사람은 도시로 나가고 늙은이들만 남아 있다. 그러다 보니까 강씨들이 점점 쇠퇴해지고 타성씨들이 많이 들어와 살고 있다.

강건홍이가 뚜두발 거리면서 지팡이를 끌고 골목길을 벗어나 동구나무곁로 들어서고 있다.

서울 ○○그룹 전무로 있다 뇌경색으로 쓰러져 회사를 그만두고 병원에서 일 년 간 입원 후 고향으로 내려 왔다. 올 때는 바깥출입도 못했었는데 일 년이 지난 지금은 마실 출입을 하고 있다. 서울에 살고 있던 집은 대학에 다니는 큰딸과 고등학교 다니는 아들 남매에게 맡기고 고향의 옛집을 수리해서 건홍이 내외가 휴양 삼아 내려와 살고 있는 것이다.

막상 시골에 와 보니 공기는 좋은데 같이 이야기할 사람은 물론 시간을 보낼 만한 문화 공간이 없다. 이런 무료한 생활이 지겨운 강건홍이 점심이 끝난 뒤에 동구나무걸에 나온다. 이 시간쯤 되어야 쉬러 나오는 마실 사람들을 만날 수가 있다. 세상 살아가는 이야기도 듣고 같이 한바탕 웃어 가면서 농담을 하는 건홍이에게는 하루 중 가장 즐거운 시간이다.

안 골목 담배집 선혜 어머니는 대구에서 온 외손자 용이 녀석을 데리고 나왔다.

매미 한 마리가 어디서 기습적으로 날아와 만호가 낮잠을 청하고 있는 머리맡 둥구나무 밑둥치에 붙어 울려고 한다.

그것을 본 용이는 제 외할머니 치맛자락을 잡아끌면서 잡아 달라고 칭얼거린다.

"할머니 저기 매미."

낮잠을 자려고 누워있던 만호가 일어나 매미를 잡아 용이 손에 쥐어 주었다.

"아저씨 고마워요."

매미를 받아 쥐고 돌아서는 용이를 홍씨가 붙들고 물어

본다.

"그 매미 누가 잡아 주었지?"

"이 아저씨가."

용이는 곁에 있는 만호를 가리킨다.

"그래, 고맙다고 인사 했어?"

용이는 인사했다고 고개를 끄덕인다.

"그래야 착하지, 밥 많이 먹었어?"

용이는 고개를 끄덕인다.

"몇 살 먹었지?"

용이가 네 손가락을 펴 보인다.

"아빠가 좋아? 엄마가 좋아?"

"엄마가!"

"왜? 엄마가 좋지?"

"엄마는 맛있는 것도 해주고요."

용이는 매미 양 날개를 양손으로 잡고 묻는 말에는 관심도 없이 그냥 대답만 해버린다.

"엄마는 어디 있어?"

"대구에 있어요."

"대구에 없는데!"

"대구에 있어요."

"아니야, 빨간 중이 업고 갔는데!"

"아니야!"

용이는 매미 양 날개를 양손으로 잡은 채 홍씨를 향해 때리려고 양팔을 내민다.

"에이, 저 엄마 빨간 중이 업고 갔는데 용이는 모르는구나?"

용이 얼굴이 굳어지기 시작한다.

장난기가 발동이 된 홍씨는 용이와 같이 어린 아이가 됐다.

"아니야, 거짓말이야."

하면서 저 할머니 가슴팍에 안겨든다.

"할머니 거짓말이지?"

할머니 얼굴을 쳐다보며 대답을 기다린다.

"그래 거짓말이야, 우리 엄마는 대구에 있어요, 라고 해.

"아닌 걸, 용이 할머니는 잘 몰라."

할머니 무릎에 앉았던 용이 얼굴이 찌그러지기 시작하더니 벌떡 일어나면서 모래흙을 한쪽 손으로 끌어 쥐고 홍씨게 집어 던지자, 용이가 던진 모래흙은 홍씨하고 같이 낮잠을 자고 있는 사람들에게 날아갔다.

흙을 뒤집어쓴 낮잠 자던 사람들은 깜짝 놀라 잠이 깨어 용이 쪽으로 눈길을 돌리며, 어허 이놈 자식 하자 찌푸리고 있던 용이는 그만 울음이 터져 나왔다.

낮잠을 자던 사람들이 일어나 보니까, 홍씨하고 장난을

치고 있었다.

"에이~ 영감도"

용이 할머니는 용이를 껴안으며

"아이구 우리 용이 때문에 모두 쉬도 못하고 이거 미안해서 어떡하지, 울지 마! 저 할아버지 거짓말쟁이라."

손주 녀석 등을 연신 쓰다듬는다.

"우리 용이가 귀엽고 예뻐서 그러는 거야."

손에 쥐었던 매미를 땅에 팽개친 용이는 계속 칭얼거린다.

마실에 애라고는 구경조차 할 수 없다. 어쩌다 애들만 보면 마실 사람들은 귀여워, 껴안아 주기도 하고 같이 장난을 친다. 몇 년 전만 해도 동구나무 밑에서 애들 등살에 낮잠을 잘 수가 없었는데 근래 와서는 영감들 아니면 동구나무 밑에 나올 사람이 없다.

이렇게 마실 사람들이 쉬고 있다 들로 모두 나가고 나면 동구나무걸은 썰렁해진다. 담배집 할머니, 점받이 할머니, 박씨 영감, 담배집 영감, 건흥이… 일 못하는 노약자만 남는다.

늘 보던 그 사람 그 얼굴이라 별로 할 이야기도 없고 멍청하니 앉아 서로 얼굴만 쳐다보다 누가 이야기하면 귀가 어두워 입만 쳐다보다 웃으면 같이 따라 웃는다. 때 되면 밥이나 먹으러 가고 해 지면 잠이나 자러 가는 그런 날로 세월을 보내고 있다.

　몇 년 전만 해도 사람들이 한창 북적일 때는 싸우는 사람도 있고 술주정꾼도 있었는데 지금은 싸울 사람도 없고 욕할 사람도 없다. 담배집 할마이는 밥 먹다 영감하고 싸운 이야기를 한다고 하는 게 영감 욕을 하는 건지 영감 있다는 자랑을 하는 건지… 이젠 며느리한테 욕하던 화살이 영감들한테로 돌아간다.

　특히 박서방 어머니는 입담이 좋아 이야기도 떠들어가며 잘하고 며느리한테 시어머니 행세를 톡톡히 해왔었다. 그게 다 며느리가 애를 못 낳아 구박도 많이 했었는데 근래 와서는 기력이 없어 며느리 말을 일체 하지 않고 멍청해졌다. 몇 년 전만 해도 할마이들이 모이면 며느리들 험담으로 스트레스를 풀었는데 지금은 험담할 며느리도 없을 뿐 아니라 잘못 말하다가는 오히려 쫓겨날 판이다.

　이렇게 반복되는 무료한 날들을 보내면서 살아가는 그야말로 우물 안 개구리 생활이다. 고물장사나 들어오고 우체부나 들어올까. 어쩌다 행상인이 오는 그날은 시간도 잘 가고 복 받은 날이다.

　건흥이 생활 역시 이렇게 젖어들고 있다.
　돈을 많이 벌고 좋은 자리에 있을 때는 바쁘게 살다보니까 고향에 대한 관심이 없었다. 고향사람들이 찾아가도 잘 만나지 못한다. 바쁜 전무다 보니까 어쩌다 만나면 돈 빌려 달라는 사람, 취직시켜 달라는 사람들이다. 이런 사람들을 다 좋게 할 수 없다보니까 무시하니 괄시를 하니 별별 소리를 다 들어왔다.

병들어서 고향에 오니까 마실 사람들은 별로 반갑게 생각하지 않는다. 농촌이 어디 환자들 휴양소인가 하면서 빈정대는 사람도 있다. 그것도 그럴 것이 노인들만 우글거리는 데다 건홍이마저 노인 대접을 해주어야하니까 불만이 나오게 되어 있다. 그렇다고 조금이라도 싫은 내색을 내다가는 욕먹을 뿐 아니라 큰소리치며 화를 낸다. 뇌경색으로 말이 어둔하여 자기감정을 옳게 표현을 하지 못하는 이유도 있지만 전무 예우를 받아온 습관으로 조금만 마음에 맞지 않으면 고함을 지르고 한다.

마실 사람들과 정서가 맞지 않지만 여기서 자랐고 또 강씨들이 대성을 이루고 왔기에 드러나게 욕은 하지 않지만 그렇게 달갑지 않은 사람이다.

뱀에 물린 민수 엄마

 민수가 고등학교 이 학년이 되던 여름, 지루한 장마로 과수원 밭둑풀이 무성하고 밭 뒤쪽으로 진딧물이 보였다. 비는 잠시 그쳤지만 장마철이라 진딧물 약제 처리는 장마 끝나기를 기다릴 수가 없다. 내일 모레 또 많은 비가 온다는 방송에 비 오기 전에 농약처리를 해야 하기 때문에 미룰 수가 없다.
 민수 어머니 마음이 바빠졌다.
 "엄마 들에 나간다. 밥 차려 놓았으니 먹고 학교 가라. 시원할 때 해야지 한낮엔 더워서…"
 새벽 일찍 밥을 해먹고 들로 나서면서 자고 있는 아들 방문을 보고 아들이 듣든 말든 버릇처럼 혼잣말로 지껄이면서 들로 나섰다.

늘 들어왔던 어머니 목소리다. 밤새 끙끙 앓다가도 날 새기 바쁘게 이른 새벽부터 들에 나가 저녁 늦게까지 꾸부리고 일하는 모습을 볼 때마다 늘 못마땅하고 농촌을 증오해 왔다. 농사철에 들어서서는 어머니와 같이 식사를 해본 적이 없다.

언제 이 굴레를 벗어날 수 있을까?

민수는 늘 고민해왔다. 아무리 힘들어도 아들 민수의 도움을 바라지 않는다. 도와주러 들에 나가면 공부하라면서 한사코 돌려보낸다. 농사만은 물려주지 않겠다는 것이 어머니의 신조다.

오늘 먼저 밭둑 풀을 깎고 내일쯤 농약처리 할 계획으로 부지런히 서둘러 풀을 깎아야 했다. 민수 아버지 솜씨로는 한나절이만 다 끝나는데 서툰 솜씨로는 부지런히 해도 하루에 다하기가 바쁘다.

서툰 낫질이지만 마음이 바빠진 민수 어머니는 땀이 흠뻑 젖은 윗도리 옷이 달라붙어 등골이 드러나고 연신 땀방울이 얼굴에 흘러내린다. 벌써 점심나절이 지났는지 동구나무 아래는 낮 더위를 식혀가며 쉬러 마실 사람들이 나오고 있다.

민수 어머니도 점심을 먹는 둥 마는 둥 몇 숟갈 떠먹고 더위도 잊은 채 나와 풀을 깎았다.

"비가 오려나!"

침 맞은 다리가 무거운 게 걸쩍지근하고 공기는 후텁지근하다. 몸에 이런 증세가 오면 틀림없이 비가 온다. 어느새 북쪽하늘이 갑자기 캄캄해지더니 먹구름이 모여들기 시작한다.

굵은 빗방울이 뚜닥 거리더니 우두두 소나기가 쏟아져 내린다. 동구나무 밑에 낮잠을 자던 마실 사람들이 집으로 줄행랑을 친다. 동구나무 아래는 금세 텅텅 비워있다.

한 줄기 소나기가 지나가자 가끔 불어오는 시원한 골짝 바람에 땀을 식혀가며 깎은 밭둑은 이제 서너 발 남았다. 잠깐 허리를 고쳐 핀 민수 어머니는 다시 엎드려 한줌 풀을 잡는 순간 손등이 뜨끔 했다.

"악!"

소리를 지르며 손에 잡은 풀을 뿌리쳤다.

뱀이 땅바닥에 떨어졌다.

손등에서 피가 흐른다.

"아이구 뱀! 독사!"

재차 소리쳤다.

순간 뱀보다 흙을 먼저 집어 먹으라고 하던데 언젠가 흘려들은 이야기가 기억났다. 잽싸게 흙을 집어 먹었다. 뱀에 물린 자국에 피가 주룩 흘러내린다.

피와 땀이 엉킨 손등을 풀잎으로 닦아 내지만 멈추지를 않는다. 손등에 통증이 온다. 이제 얼마 남지 않았는데, 조금만 하면 다 마치겠는데 통증을 참아가며 이를 물고 다시 엎드려 떨어진 낫을 주워들었다. 풀을 손에 잡으려고 했지만 손에 잡히지를 않았다. 부어오른 팔이 무거워지면서 통증이 심하게 오기 시작한다. 더 이상 참고 견디기가 힘들었다.

빨리 병원으로 가야겠다는 생각으로 들고 있던 낫이고 풀을 팽개치고 밭둑으로 올라서려고 하는데 다리에 힘이 빠지면서 그만 미끄러져 밭도랑으로 나무토막처럼 굴러 떨어졌다. 몸이 마음대로 말을 듣지 않는다. 쉽사리 일어날 수가 없다.

두려움이 앞선다.

아니야! 죽으면 안돼!

발버둥을 치며 있는 힘을 다해 허우적거리며 밭도랑을 빠져나와 밭둑길에 겨우 올라섰다. 흙투성이가 된 몸으로 정신을 차려 옷깃을 가다듬고 희미하게 보이는 바람 한줌 없는 구봉산 정상에 새빨갛게 탄 구름조각이 머물러 있다.

그것도 잠시 어느새 어둠이 내려 덮이고 어쩌고 저쩌고 시끌벅적하던 들녘도 인적이 끊어져 가고 있다.

날은 어두워지고 통증은 오고 마을까지 걸어가기에는 자신이 없다. 걱정을 하고 있는데 마침 멀리서 들리는 경운기 소리가 점점 가까이 들려온다.

안골 밭에서 일을 마치고 오는 기옥이다.

가까이 다가온 기옥이는 헝클어진 머리에 흙투성이로 고통스러워하는 민수 어머니를 보고 깜짝 놀라 경운기를 급하게 세우고 민수 어머니 곁으로 갔다.

"민수 엄마, 왜 그래요?"

팔이 퉁퉁 부어있는 고통스러운 표정을 보고 뱀한테 물렸음을 직감적으로 알아챈다.

"왜 이래 있어요? 빨리 병원으로 가야지!"

마음이 바빠진 기옥이는 급하게 경운기에 태웠다. 어둠살이 깔려드는 마을로 들어서자 가로등이 하나씩 켜지기 시작한다. 119 구급차를 부르는 사이 마을 부인네들이 모여들었다.

"빨리 병원으로 가야지."

민수 어머니를 부축하고 있는 극성맞은 광동댁은 허겁을 떨어댄다.

"왜 차가 빨리 안와? 빨리! 연락 다시 해봐? 요새 뱀이 독이 올라서 혈관 물리면 큰일 나는데, 빨리 가야지!"

잠시 후 119 구급차 비상등이 번쩍이면서 어둠살을 뚫고 마을로 들어선다.

"온다! 온다!"

광동댁이 구급차가 오는 곳을 보고 소리를 지르자 부인네들이 모여들어 민수 어머니를 부축해서 구급차에 태웠다. 민수 어머니를 병원으로 보내고 난 부인네들은 걱정스런 얼굴로 집으로 돌아들 갔다.

소식을 듣고 학교에서 돌아온 민수는 급하게 병원으로 달려갔다. 링거를 꼽은 채 핏기 하나 없는 고통스러운 얼굴에 잠들어 있는 초라한 어머니의 모습이 안쓰러워 눈시울을 붉히며 조심스레 잡은 손은 몹시도 거칠었다. 그 곱고 부드러운 손이 이렇게까지 험하게 망가진 줄은 몰랐다. 아프고 고단해도 한 번도 보여주지 않았던 흔적을 오늘에야 알게 된 민수는 말을 잃어버린 채 어머니 가슴에 얼굴을 묻었다.

괜히 서러워 눈물이 난다.

눈물을 훔쳐 닦은 민수의 낮은 목소리가 너무나 처연했다.

"이제 괜찮아?"

어머니 눈에도 이슬이 맺혀 있다.

통증의 아픔보다 이런 비참한 꼴을 보여주는 마음이 더

아팠다. 링거가 꼽히지 않은 한쪽 손으로 가슴에 묻고 있는 민수 머리를 쓰다듬으며 복받치는 감정을 추스른 목소리로 민수를 안심시켰다.

"며칠 치료하면 괜찮다고 하니까, 괜찮아. 들에서 급하게 병원으로 오느라 집에 들리지 못하고 바로 와서 치울 것도 있고 개밥도 주고 달구문도 닫아야하는데, 여기 내 걱정 하지 말고 집에 빨리 가봐."

민수를 집에 가라고 재촉을 하면서 눈을 감아버린 어머니는 냉정했다.

함께 있고 싶지만… 더 이상 약한 모습을 보이고 싶지 않았다.

잠시 머뭇거리던 민수는 병실을 나섰다. 병원 복도에는 문병을 마치고 돌아가는 가족들의 바쁜 발걸음들이 이어지고 있다. 얼마의 시간이 흐르자 잠시 북적되던 복도에 발길이 끊어졌다.

짙은 나뭇잎 사이로 가로등 빛이 새어드는 병실 복도는 밤이 깊어가고 있다.

불면증 환자들은 간호사 슬리퍼 소리에 신경을 곤두세우고 있는데 앰뷸런스 비상등이 한밤중 하늘을 가르고 있다.

잠을 이루지 못한 옆 자리 나이 들어 보이는 부인이 아무도 받아주지 않는 말을 혼자 중얼거리면서 민수 어머니 쪽으로 돌아눕는다.

"어떤 환자이기에 이 밤중에… 에이그! 병원에 오면 전부가 아픈 사람이고 병원만 먹여 살리는구만!"

"그래 말이요."

민수 어머니가 말을 받아주자, 나이 들어 보이는 부인은 말 친구를 만났다는 듯이 민수 어머니 말끝을 잇는다.

"어쩌다 뱀한테?"

부인이 묻는 말에 대답하기가 괜히 창피스럽고 남편 없는 설움 같기도 하여 예… 하고는 말끝을 맺어버렸다.

"아이구 큰일 날 뻔하셨네. 요새 혈관이나 어예 물리만 큰일 난다니까요. 요 며칠 전에 옆 자리 문병 온 사람이 카는데 들에 나가서 벌집을 잘못 건디리 가지고 혈관에 쏘여 병원에 와서도 큰 고생을 했다는데… 아이구 조심해야지요! 그래 지금 아프지는 않아요?"

걱정스런 표정으로 민수 어머니에게 향한 시선을 돌리지 않고 있다.

"예, 아프지는 않아요."

"낮에 온 학생이 집에 아들인가요?"

"예, 아들입니다"

"아들이 몇 남매나 되요?"

"그 애 하나입니다."

"지금 나이가 어떻게 되는데요?"

"저 쉰이 넘었어요."

"아이구, 아직 새색시 같은데!"

"뭘요, 촌에 일하는 사람이…"

원래 살결이 좋아서 어디를 가도 나이보다 적게 본다.

"아주머니는 지금 얼마시지요?"

"얼마로 보여요?"

되묻는 옆 자리 부인은 민수 어머니 말 떨어지기만을 기다린다.

뚱뚱한 체구에 희끗희끗 반백머리에 이빨이 몇 개 안돼 보이는 검은 얼굴에 골 깊은 주름살은 환갑이 훨씬 넘어 보였다.

듣기 좋게 좀 젊게 나이를 말해 주고 싶어도… 어디 하나 좋게 말해줄 부분이 없어 혹 말을 잘못하다가 자존심 건드릴 것 같아 조심스럽게 망설이고 있는 민수 어머니를 잠시 바라보고 있던 부인은 "이제 쉰다섯이라요"라고 먼저 답을 해버린다.

나이보다 더 많이 보기 때문에 답을 바라고 싶지 않은 모양이다.

놀란 표정으로 민수 어머니가 부인을 바라본다.

"왜요? 나이가 더 많아 보이지요?"

하면서 시선을 돌리지 않고 있다.

"아니, 나하고 동갑인데"

"그래요. 새색시 같은데 그런데 나는…"

나이 들어 보이는 부인은 그만 시무룩해지더니 바라보던 눈길을 아무런 말없이 돌린다. 자존심이 몹시도 상한 모양이다.

잠시 침묵이 흘렀다.

"자제분들이 몇 남매나 됩니까?"

민수 어머니는 옆 자리 부인 자존심을 살려주고 싶어 말거리를 만들어 먼저 입을 열었다.

"예, 딸 둘 아들 셋 오남매 됩니다. 대학 다 시키고 끝에 아들 두고는 다 출가시켜 밥은 먹고 살아요. 쫑말이는 지난 달에 제대해 가지고 나와 취직한다고 저래 집에 붙어있지도 않아요."

"아이구! 성공하셨네요, 촌에서 오남매 대학까지 공부시켰다하니 참 대단하십니다. 자식들 공부 시키다보니까 몸은 생각도 않고 일만 하니까 신경통도 생기고 겉늙어 꼬부라진다니까요."

부인은 그제사 마음이 조금 풀리는 것 같다.

"예, 맞아요, 자식들 오남매 저것들 가르치느라고 평생 논밭에서 살아왔어요. 그러다 보니까 우리 영감 할마이는 이래 다 망가졌네요. 큰아들이 이빨 하라면서 돈을 주길래 이빨은 맞춰 놓고 막내아들이 군에 갔다 와서 직장 구한다면서 드나드길래 돈이 아쉽지 싶어 주었더니 큰 며느리가 그걸 알고 지랄하길래 내 속으로 너도 네 새끼 한번 키워 봐라. 까짓 거! 이제 늙어빠진 게 이빨 없으면 어때? 그래, 이래가지고 다니니까 남 보기도 그렇고 서글퍼 보이네요."

"이빨이야 해 박아야지요."

"후유"

땅이 꺼져라 한숨을 내쉬더니 신세타령을 털어 놓는다.

"이래 아프다고 해도 자식들은 얼굴만 뻑꾸미 내밀고 돈 몇 푼 주고 가면 자식 도리를 다하는 줄 아는 세상이니…"

"요새 아들 다 그렇지요."

"다 그런가는 몰라도 신경통으로 다리가 하도 아파서 지난겨울에 왔더니 의사는 일하지 마라 카지, 농사짓는 사람이 일 안할 수도 없고 괜찮기에 좀 꾸무댔더니 온 몸이 굴신을 못할 정도로 쑤시고 아파요. 가만히 앉아 놀 형편도 못되고 사는 게 뭔지, 한창 바쁜 가을 철 같으면 죽을병이 안 들고는 못 와요. 요새 좀 징하길래 왔더니 집이고 들이고 엉망이 되었을 기고만, 저 아부지 조석은 어떻게 해서 먹는지? 자식 여럿 있다고 해야 다 객지 나가고 저들 먹고 살기도 바쁘니… 참 같잖아요. 두 식구가 사는데, 영감도 이제 일에 골짱이 나서 좀 꾸무대기만 해도 밤새도록 끙끙 앓는 소리 하는 거 보면 죽지 못해 할 수 없이 한다니까요."

말을 이어가던 부인은 일어나 내 침대 쪽으로 돌아앉는다.

"그래, 애기 아빠는 뭐 하시는데?"

"저 아부지 없어요."

"없다니요?"

부인은 놀란 얼굴로 민수 어머니를 바라본다.

"언제 돌아가셨는데?"

"예, 여러 해 돼요."

"아직은 너무 억울한 나인데…"

"뭘요, 나이 오십이 넘은 사람이 자식 보고 사는 거지요."

잠시 침묵으로 이어진다.

"그래 병원은 언제 오셨는데요?"

더 이상 민수 저 아버지 말을 꺼내고 싶지 않아 민수 어머니는 먼저 화제를 바꾸었다.

"예, 지난 장날 왔으니까, 한 장 도막이 되네요."

"그래 좀 어때요?"

"아무것도 안하고 가만히 있으만 괜찮아요."

"촌에 살지 말고 아들한테 가지 그래요."

"아이구, 그런 소리 하지 말아요."

부인은 깜짝 놀라며 손사래를 친다.

"오라고 할까봐 겁나요. 그렇잖아도 영감이나 내가 죽으만 아들한테 가야할 기고… 가면 토끼장 같은 아파트에 우두커니 앉아 집이나 봐야지 그게 사는 겁니까? 아파트 이름도 미국말이라 어디 누가 아들집이 어디냐고 묻거나 해도 미국말을 못하니 얼마나 불편한지… 한번은 저 아부지 생일 해준다고 하기에 두 내외가 서울 아들네 집을 갔는데 생일 잘 얻어먹고 그날 저녁에 저 아부지가 담배 한대 태우고 온다고 추리닝 바람으로 밖에 나가더니 밤이 이슥해도 사람이 돌아오지 않아 온 가족이 밖에 나가서 사방 찾아보았지만 찾지 못하고 결국 파출소에다 신고를 해놓고 연락오기만 기다리느라 그날 저녁 온 가족이 뜬 눈으로 밤을 새웠지요.

그런데! 그 이튿날 아침에 시골서 영감한테 전화가 걸려왔다고요. 반갑게 아들이 전화를 받는데 다짜고짜, '야! 이놈 새끼들아!' 소리를 버럭 지르면서 '너 아바이가 없으면 차에 깔려 죽었는지 물에 빠져 죽었는지 찾아봐야 할 거 아니야?' 온 식구가 귀를 기울이고 있는데 화가 잔뜩 난 음성이더라고. '다른 아파트로 당장 옮겨. 저 아바이 저머이 못 찾아오도록 미국말로 된 아파트 샀나? 그러려고 미국말 배웠나? 너 집에는 이제 안가.' 나중에 이야기를 들어보니까 그날 저녁 영감이 얼마나 애를 먹었는지 다시는 서울에 안 간다고 하면서 애매한 아들 욕을 하드라고요.

밖에 나가서 정원 벤치에 앉아 담배 한대 태우고 들어갔는데 아들 집이 아니더라고 몇 군데를 찾아 들어갔지만 그 아파트가 그 아파트 같고 아파트는 꽉 들어 차있지, 동도 모르지 호수도 모르지 밤늦도록 얼마나 헤맸는지 파출소를 찾아갔지만 관할을 벗어난 파출소라 순경한테 자초지종 이야기를 했더니 밤이 너무 늦고 하니까 여기서 주무시고 날이 밝은 대로 찾아드리겠다는데 그래도 화가 난 영감은 순경 말을 뿌리치고 다시 파출소를 나와 헤매었지만 늦은 밤에 파자마 바람으로 돈 한 푼 없이 다리는 아프고 아는 거는 자기 이름하고 아들 이름 시골집 주소밖에는 없지, 망설이다 부애가 나니까 그만 택시를 타고 시골로 내려갔답니다."

"왜 우리나라 이름 놔두고 어려운 미국말로 했는지 시골 저 아바이 저머이 못 오게 할라고 하는 짓이지 죽으면 귀신이 집을 못 찾아 제사 얻어먹으러 오겠어요. 조상님들이 미국말을 압니까? 우리 조상님들 혼신이 배고파 방황하고 있을 기고만. 조상님들 살아서는 보릿고개로 배곯고 죽어서는 집 못 찾아 배곯으니, 참 세상 요상하게 돌아가고 있어요. 우리같이 못 배운 사람은 나이만치 변해가는 세상을 못 따라간다니까요. 아이구 골치 아파…"

　나이 들어 보이는 부인은 고개를 설레설레 흔든다.

　"가르쳐 봐야 저 좋지! 세상이 그러니 뭐!"

　넋두리처럼 중얼대더니 어느새 잠이 들어 코고는 소리를 드렁거리고 있다.

　시계는 새벽 두 시를 가리키고 있다.

묘 터

 입원한 지 일주일이 지난 민수 어머니가 퇴원하던 날, 동구나무걸에 마을 사람들이 웅성거리고 있다.
 가끔 강씨 영감 큰소리가 들려왔다. 강씨 영감은 민수하고는 촌수로 봐서는 먼 할아버지 뻘이다. 흥분된 마을 사람들은 강씨 영감 말이 옳다고들 박수를 치고 있다. 10년 만에 찾아온 봉춘이 이야기이다.

 봉춘이는 이 마을 대성을 이루고 있는 강씨 외손으로 웃마(윗마을) 오두막집에 노모 본동 할머니와 함께 살다 서울로 오입을 갔었다.
 10년 동안 소식 없이 지내다가 본동 할머니가 깊은 병이 들자 급작스럽게 서울로 데리고 가서 병원에 입원을 시켜

놓고 묘 터 구하러 고향에 내려와 비석걸에 묫자리를 보고 갔다. 그 소식을 들은 마을 사람들이 동구나무걸로 모여들어 웅성이고 있다.

옛날부터 비석걸에 명당자리가 있다고 하여 왔지만 거기에 묘를 쓰면 동네에 화가 온다는 전설에 아무도 그 자리는 마음을 먹지 못했다.

"그놈 자식! 지어미 묘를 어디다 쓴다고? 뭐? 마을 사람들이 원하는 대로 돈을 내놓겠다고! 돈을 그렇게 많이 벌었나?"

봉춘이는 일자무식이지만 구변이 좋고 수단이 좋다. 맨주먹으로 서울 올라가 돈 많은 과부를 만나 장가를 가서 부동산 업을 해서 돈을 많이 벌었다.

강씨 영감은 봉춘이 외삼촌이다. 봉춘이 어머니 본동 할머니는 오빠인 강씨 영감에 의지하여 살아왔다. 봉춘이가 돈을 많이 벌었다고 해도 외삼촌 강씨 영감에게는 용돈은커녕 고맙다는 인사 한마디 없이 본동 할머니를 모시고 가서 병원에 입원시켰다. 강씨 영감이 서운하게 생각하고 있던 차 마을 사람들 반대 성토에 앞장섰다.

"비석걸에는 안 돼!"

강씨 영감은 핏대를 올려가면서 고래고래 고함을 지른다.

"동네 사람이 반대하는데 거기다 묘 써가지고 잘 될 줄 아나? 그 야시 같은 여편네 때문에 지 부모도 모르는 놈이!"

장가가기 전에는 고향에 자주 내려와 제 어머니한테고 외삼촌 강씨 영감에게도 잘 했는데, 장가가고 나서부터 고향에도 오지 않고 소식을 끊고 살아왔다. 여자한테 모든 경제권을 빼앗긴 봉춘이가 원망스럽지만 맨주먹으로 서울 가서 그렇게라도 잘살고 있는 게 고마워 외삼촌 강씨 영감은 좀 서운하고 섭섭한 일이 있어도 참고 봉춘이 어머니를 돌보아 왔다. 이번에 하는 짓이 너무나 서운해 강씨 영감은 몹시도 흥분했다.

"봉춘이가 오거든 마을 사람 모두 나서서 반대를 해야지, 거기다 묘 쓰면 동네에 화가 온다는데 그냥 두면 안 돼!"

마을 사람들은 강씨 말이 옳다고 박수를 친다.

비석걸에는 강씨 영감의 강력한 반대에 묘를 못 쓰게 될 것이라 믿고 어둠살이 끼는 동구나무걸을 한 사람씩 벗어났다.

그 후 김봉춘이가 다녀간 지 일주일이 지난 일요일 아침 서울 봉춘이가 온다는 이장 방송에, 아침밥이 끝난 마을 사람들이 주막집으로 모여들었다.

마을 사람들은 오늘 강씨 영감을 앞세워 비석걸 못자리

를 보고 간 봉춘이에게 포기하라는 성토를 하기 위해 모여 들었다. 주막집 앞마당엔 벌써 봉춘이의 까만 자가용이 와 있는가하면 뜰에는 고무신, 농구화, 신발들이 마구 헝클어져 있다.

그런데 벌써 봉춘이 외삼촌 강씨 영감과 판덕이 아바이가 술상 앞에 앉아 봉춘이 이야기에 고개를 끄덕이며 술을 마시고 있다. 그날 동구나무걸에서 그렇게 고함을 지르던 봉춘이 외삼촌 강씨 영감이 그날 봐서는 봉춘이와 상대도 안 할 것 같더니 저렇게 같이 담소를 나누고 있는 게 마을 사람들이 보기에 이상한 생각이 들기는 했지만 설마 하고 강씨 영감 행동을 마을 사람들은 지켜보고 있다.

마을 사람들이 다 모이자 이장이 일어나 인사말을 한다.

"오늘 모이게 된 동기는 비석걸에 김봉춘 씨 묘 터 문제로 모였습니다. 비석걸에는 옛날부터 묘를 쓰면 마을에 화가 온다는 전설이 있습니다. 그래서 지금까지 그기는 아무도 묘 쓸 생각을 안 해 왔는데 봉춘 씨가 묘를 쓰겠다고 못자리를 보았습니다. 그래서 동네 여러분들의 의견을 듣고자 모이시도록 했습니다.

어떻게 하면 좋겠습니까? 장본인 김봉춘 씨 있는 자리에서 말씀하십시오. 우선 봉춘 씨 이야기부터 한번 들어봅시다."

봉춘이가 일어나더니 목을 가다듬는다.

"안녕들 하십니까? 오늘 이렇게 마을 분들이 모이신 동기를 이장한테 잘 들었습니다. 저의 어머니는 마을 여러분들이 항상 살펴주신 덕분에 잘살아 오셨습니다. 비 오면 새는 지붕을 고쳐주신 그런 고마운 인사도 바쁘게 살다보니 하지 못했습니다. 땅 한 꼴 없이 살다 보니까 묫자리 하나 쓸 곳이 없네요. 어머니는 나 죽거든 고향에 묻어달라는 부탁을 하기에 급하게 묫자리를 구하다 보니까 비석걸에 한 자리 보았습니다. 비석걸에 전해오는 이야기도 잘 알고 있습니다. 그러나 이제는 믿지 않은 옛날이야기들 아닙니까?

　제가 마을에 충분한 보답을 해드리겠습니다. 좀 도와주시면 고맙겠습니다. 부탁입니다."

　봉춘이 말이 끝나자 마을 사람들이 웅성인다.

　봉춘이도 봉춘이지만 마을 사람들은 봉춘이 외삼촌 강씨 영감에게 모두 시선이 가고 있다. 강씨 영감을 바라보던 마을 사람들은 그날 봐서는 저래 있을 영감이 아닌데… 하며 모두가 이상한 생각으로 지켜보고 있다. 그래도 강씨 영감은 모른 채 판덕이 아바이하고 술만 마시고 있다. 며칠 전에 동구나무걸에서 그 야단을 치던 행동과는 전연 다른 태도였다.

　"왜 저 영감 아무 말이 없지?"

원래 술 몇 잔에 돈 몇 푼이면 쓸개 없이 노는 영감이라는 걸 알고 있지만 마을 사람들 앞에서 저렇게 변할 수가 있을까? 마을 사람들은 석연찮은 생각으로 강씨 영감 행동을 계속 지켜보고 있다.

봉춘이는 마을 사람들이 반대하고 있다는 것도, 외삼촌이 앞서서 반대하는 것도 다 잘 알고 있다. 옛날 같으면 마을 사람들한테 맞아 죽을 짓이지만 지금은 사정이 조금 다른 게 말마디라도 할 만한 사람들은 다 떠나고 마을 사람들이라 해봐야 전부 나이 많은 사람이고 목통 큰 외삼촌만 설득시키면 된다는 생각으로 술 좋아하는 판덕이 아버지와 같이 술대접을 하고 있다. 돈 좋아하는 외삼촌에게 그간 어머니 돌봐주신 고마운 뜻으로 마을 사람 모르게 100만원 봉투를 주었다. 이렇게 해서 외삼촌 입은 막았는데 마을 사람들 서두는 게 심상치 않다.

잠시 방안은 침묵으로 이어지고 있다.

봉춘이는 조심스러운 표정으로 다시 말을 이어간다.

"제가 그기에 대한 보답은 충분히 해 드리겠습니다."

"영감님 대답해 봐요."

지켜보고 있던 이장이 강씨 영감을 향해 말을 던졌으나 묵묵부답이다.

"아니 그저께 동구나무걸에서 한 말이 있잖아요. 비석걸에는 누구라도 묘를 못 쓴다고 하면서 봉춘이가 서울서 오면 마을 사람 모두 나오라고 해놓고 왜 오늘 아무런 말이 없지요? 대답해보세요."

몇 번을 이장이 졸라 물었다.

강씨 영감은 곤혹스러운 표정으로 술상을 내려 깔아 보면서 혼잣말로 궁성인다.

"내가 무슨 말을 해?"

사람들은 웅성거리기 시작한다.

뒤에 앉아있던 부인네들이 먼저 쑥덕거린다.

"저 영감 돈 몇 푼 얻었구만. 틀림없어! 돈하고 술 앞에서는 의리 없는 영감인데."

부엌에 빠져나간 점방집 아줌마는 술안주 장만하느라 뚝딱거리고 있다.

강씨 영감이 말하기는 벌써 글렀고, 성질 급한 뚝바리 홍씨가 봉춘이에게 물었다.

"자네 형편은 잘 알고 있네만 비석걸에는 옛날부터 전해오는 유래가 있는 걸 잘 알고 있잖나? 마을에 화가 온다는데도 거기에 꼭 산소를 써야하겠는가?"

봉춘이는 입을 다문 채 고개를 숙이고 있다.

방안은 잠시 말이 끊어진 채 봉춘이 대답을 바라고 있다.

"요새 누가 그런 걸 믿어?"

분위기 파악도 하지 못한 판덕이 아바이는 술김에 불쑥 한마디 거들었다.

"뭐? 저따위가 있어!"

곁에 앉아있던 이토수가 판덕이 아바이를 향해 손가락질을 하며 버럭 고함을 지르자, 방안은 흥분된 분위기로 너도나도 고성이 오고 갔다.

홍씨는 판덕이 아버지를 향해 묻는다.

"그래 안 믿어면?"

"봉춘이 사정이 딱해서 그래는 거지 뭐!"

술김에 한마디 했지만 본인도 잘못한 것을 알았는지 기어들어가는 말로 꼬리를 실실 낮춘다.

점방집 아줌마는 이판에 술이나 팔아보자는 욕심으로 맥주병을 마구 펑펑 따 제친다.

"저 여편네 좀 봐! 술 팔아먹을라고 술 갖다 나르는 거 좀 봐."

떠버리가 혼잣말로 중얼댄다.

"아줌마, 어얀 술을 자꾸 가지고 와요?"

이장이 점방집 아줌마에게 핀잔 섞인 말을 한다.

"저 김 사장님이…"

주막집 아줌마는 무안한 얼굴로 기어가는 소리로 말끝을 흐린다.

입을 다물고 있던 강씨 영감이 돈 받은 대가로 술의 힘을 얻어 한마디 꺼낸다.
"우리 한번 잘 생각해 보세. 봉춘이가 그냥 있겠는가?"
홍씨가 자신보다 몇 살 위인 강씨에게 버럭 고함을 지른다.
"뭐 저따위들이 있어? 아래 동구나무걸에서 무어라고 했나? 하는 꼴 본 게 애들 일도 아니고… 그날 그렇게 큰소리 쳐디만, 술 몇 잔 얻어 처먹고, 뭐? 잘 생각해보자고? 비석걸에는 누구라도 묘를 못 쓴다고 그래놓고 오늘 하는 소리가 그 따위라?"
말이 좀 심했는지 홍씨 말에 눈썹을 세워가며 듣고 있던 강씨 영감은 홍씨를 향해 일어나 비틀거리면서 홍씨를 향해 달려들 것 같이 삿대질을 해댄다.
"뭐라고 그랬나? 뭐? 그 따위!"
홍씨도 이에 질세라 따라 일어나 강씨의 말을 받아친다.
"어? 어? 그래 잘했다는 말이야?"
두 사람 음성이 높아진다.
"뭐! 그 따위?"
강씨가 홍씨 멱살을 잡았다.
"어, 어! 이거 못 놔?"
멱살 잡힌 홍씨가 멱살 잡은 강씨 영감 팔을 잡아 밀었다.
강씨 영감이 넘어지면서 술상에 부딪혔다. 술상이 뒤집

어지면서 술병이 깨지고 국물이 쏟아져 사람들 얼굴에 튀었다. 술 벼락 맞은 마을 사람들은 옷을 훌훌 털면서 밖으로 나갔다. 마을 사람들은 그렇게 언짢은 표정들이 아니다.

지켜보던 광동댁도 한마디 한다.

"에, 시원하게 잘했어, 속이 후련하구만. 그래 잘 붙었다. 저 영감 욕 좀 봐야해."

"그래 네가 주먹질을 해, 오야! 네가 죽나 내가 죽나 그래 한번 해보자."

일어서려고 하는데 방바닥에 재차 쓰러졌다. 강씨 영감은 방바닥에 누운 채 눈을 감고 숨만 헐떡이고 있다. 마을 사람들은 저 영감 흉 쓴다면서 대수롭지 않게 지켜보고 있다.

얼마의 시간이 흘렀다. 신음소리를 내는 강씨 영감 숨소리가 심상치 않았다. 이장은 다급한 얼굴로 봉춘이를 바라본다.

"아니야! 그냥 두고 볼 일이 아닐세요. 빨리 119 구급차를 부르는 게 좋을 것 같아요."

"응, 그래."

상황을 지켜보던 봉춘이는 이장 말대로 급히 119 구급차를 불렀다.

외삼촌 강씨 영감은 마을에 술이나 한잔 내고 하면 누가 그렇게 반대할 사람 없을 것이라고 했다. 그래서 봉춘이도 대단찮게 생각했는데 마을 사람들이 이렇게까지 나올 줄 몰랐다.

그렇다 보니까 강씨 영감 체면이 말이 아니다. 봉춘이한테 돈은 받았지 또 마을 사람들한테 뱉은 말은 있지, 궁지에 몰린 것이다.

술의 힘을 빌려 홍씨한테 대들었지만 택도 없는 짓이다.

잠시 후 구급차가 도착했다.

이장이 구급차에 동승하여 병원으로 데리고 갔다. 강씨 영감을 병원으로 실려 보내고 난 마을 사람들은 대단찮게 생각을 하고 있다.

봉춘이는 흥분된 홍씨를 붙들어 앉힌다.

"그만 진정하게, 모든 게 내 잘못 생각일세."

마을 사람들에게 죄송하다고 사과를 했다.

"우리가 동네에 해가 온다고 하면 믿든 안 믿든 하지 말아야지. 그리고 수백 년을 지켜온 마을 유래를 왜 우리가 깨어야 해? 그리고 며칠 전에 동구나무걸에서 저 영감 자기가 나서서 비석걸에는 누구도 안 된다고 큰소리 쳐놓고 오늘 하는 짓이 마을 사람들을 분개하도록 하잖아. 봉춘이가 서울서 오거든 전 동민이 모이자고 해놓고… 이게 무슨 꼴이라!

사람들이 모여도 말 한마디 하지 않고 술만 마시고, 이래서 되겠는가? 저 영감님 원래 저런 사람인 걸 모두 알고 있지만 오늘 하는 짓이 뭐라? 설마 했더니 그래놓고 자네 보다시피 싸울라고 대들잖아. 성질나는 대로 하만 대번에… 아이구!"

성질을 못 이긴 홍씨는 주먹을 불끈 쥐어 내민다.

"저래도 나한테 맞았다고 고소할 사람이라. 저 영감 하고도 남을 사람이라."

"술 취해 몸도 못 가누는 사람이 무슨 고소를 해. 말도 안 되는 소리."

봉춘이는 말을 막아버린다.

"아니야 봉춘이 자네는 몰라, 저 영감 몇 년 전에 술 먹고 싸우고 고소해서 돈 울아 먹은 사람이야."

봉춘이는 웃으면서 홍씨와 마을 사람들을 안심시켰다.

"전과가 있구만. 이번 일은 내가 증인이야, 그런 일 없을 거야, 걱정하지 말아요."

한편 봉춘이 외삼촌을 병원으로 데리고 간 이장한테서 연락이 왔다.

지금 의식 불명으로 중환자실에서 검사 중인데 큰 병원으로 가야 할 것 같다는 것이다.

소식을 들은 마을 사람들은 당혹스러운 얼굴 표정들이었

다. 방 안 분위기는 무거운 침묵으로 이어지고 있다. 연락을 받은 봉춘이는 밖으로 나가 급히 차를 몰고 외삼촌 강씨 영감이 있는 적십자 병원으로 갔다.

　병원에 도착했을 때 외삼촌은 뇌출혈로 위독한 상태였다. 잠시 의사와 상담을 마치고 서울대병원으로 알선을 받고 의사 소견서와 앰뷸런스를 주선하여 급히 서둘렀다.

　서울대병원에 도착하였으나 골든타임을 놓쳐 치료할 수 없는 상태라면서 준비하라는 의사에 진단이 나왔다.

　강씨는 병원에 들어온 지 일주일 만에 사망했다.

　봉춘이가 외삼촌 강씨 영감 장례를 마치던 날 봉춘이 어머니 본동 할머니가 돌아가셨다고 연락이 왔다. 마을 사람들은 봉춘이 어머니와 외삼촌 죽음이 이상하다면서, 비석걸에 묘 터 본 것이 부정을 탔다니 뭐 시시각각으로 생각들을 하고 있다.

　봉춘이 어머니 장지는 마을 사람들의 반대로 비석걸에는 포기를 하고 본동 할머니가 평소 가꾸어오던 자그마한 채전밭이다. 동구나무에서 바로 보이는 내 건너 지번도 없는 돌무더기 밭으로 할머니 손으로 돌을 주워내고 일궈 온 6, 70평도 안 되는 채전밭에 배추, 무, 감자, 고구마, 상추를 심고 가꾸는 재미도 있었고 수확해서 이웃 간 인심을 써가며 나누어 먹는 재미로 늘 할머니는 채전밭에 살다시피 했었다.

운구차가 도착하자 뒤를 따라 자가용 차들이 길가에 즐비하게 들어선다. 차에서 내리는 문상객들은 돈푼깨나 있어 보이는 사장 족들이다. 김 사장 이 사장 자기들끼리 부르는 거 봐서 알 수가 있다. 뒤를 따라 화환을 실은 트럭이 도착했다.

"저 꽃 좀 봐?"

조화가 트럭에 가득 실려 있다.

의아한 표정들로 마을 사람들은 일을 도와주는 사람보다 구경 나온 사람이 더 많았다.

떠버리 광동댁은 조화 실은 차 앞으로 바싹 다가선다.

"○○ 대표 이사, 주식회사 사장 ○○○"

굵직굵직한 직함들을 읽어 본다.

"일자무식이 맨몸덩이로 나가 저런 사람들하고 어울리는 거 보면 봉춘이 저 사람 대단한 사람일세."

이토수 말에 홍씨도 수긍한다.

"저 사람 좀 배웠으면 일 낼 사람이란게."

조화에 시선을 주고 있던 마을 사람들은 홍씨 말에 고개를 끄덕인다.

그때 옆에서 가만 보고 있던 진주어른도 한마디 한다.

"저게 무슨 소용이 있나. 살아 있을 때 잘해야지. 저거 전부 허세일세."

"맞아요. 우체부만 얼씬하면 아들한테 무슨 소식 왔는가 눈길을 주었었는데, 살아 있을 때 저런 모습 한번 보여주면 본동 할마이 얼마나 좋아하겠어요."

이목수가 아쉬운 듯 거든다.

"죽고 나면 모두 쓸데없는 낭비에다 모든 것을 소모하고 있다니까요."

"그래 말일세, 살아있을 때 한 번이라도 더 찾아보고 맛있는 거 사다주고 구경시켜주고 죽고 나서는 간단히 행사를 치르면 되는 걸. 살아 있을 때는 코끝도 안 보이다 죽고 나만 큰 효자처럼 울고불고 야단을 지긴 다니까."

언짢은 표정으로 진주어른은 쩌쩌 혀를 차면서 차에 가득 실고 온 조화를 보면서 한마디 덧붙인다.

"저 조화는 뒤처리도 문제일세. 잘 타지도 않아."

장례를 마치고 본동 할머니 살림살이를 정리하던 중 장속에서 본동 할머니 통장과 유서가 나왔다. 오천만 원이 넘는 현찰과 통장이 나왔다.

통장을 손에 든 봉춘이는 울컥하는 가슴으로 영전 앞에서 하염없이 눈물을 흘리고 있다.

*

이 불효자식을 용서하여 주십시오.

집을 떠나면서 서울 가서 돈 벌면

잘 모시겠다는 약속으로

어머니 마음을 달래면서 떠났는데

그때 어머니 마음은 어떠셨을까요?

같이 살고 싶었지만 가난하게 살면서

가르치지 못한 죄로 붙들지 못하고 떠나보내는 심정

어느 누구도 헤아려 주는 이 없었습니다.

장가가서 좋은 차에 좋은 집에 살면서

떠날 때 어머니를 달래주었던

그 약속 지킬 날이 언제든지 늘 있을 것이라는 미련으로

미루고 모아둔 것이 후회스럽기만 합니다.

먹어보지도 입어보지도 못한 어머니!

몸이 아파도 돈이 아까워 병원에 가지 않고 모아둔

이 돈이 이 자식의 가슴이 찢어지는 것 같습니다.

내가 3살 때 아버지를 여의고

어머니 혼자 청춘과부로 살아오면서

자식 하나마저 곁을 떠나보내고 살았으니

얼마나 쓸쓸하고 외로웠습니까?

용서하십시오.

*

아들아 보아라.

내가 너에게 물려줄 게 아무것도 없구나.

내가 자식 하나 가르치지 못하고

벌건 건달로 객지로 보내 항상 마음이 아팠다.

이 돈은 내가 텃밭에 고추도 따다 팔고

정구지도 심어 팔고 해서 모은 돈이다.

가르치지도 못한 내가 자식에게 신세 안 지려고 모았으니

이 돈으로 장사 치르고

마을 사람들에게 후하게 대접해라.

마을 사람들 덕분에 불편 없이 외롭지 않게 잘 살았다.

종이쪽지에 적힌 글을 몇 번이고 읽으면서 고개를 떨구고 있다. 봉춘이는 전액을 마을에 내놓았다. 혼자 계시는 어머니가 마을 사람들 덕분에 잘살아 왔다면서 이장에게 전달했다.

배추농사

올 여름은 유난히도 더웠다.

이장을 만난 만호는 근심 담긴 얼굴이다.

"배추 상인이 꼼짝을 않네. 왜 그렇지?"

이장은 궁금한 얼굴로 만호를 바라보고 있다.

"몇 년 전만 해도 배추를 심기만 해놓아도 상인들이 다투어가며 찾아와 선금을 주고 했었는데 근래 와서는 상인들이 통 뻔득그러지를 않아…"

"그럼 오늘 박씨 영감 한번 만나보세. 대전 상인한테 배추 좀 처리해달라고 부탁 좀 해보자고, 좀 있으면 나올 거야."

이장이 서둘러댄다.

박씨 영감은 점심을 먹고 꼭 주막에 들려 한잔하고 동구나무걸에 나온다. 술을 좋아하기 때문에 하루에도 몇 차례 주막에 들락거린다. 동구나무걸에 나와야지 마실 사람을 만나 상인에게 소개해줄 농산물 주문도 받고 또 작황 실태를 들을 수 있다.

마침 박씨 영감이 동구나무 아래로 들어오고 있다.

"영감님, 점심 잡주셨나요? 좀 뵈올라고 기다리는 중입니다."

만호가 반가이 맞이한다.

"그래 나도 자네 만나러 왔네. 마침 이장도 있고 잘 만났네."

박씨 영감은 자식도 없이 두 내외가 살다 늦게 상처를 하고 홀아비로 살아가고 있다. 땅 마지기 좀 있는 것 부인 병원비로 없애고 가을철에 찾아오는 상인들에게 농산물 소개해주고 용돈을 만들어 쓴다.

"안 그래도 자네 배추 때문에 속 썩인다는 이야기를 주막에서 듣고, 청주 한 사장한테 부탁을 했더니 내일 온다고 했네."

"그래요, 고맙습니다."

만호의 표정은 금세 밝아진다.

청주에서 상회를 하고 있는 한 사장은 가을철 되면 박씨 영감을 앞세워 채소나 과일을 사들이고 있다. 그래서 한 사장은 박씨 말을 잘 듣게 돼있다.

　박씨 영감은 술을 좋아하기 때문에 상인들이 찾아오면 주로 주막에서 흥정을 한다. 그래서 주막집 아줌마는 박씨 영감을 깍듯이 모신다. 그러다 보니까 마실에서는 이러쿵저러쿵 박씨 영감하고 붙었다니 하는 근거도 없는 소문이 쏴하게 나돌기도 한다.

　주막집 아줌마는 어릴 때 소아마비를 앓은 적이 있어 다리를 약간 잘 숙이며 흰 살결에 나이보다 젊게 보인다. 떠버리 광동댁과 큰 마누라, 작은 마누라 사이였다. 광동댁은 자식을 갖지 못하자 광동댁 남편이 자식을 가지려고 둘째 부인으로 맞이했었다. 둘째 부인인 주막집 아줌마저 자식을 갖지 못하고 광동댁 남편이 죽고 나서부터는 광동댁과는 남남으로 살고 있다.

　또 겨울철에는 마을 사람들이 주막에 모여 술내기 화투로 밤샐 때가 있다. 그럴 때마다 마을 부인네들이 나와 방구들을 파치운다면서 싸우기도 많이 싸워왔다. 사실은 주막집 아줌마의 끼 있는 애교에 자기 남편들이 바람이나 나지 않을까 하는 염려와 질투심에서 생기는 하나의 반항이다. 거기에다 의부증이 많은 강대만이 부인은 자기 남편이 주막에서 놀다오거나 밤 세우는 날에는 가정불화로 온 마실이 뒤집어진다.

이런 욕을 먹어가며 장사를 하다보니까 오해도 많이 받아 오고 있다.

3년간 배추농사를 짓고 있는 만호는 계속 값이 떨어져서 비료대나 인건비도 지난 2년간은 못 건졌다. 올해 역시 상인들이 찾아들지를 않아 속을 썩이고 있는 중이다. 배추농사를 짓지 말자는 아내의 만류에도 배추농사를 고집해 온 만호네는 가정불화가 자주 일어난다.
"영감님, 싸게라도 처분해줘요."
만호의 애절한 부탁이다.
"걱정 말아! 한씨 그 사람은 내말 듣기 돼있어."
큰소리치며 이장을 향해 다시 한 번 자기를 과시한다.
"내가 누군가?"
자신만만한 얼굴로 이장과 만호 얼굴을 번갈아보며 허허 너털웃음을 웃어댄다.
"예 고마워요. 그노무 거 배추 때문에 이혼하겠어요, 오늘도 한바탕 하고 나왔어요."
박씨 영감 너털웃음에 안도의 한숨을 쉬는 만호는 심정을 털어 놓는다.
"자네 똥고집 이제는 버려! 여자 말도 들을 건 들어야해."
이장 하는 말에 만호는 고개를 끄덕인다.

"자네 말이 맞아! 사실은 2년이나 배추농사 실패를 하고 보니까 오기가 생기더라고. 오기 바람에 했지만 결국 또 이 꼴이 되었으니 할 말 없어. 이제 배추 농사 손들었어! 애 엄마한테도 손들었고!"
 "그래 올해는 영감님이 잘 팔아줄 거야. 기다려 봐!"
 이장이 자리에 일어서자 박씨 영감도 같이 따라 일어난다.
 "그럼 내일 만나세."
 박씨 영감이 이장과 함께 동구나무를 벗어났다.
 "그래 이장 말이 맞아. 내 고집 때문에 애 엄마 고생은 말할 것 없고 많은 실망을 안겨주었어."

 늦여름 열기는 아직 나무그늘을 벗어나기가 싫을 만큼 덥다. 만호는 이장이 한 말을 되새기면서 멍하니 생각에 잠겨있다. 뿐만 아니라 애 엄마는 올 여름 배추밭에서 과로로 쓰러진 적이 있었다. 그래도 위로의 말 한번 따뜻하게 해주지 않고 과로라면서 대수롭지 않게 말을 던지고 말았다.
 그 후로 애 엄마 얼굴도 창백해 보이고 조금만 힘 드는 일을 해도 비슬거린다. 그럴 때마다 병원에 가보라고 해도 돈이 아까워 괜찮다면서 미련을 떨고 있다.
 그러던 중 박씨 영감이 배추를 팔아 준다하니 천만다행이다. 배추 팔면 올해는 죄다 애 엄마 손에 쥐어주어 좋은 옷도 사 입고 하고 싶은 거 하도록 해야지. 지난 봄 부부동반 동창모임에 애 엄마의 햇볕에 그을린 초라한 모습이 너무 가슴 아팠다.

내일이면 애 엄마가 반가워할 부푼 마음을 기대하면서 따가운 햇살이 길게 새어드는 동구나무 가지에 매달려 마음껏 목청을 돋우고 있는 매미 소리를 뒤로하고 골목으로 들어섰다.

온종일 배추밭에 일하고 피로에 지쳐 잠든 애 엄마 모습을 볼 때마다 안쓰러웠다.

*
당신

당신의 감은 눈은 잠들어 있습니다
연지 곤지 수줍은 고운 얼굴 간데없고

주름살 깊어가는 까만 얼굴
햇빛 바래진 머리카락

온종일 긴 밭골 흙냄새로
베개에 지친 채 피로에 눈을 감고

가끔 품어내는 한숨소리

고달프게 살아온 당신

손발이 닳도록 땅을 뒤져왔지만

찾은 건 아무것도 없는

잠들어 있는 저 빈손 가진 게 없네

이튿날 아침나절, 박씨는 청주 한 사장을 데리고 만호를 따라 배추밭으로 나갔다.

청주 한 사장은 배추 골을 다니면서 고개를 갸우뚱거리고 있다.

"배추가 나가 찼구만."

출하기가 지났다는 말이다.

한씨와 박씨 영감 하는 이야기가 심상치 않았다.

"언간 하면 가져가게."

박씨 영감 하는 말에 한씨는 배추 한 포기를 발로 툭 차더니 갈라진 배추를 보인다.

배추 꼭지 담이 농했다.

"이게 장사꾼들 말로는 꿀 찼다고 하는 거라."

청주 한씨는 밭에 들어서면서부터 상품가치가 안 되는 것을 알고도 박씨 영감 체면을 봐서 배추밭을 살펴보는 척했다.

청주 한씨는 고개를 저으면서 만호 곁으로 다가선다.

"저 영감 부탁이라 언간하만 가지고 갈라고 왔는데!"

"아니, 어제도 살펴봤는데?"

이상하다는 듯이 만호가 고개를 갸우뚱한다.

"여름 배추는 하루 사이에 간다니까. 지금 강원도 담배 후작 배추가 얼마나 쏟아져 나오는지 배추가 아니라 똥추라고 한 게, 물건 잘못 가져가면 쓰레기 청소비 내야 된다니까요."

사정할 여지도 없고 할 말이 없다.

청주 한씨 하는 말에 만호는 고개만 끄덕여 주었다.

어제 그렇게나 장창을 쓰던 박씨 영감도 청주 한씨가 보여준 꼭지 담이 농한 배추를 보고 할 말이 없어 미안한 표정으로 만호를 바라보자 만호는 쓴웃음으로 인사를 대신했다.

청주 한씨가 떠난 배추밭은 절망과 좌절만 남아있다.

"그냥이라도 가지고 가면 좋겠어, 그놈의 배추밭 가기도 싫어."

아내 얼굴이 애초로이 떠오른다.

애 엄마에게 줄 모든 꿈들이 허물어지고 말았다.

이제 애 엄마 마음 달랠 길이 없다.

올해도 이 꼴이니?

천 평이나 되는 이 배추밭을?

내버려야 하나?

뙤약볕에 땀 흘려가면서 가꾸어온 애 엄마의 정성이 이렇게 무너지다니…

술 취한 사람처럼 비틀거리며 발에 닥치는 대로 배추를 차버렸다. 배추는 망가져 밭골에 마구 굴러진다. 멀리서 바라보고 있던 이장이 고개를 갸우뚱하면서 만호 배추밭으로 달려왔다.

"못 팔았구나! 박씨 영감이 그렇게 큰소리쳤는데"

궁금한 생각이 들었다.

이장이 만호 밭에 도착했을 때 만호는 미친 사람처럼 온 밭을 헤매며 배추를 발에 닥치는 대로 차버리고 있다.

"이 사람 왜 이래?"

들은 체 만 체 방향 잃은 야생마처럼 설치고 있다. 이장이 앞에 다가서자 그제야 멈추어 선 만호는 실의에 찬 허탈감으로 숨을 헐떡이며 이장 앞에 그냥 주저앉아버린다.

"아이구! 왜 이래 살기 힘들어…"

숨찬 목소리로 흑흑 거린다.

흥분된 얼굴은 땀으로 엉켜 있다.

이장은 담뱃불을 붙여 만호에게 내밀었다.

"자, 담배 한대 피워."

담배를 받아 쥐는 만호의 손은 경련을 일으키고 있었다.

"아이! 힘들어!"

만호는 담배연기를 확 품어낸다.

"왜? 흥정이 안 됐나?"

궁금한 표정으로 묻는다.

"흥정이고 뭐고 상품가치가 없다는데 할 말이 없잖아."

"왜?"

"배추가 나가 찼대."

원망스러운 말투로 뱉어버린다.

"그래, 여름 배추는 조금만 늦어도 농해."

이장은 그제야 흥정이 안 된 이유를 알고 고개를 끄덕인다.

"저 가서 술이나 한잔 하세. 자, 일어나!"

잠시 안정을 시켜 만호를 데리고 주막으로 향했다.

두 사람은 주막에 들어섰다. 이장은 잠깐 한잔 하고 갈 생각으로 조그마한 마루방으로 들어섰다. 판자로 만든 진열장에 소주, 사이다, 비닐봉지에 든 과자, 빨래비누… 여름에 상하지 않는 생활필수품 몇 가지만 진열되어 있고 나머지 식품들이 들어 있는 냉장고는 계속 진동소리가 윙 거리고 있다.

작년부터 저 소리가 났었는데 저 소리가 안 나고 못 쓸 때까지 그냥 쓸 작정인 모양이다. 올 때마다 신경이 쓰인다. 서글프지만 이 주막집이 아니면 삼사십 리 길 읍으로 나가야한다.

가게 집 아줌마도 만호 배추 이야기를 들은 모양이다.

"배추를 못 팔았다면서요? 박씨 영감하고 청주 한 사장하고 여기서 술 한잔 하면서 하는 이야기 들었어요."

"그 놈의 것! 배추농사 속상해서 짓겠어? 팔아먹기를 마음대로 할 수가 있나. 여름 내 애 엄마 땡볕에서 그 고생해 가면서 지은 농사를 저래 버린다니…"

가게 아줌마가 쩌쩌 혀를 찬다.

"애 엄마는 얼마나 속상하겠어."

"할 수 없지요, 뭐. 모도, 걱정을 시켜 죄송합니다."

만호는 완전히 풀이 죽은 음성이다.

두 사람은 마루방에 걸터앉아 술을 청했다.

"아니 방으로 안 들어가고 밖에서?"

"예, 조용히 앉아 먹을 시간은 없고, 여기서 한 꼬푸 하면 돼요."

길가 쪽 모서리에 생활필수품을 진열해놓고 파는 조그마한 마루방이다.

마당 안쪽으로 들어서면 넓은 마루와 방이 있다. 주로 술을 먹을 때는 마당 안쪽 방에서 먹는데 이장은 선 채로 그냥 간단하게 한잔하고 갈 작정이었다.

잠시 뒤 가지고 나온 술상은 양은쟁반에 소주 한 병, 안주라곤 연탄불에 군 오징어와 얼큰한 배추 절인 나물이다.

술병을 잡은 이장이 만호 앞 술잔에 술을 따르자 만호도 술병을 받아 이장 앞 술잔에 술을 따른다.

"자, 건강을 위하여"

이장이 술잔을 들고 내민다. 만호도 술잔을 따라 들었다.

"그래, 이장 고마워"

두 사람이 내민 술잔이 딱하고 부딪쳤다. 부딪친 잔을 만호는 단숨에 비웠다. 서로 술잔이 오고 갔다. 만호 앞 잔은 이장이 따르기가 바쁘게 비어있었다.

"어제 TV방송에 강원도 담배 후작 배추가 홍수출하로 가격이 하락하여 생산 농가들이 배추밭을 갈아엎는 방송이 나왔어. 만호 자네만 못 팔아먹는 게 아니라…"

이장이 위로한다.

"그래, 나도 그 방송 봤지! 그런데 농사짓는 이익은 못 보더라도 공들인 보람은 있어야 할 게 아니야, 보람은커녕 실망과 배신을 갖게 되니 말이야. 농사짓는 사람들은 벨이 없나? 어때! 이장. 내 말이 맞지 않아?"

억양이 높았다. 술기가 있어 보이는 만호는 술 취하면 입에 거품을 품어내면서 이야기하는 버릇이 있다. 여전히 심각한 표정으로 만호는 이장을 향했다.

"그게 우리 농사짓는 현실이야."

이장은 당연한 것처럼 답을 해버렸다.

"응, 그래, 그걸 누가 몰라?"

만호의 음성은 공격적이고 도전적이다.

술을 주는 대로 받아 마신 만호의 표정이 점점 험하게 일그러진다. 만호는 그렇게밖에 답하지 못하는 이장을 만족스럽지 못한 얼굴로 바라보다 고개를 떨구고 잠시 생각에 잠기더니 다시 고개를 든다.

"그래도 농사를 지어야 하나?"

이장을 바라보는 만호 눈동자는 게슴츠레 풀리고 있다.

"그럼 이제 어떡해? 배운 게 있나 기술이 있나, 아니면 돈을 많이 벌었나? 다 우리가 못 배우고 못나서 그런 걸."

씁쓸한 이장 표정을 바라보던 만호는 술상에 고개를 떨친다.

이런 만호를 이장은 잠시 침묵으로 지켜본다.

"자, 술 마셔"

이장이 술잔을 들고 내밀자 만호는 떨구었던 고개를 추겨들고 초점 잃은 눈으로 이장을 잠시 응시한다.

"응, 고마워 그래 마셔야지."

술잔을 받아 쥔다. 다시 술잔이 서로 오고갔다.

"뭘 그래 심각하게 고개를 틀어박고 속을 썩이나. 올해 못하면 내년에 내년에 못하면 또… 포기하지 않고 기대를 걸고 하는 거야. 농사는 그렇게 속아가면서 순리를 찾는 거야."

"이장님! 아주 여유 만만합니다. 존경스럽습니다. 그러나 이 만호의 가정은 무너지고 있어요. 이편네 보따리 싸가지고 간대요! 이혼한대요! 이래도 순리를 기다리라고요! 웃기지 마시오. 뭐? 내년에 잘하면 된다고! 또 하라고? 어떤 놈 죽는 꼴을 봐야하나?"

만호에 눈시울이 붉어지며 몹시 격앙된 목소리였다.

"그렇게까지 가면 안 되지! 그렇다고 지금에 와서 어떻게 한다 말이라. 방법이 없잖나."

이장은 만호를 진정시켰지만 들은 체 만 체, 고개를 설레설레 흔들며 잠시 생각에 잠긴다. 무슨 생각을 했는지 흐트러진 자세를 추스르고 긴 한숨을 내품으며 담배를 꺼내 문다. 불을 붙이지 않은 채 담배를 입에 물고 혀 꼬부라진 소리로 말을 잇는다.

"이장, 나, 농사 때리 치워야겠어!"

"그럼 뭘 해?"

일그러진 만호 얼굴을 바라보며 이장이 묻는다.

"김 반장 다니는 광산에!"

"뭐?"

이장은 어처구니없는 표정으로 만호를 바라보며 웃는다.

"왜? 나는 광산에 다니면 안 돼? 만호 얼굴이 더 검으면 어때? 얼굴 검다고 이편네 보따리 안 싸겠지? 농사 계속 짓다가는 이혼하겠어!"

만호 얼굴이 심각해진다.

"누구를 원망할 게 있나? 다 내가 못난 탓이지."

누구를 원망해 이 못난 내 청춘을

분하게도 너를 잃고 돌아서는 이 발길

아-- 야속타 생각을 말자해도

이제는 너를 너를 찾지 않으마

잘 있거라 나는 간다 부디 행복하여라.

찡한 감정으로 만호는 젓가락을 손에 들고 노래를 부르며 양은쟁반을 두드린다. 만호는 술이 많이 취했다.

"어이, 이장 노래 안 해?"

양은쟁반을 두드리던 손을 놓고 혀 꼬부라진 소리로 고함을 버럭 내지르면서 횡설수설 거리더니 처량한 시선을 허공으로 향한다.

"만호! 이제 그만하고 가세. 술 취했어!"

"뭐? 술 취했다고!"

만호는 이장을 향해 고개를 추켜들고

"술은 취하라고 먹는 거 아니라? 더 먹으면 안 돼? 왜? 돈 없나? 이장, 수곡 받는 거 있잖아!"

이장은 어이가 없다.

"그래 딱 한 병만 더 하고 가자."

"몇 병 먹었는데?"

만호가 살펴보는 이장 등 뒤에는 빈 소주병 두 개가 놓여 있다.

"뭐, 술 두 병 먹고…"

두 병 술도 거의 만호가 마셨다.

이장은 술을 별로 좋아하지 않는다.

"그래, 한 병만 더하면 되겠다. 그래야 일삼오칠구로 맞아가는 거야. 주법을 좀 알아?"

이장은 허허 하고 웃는다.

"그래, 한 병 좋다"

두 사람은 서로 잔을 채워주며 권한다. 만취가 된 두 사람은 비슬거리며 주막을 나섰다. 늦여름 스산한 바람이 땅 열기를 식히는 해지는 무렵 헛놓이는 발걸음에 휘청대는 다리를 가누며 이장 뒤를 만호가 따라 걷는다.

"누구를 원망해, 이 못난 내 청춘을…"

또 노래를 부르기 시작한다. 그때 마침 지팡이를 끌고 뚜뚜발 거리며 건홍이가 걸어오고 있다. 건홍이와 마주섰다. 노래는 끊겨졌다. 건홍이는 아침저녁으로 동네를 한 바퀴씩 도는 시간이다.

술에 취해 엉망이 된 만호는 갈지자걸음으로 비틀거렸다. 만호는 비틀거리던 걸음을 멈추었지만 흔들리는 몸통은 어쩌지 못한 채 혀 꼬부라진 소리로 말을 건다.

"이게 누구라? 응, 건홍이 형님! 아니 전무님이라고 해야지. 대기업 전무님이었는데 잘나가셨는데!"

건홍이는 무슨 말인지 말을 더듬거린다.

만호는 들은 체 만 체한다.

"형! 나 오늘 한잔 했수다."

건홍이는 싱긋이 웃는 얼굴로 대답을 대신한다.

"시골이 좋지요?"

만호는 건홍이 대답이 나올 때까지 바라본다.

건홍이는 고개를 끄덕인다.

"농촌이 좋다 말이지요? 좋으면 살으시오, 좋으면 살어란 말입니다."

음성이 높았다. 몸도 제대로 가누지 못해 비틀거린다.

"이 몸은 탄광에 가서 살어럽니다."

무슨 말인지 건홍이는 두 눈을 껌벅이고 있다.

"좋으면 살어시요, 병든 사람 휴양하기 좋지요."

못마땅한 말을 내뱉고는 동구나무를 지나 골목길로 들어섰다.

부르는 노래는 끊겼다 이어졌다 혼자 흥얼거린다.

지금쯤 마누라 표정은?

찌그러진 표정 아니면?

마누라 얼굴을 그려가면서 비틀거리던 발걸음을 멈추어 섰다. 그놈의 배추 때문에 몇 번을 싸웠는지! 밥 먹다가도 자다가도 눈만 마주치면 싸웠으니 말이야!

왜? 이렇게 살아야해!

배추농사 하지 말자는 걸 고집을 부린 결과는 작년에도 올해도 실패작이다. 뙤약볕에 애쓰고 고생한 보람도 없이 배추를 그냥 버린다는 게 얼마나 속이 상할까?

그래, 알겠다, 짜증내는 심정을.

오늘은 무슨 말을 해도 내가 참아야지. 그리고 내가 물러서야지. 굳게 다짐을 하면서 집에 들어섰다.

"배추 팔러 가신 양반 잘합니다. 잘해요?"

애 엄마는 방으로 들어가면서 문을 쾅하고 닫아버린다.

술이 확 깬다.

흥얼거리던 노래도 절로 끊어졌다. 마누라 표정은 쌀쌀하고 냉혹했다. 배추 팔지 못한 것을 어디서 들은 모양이다. 비틀거리면서 마루에 걸터앉은 만호는 만취가 됐다.

"여보! 미안해!"

마누라가 닫고 들어간 방문을 처량한 눈빛으로 바라본다.

"당신 배추농사 짓느라 애 데리고 고생한 것 생각하니까, 속이 상해서 한잔했어, 고생만 하고, 미안해!"

"듣기 싫어! 팔아먹지도 못하는 배추 내년에 또 할 건데 뭐! 저런 사람하고 어떻게 살아?"

스트레스가 콱 차있는 분노는 실망으로 이어졌다. 여름 내 그 땡볕에 애써 지은 농사를 돈 한 푼 받지 못하고 그냥 버린다는 게 얼마나 가슴 아픈 일인가!

애 엄마는 애 엄마대로 방에서 악을 품어내고 만호는 만호대로 밖에서 미안해 미안해 들든 말든 서로 지껄인다.

전 같으면 살림살이 짜들고 큰소리치며 폭력을 휘둘렀을 건데 오늘은 그런 기색이 전연 보이지를 않았다. 이상한 생각이 들기도 했다. 계속 미안하다는 말뿐이고 아무런 대꾸가 없다. 점점 기어들어가는 애 아빠 음성은 끊겼다 이어져졌다 하더니 아무런 기척이 없다.

애 엄마가 방에서 악을 버럭버럭 써가며 화풀이를 마구

쏟아냈다. 그래도 밖에 애 아빠는 조용하다.

얼마의 시간을 흘러 보낸 순간 이상한 전율을 느낀 애 엄마는 방문을 열어보았다. 애 아빠는 술에 만신창이가 되어 그냥 마룻바닥에서 고개를 떨군 채 처량한 모습으로 졸고 있다.

어처구니없이 바라보고 있던 애 엄마는 안쓰러운 생각이 들었다. 왈칵 눈물이 쏟아져 내린다. 살림을 짜들고 큰소리 치던 사람이 왜 오늘은…

소리 내어 엉엉 실컷 울고 싶다.

싸우기라도 했으면 속이라도 후련했을 턴데. 애 엄마는 말을 잃어버린 채 애 아빠의 처량한 모습에 눈물만 삼키고 있다.

그 이듬해 봄

*

겨울잠에 깨어난 개울이 조잘거린다

징검다리 건너 양지바른 할미꽃 등에 졸다

스쳐가는 애기바람에 잠이 깬다

잔설이 녹아내리는 진달래 골짜기 위로

초록색 하늘이 보인다

아침 찬 기를 보낸 한낮 햇살

살구꽃이 하얗게 지붕을 덮고

뜨락에 삽사리 졸고 있는

분 냄새 가득한 시집가는 누나 건너 방

담뿍 취한 봄 햇살이 마루 끝에 졸고 있다

구봉산 골짜기 산새들 노래 소리에 잔설이 녹아내리는 이른 봄이다. 겨우내 꼼짝하지 않던 동구나무걸 점받이 할머니가 봄 햇살에 뒷짐을 지고 어슬렁거리며 민수 집 삽짝을 들어서고 있다. 봄 햇살에 졸고 있던 문간 옆 검둥이가 슬그머니 눈을 떠보고는 점받이 할머니를 확인이라도 한 듯 다시 눈을 감아버린다.

"할머니 오시네."

민수 어머니는 기다렸다는 듯이 다가가 부축하여 반가이 맞이한다.

"왜 그래 꼼짝도 않고? 궁금하기도 하고 깝깝해서 오늘 햇살이 따뜻하길래 나와 봤더니 아직 날씨가 차거워!"

민수 어머니가 할머니를 부축해서 마루에 올라앉는다.

"그래 허리가 맹 그래 아프다면서, 얼굴이 안 좋구만."

"예, 요새 허리에 통증이 많이 와서 앉고 설 때마다 비명을 질려야하니 병도 뭐 이런 병이 다 있는지?"

민수 어머니 얼굴 표정이 저절로 찡그러진다.

"거 봐, 일을 그렇게 하니 쇠뭉친들 배겨 내겠는가. 들으니까 요새도 밭에 나가 일을 한다면서? 아직 날씨가 차가워. 몸을 생각해서라도 좀 쉬어가며 해야지, 쯧쯧…"

"날이 따뜻하길래 사과나무 전지를 좀 하였더니 그런가? 매년 하던 일인데…"

"늘 청춘인가? 이제 나이가 있잖나!"

말을 하면서 점받이 할머니가 곁에 있는 민수에게 시선을 돌린다.

"엄마 일하면 안 돼!"

"그래요. 좀 쉬어가며 하시라 해도 안 들어 준다니까요. 좀 알아듣도록 이야기 좀 해줘요."

민수는 할머니에게 간절한 지원 요청을 했다.

"수차 이야기를 해도 안 들어 준다니까요. 어매는 내가 알아서 할 터이니 니 할 공부나 하라면서 말이 먹혀지지를 않아요."

민수는 대학 진학을 고민해온 결과 포기하는 길밖에는 없다. 어머니가 실망할까봐 망설이고 있지만 건강을 지탱해 나가기가 힘들 것만 같다. 언젠가 한번 이야기를 했더니 말을 입 밖에도 못 내게 꾸중을 들었다.

"내가 왜 이 고생하는데? 너, 일 물려주고 농사 물려 줄라고 이래는 줄 아나! 저 아바이 촌에 들어와서 이 꼴 되는 것도 속상하고 억울한데 자식 하나 너까지 그 고생을 시켜? 절대 그런 생각 말아라."

진학 포기하는 걸 완강히 반대하고 있다. 민수 앞에서는 아프고 힘들어도 그런 기색을 보이지 않으려고 애를 쓰고 있다. 아침 일찍 민수 밥 차려놓고 들에 나가면 종일 일하고 캄캄해야 집에 들어온다. 이렇게 죽기 살기로 일을 하다 보니까 건강에 무리가 왔다.

 민수도 학교에서 늦게 돌아오니까 이 상항을 몰랐는데 점받이 할머니에게 이야기를 듣고 알았다.

 점받이 할머니는 찡그리고 있는 민수 어머니 허리로 손을 갖다 댔다.

 "촌에 살면서 일을 안 할 수도 없고 일거리는 저래 저질러 놓고…"

 민수 어머니 걱정이 태산 같다.

 "이래지 말고 이 허리 아픈 거 병원에 가봐야 돈만 내버리지 안 돼. 내 시키는 대로 해봐!"

 "어떻게요?"

 민수 어머니는 귀를 세워 할머니 앞으로 바싹 다가간다.

 "저 청주에 용한 약국이 있다고 하니까, 거 한번 가봐?"

 "청주에요?"

 "그래. 그리 용하다고 소문이 났대. 거기서 앉은뱅이도 고치고 꼽사도 고쳤다고 하니 연 띠가 맞으면 알 수 있나? 내 친구 시누아들이 허리가 아파 몇 년을 고생하다 그 침쟁이한테 몇 번 다니고는 아프다는 소리를 안 한다는구만. 그리 비싸지도 않다하니 한번 가봐."

 민수 어머니는 귀가 번쩍 띈다.

"그래요, 당장에 가야지."

민수 어머니가 약국 이름을 묻자 점받이 할머니는 주머니에 손을 넣으면서

"하도 용하다기에 민수 엄마 줄라고 적어가지고 왔어."

작은 종잇조각을 내민다.

꼬깃꼬깃 접은 달력 쪼가리를 건네받은 종이에는 전화번호와 서울약국이라고 적혀있다.

"내일 당장 가야지."

마음이 바빠진 민수 어머니는 종잇조각을 받아 챙겼다.

"청주 버스 정유소에 내려서 택시 타고 기사한테 약국 이름만 대면 다 안내를 한다니까. 소문이 났대. 한번 가봐."

이튿날 날 새기가 바쁘게 민수 어머니는 서둘렀다. 청주에 도착해서 택시를 잡고 물었다.

"예, 타세요."

긴 말이 필요 없다는 듯이 탑승을 시킨다.

"그 약국에 하루에 여러 번 들락이니까요."

"아! 그래요, 환자가 많이 오는 모양이지요?"

"예, 가보면 압니다."

타고 가는 택시는 번잡한 시가를 벗어나 변두리로 들어선다. 서울약국이란 퇴색된 하얀 간판이 세워진 앞에 많은

차들이 기다리고 있다. 차가 멈춰 선다. 민수 어머니는 차에서 내려 집으로 들어섰다. 지팡이를 짚고 비슬거리는 사람, 기우뚱거리는 뚱보 아줌마, 한쪽으로 기울게 걷는 중풍환자들이 의자에서 차례를 기다리고 있다.

들어서자 안내원이 접수실로 안내를 한다. 환자들이 많아 기다려야 했다. 한 사십이 좀 넘어 보이는 점잖게 생긴 젊은 남자 한 분이 중년부인의 부축을 받고 옆 자리에서 순서를 기다리고 있다.

"어째 저런 양반이…"

부인에게 조용히 물었다.

"예, 이태껏 미국서 공부만 하다가 돌아와서 대학교수로 나간 지 몇 달 안돼요. 병원이란 병원에 다 다녀 봐도 신통치를 않고 하도 용하다기에 찾아 왔어요."

부축을 받고 있는 남자를 민수 어머니가 애처로운 표정으로 바라본다.

"아이구 딱해라! 저렇게 많이 배우신 양반도… 이제 한창 일할 나이인데! 병 이기는 장사는 없네요."

젊은 남자는 눈만 멀뚱거리며 멍청하니 먼 산만 바라보고 있다.

그래 영웅호걸 절세가인도 많이 배운 사람이나 적게 배운 사람이나 돈 많은 사람이나 돈 없는 사람이나 병마(病

魔) 앞에서는 예외가 있을 수 없다더니, 아직 나이나 용모로 봐서 이런 곳에 올 사람이 아닌데, 이런 사람이 찾아오는 거 보니까 용하기는 용한 모양이다.

차례가 되어 방으로 들어서자 방안에는 낡은 침대 3대에 환자들이 침을 맞고 있다. 좀 불편한 생각이 들었다. 섬뜩한 생각이 들기도 했다. 좀 현대 시설로 갖추면 얼마나 좋을까 하는 생각이 들어 옆 사람에게 이야기를 건네보았다.

"글쎄요? 나도 그런 생각이 들더라고요."

머리가 허연 풍골이 좋은 영감 앞에 앉았다.

어디가 어때서 왔느냐고 몇 마디 묻더니 침을 마구 꼽아댄다.

"환자 이야기를 자세하게 묻지도 않고…"

"예, 내가 의사입니다. 시키는 대로 해요."

영감님은 한마디하고는 다음 손님을 부른다.

잠시 후 침을 빼더니 약 몇 첩을 주면서 다음에 올 때는 병원에 가서 엑스레이를 찍어보고 오라는 말뿐이다.

"그래 오면 괜찮겠어요?"

"그 병은 치료받으며 몇 달간 푹 쉬어야 해요."

환자 이야기만 듣고도 많은 경험에 의해 병의 원인을 쉽게 찾아 치료를 한다. 촌에서 찾아오는 환자 병은 거의 과로로 만들어진 병이기 때문에 구차한 이야기를 듣지 않아도 몇 가지 물어보고 잘 알아낸다. 그런데 민수 어머니 병은 확실한 대답을 못하고 있다.

"여기 오는 다른 사람들 병하고는 좀 다른 것 같아서 엑스레이를 봐야 알 것 같으니 그간이라도 일하면 안돼요."

심각하게 당부를 한다.

"아이구, 촌에서 그렇게 한가하게 쉴 수가 있어야지?"

"그럼 못 고치는 거지. 그거 그냥 나두면 큰일나요."

노인은 퉁명스럽게 몇 마디 하고는 다른 환자 쪽으로 고개를 돌린다. 이렇게 퉁명스럽고 불친절해도 환자가 찾아오는 거 보면 참 이상하다. 이 바쁜 철에 일하지 말고 쉬라니 이 무슨 날벼락인가. 안 그래도 민수는 일하는 것을 못마땅하게 생각할 뿐만 아니라 대학 진학까지 포기하려고 하는데 큰 걱정거리가 생겼다.

진학을 포기해야 할 민수

　민수가 고3년이 되자 몸집이 벌어지고 목덜미도 굵직해지면서 음성은 변성기에 접어든 성인으로 성장해가고 있다. 잘 자라준 민수가 대견스럽다. 좌골신경통에 복합 증상으로 결국 서울약국에서 치료할 수 없는 병이라 큰 병원으로 가라는 진단이 나왔다. 그냥두면 일어설 수도 없는 희귀병이 될 수도 있다는 것이다. 날로 왜소해져가는 어머니를 보면서 진학은 물론 빨리 농장으로 뛰어들어야 할 형편이다.
　하루는 어머니에게 학교진학을 포기해야겠다고 이야기를 했다.
　"안 돼!"
　어머니는 한마디로 단호히 거절을 한다. 자신의 병을 대수롭잖게 생각하고 있다.

"어머니. 대학은 일 년 후에 가도 돼요. 한 일 년 동안 치료하고 괜찮으면 대학에 가면 돼요. 어매 며칠 있다 서울 병원에 가야해요."

"병원에 갔다 오만 되지. 내가 왜? 죽을병이라도 걸렸나? 그런 소리 듣기 싫어! 공부나 해. 내가 너 농사 일 시킬라고 이 고생을 하고 있는지 아나?"

민수는 설득을 시키려고 해도 막무가내 어머니 고집을 꺾을 수가 없다.

세월이 흘러 민수가 38살이 되었다.

며칠을 두고 점받이 할머니가 들락이면서 민수 어머니와 이야기를 나누다가 민수를 보면 말을 중단할 때가 여러 번 있었다. 무슨 수작을 꾸미는 것인지 이상하게 생각해 오던 차 하루는 점받이 할머니가 곁으로 다가오더니 조심스럽게 말을 꺼낸다.

"좋은 신붓감이 있어서 총각한테 소개할까 해서 말인데 읍에 사는 색시인데 고등학교 나오고 저 아버지는 없고 저 마이하고 둘이 살고 저 오빠하고 남매인데 저 오빠는 춘천에서 선생질한다는구만. 이제 이 딸만 치우고 나면 아들한테 가서 손자 키워야 한대. 어디 착실한 신랑감 하나 구해 달라고 하기에 총각 생각이 나서 권하는 거야. 색시 어마이도 여성스럽고 양반스러워 그 딸도 겪어보지 않았지만 저 마이를 닮아서 얌전하더라고. 촌으로는 좀 꺼리는 것 같아서 내가 총각 외삼촌이 서울서 공장 한다고 했으니까 다른 말 하지 말고 결혼하면 서울 외삼촌댁으로 간다고만 해."

"또 선보라고요?"

퉁명스럽게 말이 불쑥 튀어 나왔다.

"저 저… 말하는 거 좀 봐!"

민수 어머니는 당혹스런 얼굴로 민수를 바라보며 언짢은 말로 나무란다.

"그렇잖아도 할머니가 많이 망설여 왔는데 말하는 기 그기 뭐라? 안되면 될 때까지 선 봐야지? 우리가 큰소리 칠 게 뭐가 있나? 재산이 많나 배우기를 많이 배웠나?"

민수 어머니의 화난 음성이다.

달갑잖은 민수 표정에 점받이 할머니의 무안한 기색이 역력했다. 그제야 민수도 미안한 표정을 짓는다. 선만 본다고 될 일이 아닌데, 처녀들은 농촌을 선호하고 있지 않는 것을 뻔히 알면서 어머니만 실망시키는 일이다.

할머니 소개로 몇 번 선을 봤다. 선볼 때마다 부담스러웠다. 거짓말을 해가면서라도 할머니는 짝이나 맞춰 놓고 보자는 생각이다. 한번 시집가면 꼼짝없이 그 집 귀신 된다는 옛날 이조 오백년 시대 사고방식이다.

민수는 그런 사고방식에 거부감이 왔다.
"중신할 때는 다 그런 거짓말도 하는 거야. 가만히 있으면 누가 알아주나."
원망스런 눈빛으로 민수를 바라본다.
"할머니가 할일 없어 이 카는지 아나?"
벌써 눈치를 챘지만 이번에 많은 시간을 두고 공을 들이는 건 여러 번 선을 보면서 성사시키지 못했기에 두 할마씨들 수작이 결혼하면 서울 외삼촌 공장에 간다고 하라는 것이다.
공장은 무슨 공장! 조그마한 빵틀 하나 갖다 놓은 가게를 공장이라고 민수는 속으로 냉소를 하면서 두 할마씨들 얼굴을 번갈아보며 어이없는 표정을 짓고 있다.
"그래 가지고 장가들면 그 색시가 붙어살까요? 옛날에는 그랬지만 지금은 안 통해요."
못마땅한 말을 던지고 눈길을 돌린다.
"저 봐! 저래 미리 똥을 싼다 카이. 쓸데없는 소리 말고 시키는 대로 해."
"홀어머니에다 가진 것도 별로 없지, 많이 배우지도 못했지, 더구나 촌에 살면서 거짓말을 해도 힘드는데… 저렇게 고지식한 사람을 촌에서 어떻게 중신을 해. 자신의 처지를 알아야 하는데!"

원망스럽다. 정작 본인은 저래 달갑잖게 생각하고 있는데 어마이는 만날 때마다 중신해달라고 애원을 하니까 할머니 입장이 아주 난처하다. 할머니 달콤한 말만 듣고 선만 보면 곧 되는 줄 아는 어머니 기대를 차마 저버릴 수 없기에 민수도 할머니 중신을 영 거절할 수도 없다.

점받이 할머니는 너무 과장된 말이 많아 그게 못마땅하다.

"사나가 좀 용기가 있어야지. 뭐가 모자라도 한참 모자란다 카이. 장가들면 서울로 간다고 해. 그런 거짓말도 못해?"

어머니의 하소연이고 명령이다.

"그래 거짓말해서 장가가면 그 며느리가 촌에 붙어살까? 그런 며느리 속만 썩이지."

민수가 혼잣말처럼 중얼거린다.

"저… 저… 말하는 것 좀 봐!"

민수 어머니는 못마땅한 표정이 역력하다.

"그럼 장가 안 갈래? 엄배덤배하다가 혼기 놓치면 웃마 기옥이 짝 나! 중신 말이 있고 중신애비가 들락일 때 장가가고 시집가야지 때가 지나면 돌아도 안 봐! 다 때가 있는 기라! 늙어빠질 때까지 중신애비가 찾아드는 줄 아나? 뭐 쓸데없는 소리를 해? 할머니가 시키는 대로만 하면 돼."

기옥이는 웃마 전라도 댁 삼형제 중 맏아들로 나이 오십이 넘도록 장가를 못 가고 있다. 기옥이 어머니는 전라도에서 강씨 문중으로 시집을 와서 가난하게 살다 일찍이 남편을 여의고 아들 삼형제를 키우느라 고생을 많이 해서 나이가 그렇게 많지 않은 데도 일에 찌들려 꼬부랑 할머니가 되어 장가 못 간 큰아들하고 촌에서 같이 살고 객지 나간 작은 아들들은 장가들어 아들 딸 놓고 잘살고 있다.

"장가 못 가면 애비 없는 호리자식이라니 뭐? 별별 소리를 다 들을 건데! 본인이 좀 애를 써야지 꼭 지애미가 앞을 서야하니… 나도 남들같이 며느리 보고 손주 좀 보자. 색시가 고등학교 나오고 나이도 언간하고 성도 할 만한 자리가 되니까 한번 봐. 할머니가 너만 좋다고 하면 된다고 하니까 이제는 너한테 달렸어!"

애원하는 어머니의 초조한 모습에 민수는 더 이상 고집을 부릴 수가 없었다.

"그래 엄마 시키는 대로 할게요."

결과는 뻔하지만 더 이상 어머니 심경을 건들이지 않고 싶었다.

"그럼 그래야지."

민수 어머니는 재다짐을 받고 기대 찬 얼굴로 점받이 할머니를 바라본다.

"언제 날이나 받아 봐요!"

보름이 지났다. 시월 스무 날 일요일, 읍내 장날 시내버스 터미널 고향다방에서 10시에 만나 선을 보기로 했다. 민수 어머니는 이른 새벽부터 선반 위에 있는 선보려 갈 때마다 신는 하얀 구두를 꺼내 닦고 머리를 감아가며 간절한 마음으로 거울 속 얼굴을 다듬는다. 몇 년 전만 해도 나이보다 젊게 보았는데 거울을 볼 때마다 늘어나는 엷은 주름살에 마음이 더 조급해지고 있다.

"오늘이 읍내 장날이라 차가 복잡할지 몰라. 할머니하고 첫차로 먼첨 나가 기다릴 터이니까 머리도 좀 깔끔하게 손질하고 옷도 깨끗하게 챙겨 입고 시간 늦지 않게 나와."

기대에 찬 음성이었다.

"예, 알았습니다."

쉽게 대답은 했지만 선볼 때마다 실망을 안겨주었기 때문에 부담이 안 될 수가 없다. 점받이 할머니와 같이 민수 어머니는 승강장으로 나갔다. 장에 갈 사람들이 차를 기다리고들 있다.

광동댁을 만났다.

"아이구, 민수엄마 축하해요. 민수 총각 오늘 선본다면서요?"

반가운 얼굴로 인사를 한다.

'저 여편네가 어떻게 알았지?'

가슴이 철렁 내려앉는다.
"응 고마워!"
반갑게 대답은 했지만 선을 여러 번 봐서 창피하기도 하다.
'오늘 일이 잘되어야 할 터인데! 저 여편네 주둥아리가 그냥 있지 않을 건데!'

걱정이 딱 된다. 어디서 보고 들은 것을 남이야 좋아하든 말든 말거리만 되면 참지를 못하고 동네방네 떠들고 다녀야 직성이 풀리는 사람이다. 마실에 일어나는 일들을 용하게 안다. 그래서 마실 사람들은 무슨 일이든지 떠버리 광동댁이 알까봐 쉬쉬 한다. 특히 오늘 같은 경우 뭐가 어때서 됐니 안 됐니 하고 동네방네 떠들고 돌아다닐 걸 생각하니까 민수 어머니는 벌써 걱정된다.

한편 뒤차로 갈 준비를 하고 있는 민수는 까슬까슬한 턱을 면도하고 거친 손바닥에 로션을 부어 얼굴을 문질러보았지만 여름내 그을린 얼굴이 어울리지 않았다.

어머니가 깨끗하게 옷을 다림질해서 벽에 걸어놓았다. 서둘러 옷을 갈아입고 승강장으로 나가 읍으로 가는 버스를 탔다. 창밖 들녘은 가을 추수가 바쁘다. 잠시 후 읍내에 진입한 버스는 풍농농약상 앞을 지나 서울사진관, 김포철공소, 한양주유소, 낯익은 간판들을 차례로 지나면서 터미널에 도착했다.

추수하는 철이라 터미널도 한산하다. 대합실 벽 대형 거울에 비치는 검은 얼굴에 헝클어진 머리를 손으로 다듬고 다방으로 들어섰다.

"어서 오세요."

아가씨의 상냥한 목소리로 안내를 한다.

흘러간 옛 노래가 실내공간을 가르고 있다. 분위기에 어울리지 않은 촌 노인 두 할머니가 젊은이들 뒤편에서 손짓을 한다.

"여기다 여기"

눈치 빠른 다방 아가씨 안내를 받았다.

그 뒤쪽 코너에는 중년 부인 두 사람과 처녀가 민수가 들어서는 문 쪽으로 눈길을 주고 있다.

"인제 왔니?"

처녀가 있는 뒤쪽으로 어머니는 눈짓을 한다.

민수는 알았다는 듯이 고개를 끄덕이면서 어머니가 마주 보이는 자리에 앉았다. 점받이 할머니는 자리에서 일어나 처녀가 있는 뒷좌석으로 가더니 이야기를 나누고 있다. 잠시 후 낮은 소리로 총각 하고 부른다.

예 대답하고는 마시고 있던 엽차 잔을 조용히 테이블에 놓고 점받이 할머니가 부르는 처녀 가족석으로 갔다. 고개를 숙여 인사를 하고 점받이 할머니 옆 의자에 앉았다. 할머니는 나이 들어 보이는 부인을 가리켜 이 분은 처녀 어머니, 또 이분은 처녀 이모이시고 한 사람 한 사람 소개를 할 때마다 고개를 숙여 답례를 했다.

"예, 저는 구봉리 사는 강민수라고 합니다."

서로 소개를 마치자 할머니는 간단하게 양가 소개를 했다.

소개가 끝나자 처녀 어머니는 먼저 나이를 물어왔다.

"예, 서른일곱 살입니다."

처녀 어머니 옆에 앉아 있던 처녀 이모도 물어본다.

"왜 그 나이가 되도록?"

그 말에 민수는 예… 하고 얼버무렸다.

"많은 중신 말이 들어와도 돈 벌어서 간다고 거절해 왔잖아. 요새 사람들 그렇게 빨리 장가 안 가더구만."

하고 점받이 할머니가 재빠르게 끼어들어 대변을 했다.

처녀 어머니는 할머니 말에 수긍을 하는지 처녀 이모를 보면서 고개를 끄덕인다. 처녀 어머니는 나이에 대해서는 별 관심이 없다. 조용하고 차분하게 생긴 처녀 어머니가 조심스러운 말씨로 하나하나 물어왔다.

처녀 이모는 처녀 쪽으로 눈길을 돌리면서 참지 못하고 나오는 대로 내뱉는 가벼운 말투이다.

"우리 자는 촌에 가서는 못 살아. 일을 해봤어야지. 요새 촌에 누가 시집을 갈라고 해야지? 촌에서는 장가 못가요.

몰라 또 돈이나 많으면 몰라도!"

처녀 이모가 끼어들자 처녀 어머니가 주의를 준다.

"예. 잘 알고 있습니다."

민수는 자존심이 몹시 상했다.

엽차로 마음을 달래가면서 이모 묻는 말에 대답을 열심히 해주었다. 처녀 쪽에서 바라는 신랑감이 못 되는지 대화가 자주 끊어지고 있다.

"장가들면 서울로 가야지."

점받이 할머니는 처녀 쪽에서 바라는 게 무엇인가를 알고 있기에 먼저 말을 꺼냈다.

"총각 외삼촌이 서울에서 큰 공장을 하는데 결혼하면 갈려고."

그렇게 말하는 할머니 표정은 너무나 태연했다.

'저 할마이가 돌았나?'

무심결에 말이 불쑥 튀어 나올 것만 같았다. 조그마한 가게에서 빵집을 하는 외삼촌댁을 큰 공장을 한다고 하니까 민수가 듣기에 너무 불편했다. 그 뒤의 일은 생각도 않고 성사만 시켜놓으면 된다는 옛날 방식이 민수는 불만이다. 할머니 하는 말에 민수 어머니의 눈길은 먼저 민수에게 갔다. 민수가 싫어하는 말이기에 눈치를 살피고 있다.

'그기 아닌데! 왜? 내가 이래면서 장가를 가야하나?'

처녀 어머니는 점받이 할머니 말대로라면 그렇게 반대할 필요가 없다는 생각이 들었는지 딸한테 맡길 심산인 것 같다.

"이제 본인들한테 달렸으니까. 둘이 이야기를 나누도록 하지요."

처녀 어머니는 이모에게 눈짓을 하며 일어선다.

그렇게 큰 키도 아니고 다소곳이 고개를 숙이고 있는 처녀는 자기 어머니를 닮아서인지 얌전해 보였다. 우선 외모나 예의에 대해서는 반듯해 보인다.

"실례지만 나이가 어떻게 되시지요?"

민수가 조용히 먼저 입을 열어 묻자 고개를 숙이고 있던 처녀는 대답을 하면서 곁눈질로 민수를 보곤 했다. 현대 여성답지 않게 숫기가 없어 보였다.

"학교는 몇 년도에 졸업하셨는가요?"

"예. 2014년도예요."

"학교 졸업하시고?"

"예. 유치원 선생 생활을 계속 했습니다."

역시 그런 생활이 익숙해 보였다.

"예."

민수는 알았다는 뜻으로 고개를 끄덕였다.

잠시 침묵으로 이어지는 두 사람에게 양가 부모님들의 시선이 숨바꼭질을 하고 있다.

"어머니가 사과 농사를 하신다고요?"

"예"

"힘드실 텐데?"

"내가 도와드리고 있습니다."

"외삼촌이 서울에서 큰 공장을 하고 있다면서요. 왜 서울 외삼촌 공장에 가시지 않고요?"

"예. 어머니 하는 일이 여자 혼자 하기에는 너무 힘드는 것 같아서 도와 드리고 있습니다."

"결혼하면 서울로 가신다고 할머니가 그러시던데요."

'예, 갈 계획입니다.'라고 했으면 좋겠지만 그게 결혼의 조건이라면 아예 대답을 하고 싶지 않았다.

"예. 생각 중입니다"

처녀 물음에 실망을 한 민수는 그렇게 대답해버렸다. 처녀는 그런 답을 바라지 않았다. 농촌에 미련을 갖고 있는 민수에게 처녀는 실망을 했는지 표정이 금세 변한다. 처녀도 실망이지만 민수도 실망이다. 두 사람은 긴 이야기할 필요가 없었는지 이야기가 자주 끊어지고 입을 다문 채 서로 시간을 끌고 있다.

결혼하면 서울 외삼촌댁 공장으로 간다고 했었는데 본인 생각은 다르다. 점받이 할머니 이야기와는 달리 두 사람은 생각이 서로 멀다는 것을 느꼈다. 이런 두 사람의 불편한 상황을 모르고 양가 부모들은 다음에 한 번 더 만나자는 미련을 남기고 처녀 편에서 집안 결혼식이 1시에 있다면서 바쁘게 서둘러 일어섰다.

양가 모두가 떠나고 민수가 다방을 나설 때는 점심나절이 지나서였다. 바쁜 가을철이라 장은 한산했다. 가을 하루해도 서산으로 붉은 저녁노을로 바쁘게 그려가고 있다. 막차를 타고 넘어가는 해를 앞세우고 집에 도착한 민수는 또 어머니에게 실망을 안겨줄 일이기에 고민이 안 될 수가 없다.

조심스럽게 어머니 눈치를 살핀다.

"어때요? 색시 마음에 들어요?"

"왜? 내가 장가를 가나? 본인이 마음에 들어야지."

어머니 역시 마음 내키는 표정이 아니다.

"나는 별로던데요."

어머니의 기대감에서 오는 공허감을 조금이라도 희석시키고자 의중을 살펴본다.

"떡 줄 사람은 생각도 않은데 마음에 들고 말고 할 게 어디 있어?"

핀잔을 주는 어머니의 표정이 그렇게 밝지를 않았다.

"지금 그 나이에 더구나 촌에서 찬밥 더운밥 따질 때야?"

서둘러대는 심정을 충분히 이해는 한다.

"장가들면 서울로 간다고 했어?"

민수 어머니가 꼭 물어 보고 싶은 말이고 점받이 할머니의 부탁이었다.

"예."

어머니 앞에서 쉽게 대답은 했지만 오늘 선본 결정적인 핵심은 여기에 있었다.

"이번에 잘 안되면 다 때리 치우고 서울 가서 공장에 다니던지 무슨 수를 내야지. 오늘 그 집 이모 하는 꼴 봐라. 어디 촌에 산다고 그렇게 나오는 대로 쳐 지껄이는 사람이 어디 있어? 얼마나 당당하게 구는지 아들 가진 부모들 눈치 코치 봐가면서 장가가는 세상이니 참 세상 많이 변했지. 후유…"

민수 어머니가 긴 한숨을 토해낸다.

어머니도 자존심이 몹시도 상한 모양이다. 전 같으면 처녀가 어떻더냐 말을 잘 하더냐 하며 꼬치꼬치 물어 왔었는데 이번에는 별 관심 없이 민수 처신만을 보고 있다.

처녀 이모 행동에 많은 스트레스를 받았는지 안쓰러운 표정만 짓고 있다.

선을 본 지 달이 지났다.

소식이 없던 점받이 할머니가 읍내 장에 갔다 오는 길이라면서 기운 하나 없이 집으로 들어서고 있다. 선볼 때 보고는 처음이다. 안 되면 안 됐다고 연락이라도 해주지, 하면서 괜히 만만한 할머니만 원망하고 있던 참이다.

안 보는 데서는 욕을 하다가도 할머니를 보면 반가워 어쩔 줄을 모른다.

"아이구. 한 마실에 살면서 할마씨 얼굴 잊어버리겠네요."

자주 안 보이면 할망구 할망구 하면서 욕을 하고 미워하다가도 할머니를 보면은 좋아한다.

"그렇잖아도 내가 한번 건너간다는 게"

민수 어머니는 말은 이렇게 하지만 선을 본 소식이 없는 게 잘못된 걸로 예측을 하고 할머니가 미안하게 생각할까 봐 망설이는 중이었다.

할머니가 마루에 올라앉는다.

"그래 몸은 좀 괜찮아?"

"예. 괜찮아요."

"그래 조심해야지. 그 몸에 일하면 안 돼."

오늘 장에서 먼저 그 처녀 어머니를 만났다면서 이야기를 꺼낸다. 민수는 벌써 포기했지만 민수 어머니는 그날 처녀 이모 하는 행동으로 봐서는 기대하지 않지만 그래도 혹시나 하고 기다려왔다.

"처녀 어머이는 신랑감이 무던하게 잘생겼다면서 촌에

살고 있지만 저 식구 고생시킬 사람이 아니라면서 좋아하는데 처녀 이모가 뺑덕이 같이 해가지고 촌이니 홀어머이 아들이니 하는 바람에 저 이모 말에 그만… 여핀네도 뭐 그런 여핀네가 다 있어. 자기 딸인가?"

할머니는 그 집 이모 욕으로 화풀이를 한다. 그렇게라도 체면을 세워야 할 것이 몇 번을 선을 보였지만 다 불발이 되고 보니 점받이 할머니 변명할 하나의 구실이 됐다.

민수 어머니 한숨소리에 터져 나온다.

"세상이 다 그런 세상인데!"

지난번 선본 결과가 신통치 않은 이야기다.

어느새 광동댁은 울타리 사이로 듣고 들어선다.

"에그! 그 놈의 것. 장가가기 힘들어 촌에 살겠나!"

혼자 중얼대면서 두 사람이 이야기하고 있는 마루로 올라선다.

광동댁을 본 민수 어머니는 가슴이 덜컹 내려 앉는다.

'그러타 칸게. 저 여핀네가 안 끼들 리 없지.'

동네방네 주둥아리 벌리고 다닐 게 뻔하다. 큰 방송거리가 생겼다. 안 그래도 속상한 데다 광동댁은 분수도 없이 마구 쳐 지껄여대고 있다.

민수 어머니는 자존심이 상할 대로 상했다.

"이제 그만해. 설마 총각으로 늙겠는가?"

"그럼요. 왜 총각으로 늙어요. 민수 총각 좋아하는 아가씨가 있는데!"

광동댁은 브레이크 잡을 시간도 없이 말이 불쑥 튀어나왔다.

"뭐? 그게 무슨 소리야?"

민수 어머니는 떠버리 광동댁을 놀란 얼굴로 바라보고 있다.

점받이 할머니도 눈을 휘둥그레 가지고 광동댁을 바라보고 있다.

"참말이라? 누구라?"

할머니가 솔깃하여 묻는다.

"아이구, 나 좀 봐!"

불쑥 뱉어낸 말이 후회가 되는지 손으로 입을 막고 두 사람을 번갈아 보면서 난처한 표정으로 고개만 흔든다.

"왜? 말을 안 해?"

지켜보고 있던 민수 어머니가 졸라 물었다.

"누구라? 말해봐. 남한테 말 안할게."

하고 점받이 할머니가 먼저 약속을 한다.

난처해진 광동댁은 꼼짝하지 못하고 제자리 앉아 두 사람 얼굴을 번갈아 보면서 말문을 열기 시작한다.

"저 안 골목…"

하더니 점받이 할머니를 향해 손가락으로 자기 입에 갖다 댄다.

"어디 가서 말하면 절대 안 돼요?"

다짐을 받는다.

"어허 걱정 마."

할머니가 안심을 시키자 잠시 머뭇거리다 입을 연다.

"담배집 딸 선혜하고 그렇고 그런 사이래요."

"뭐!?"

민수 어머니는 자신의 귀를 의심하듯 다시 물었다.

"지난 읍내 장날 두 사람이 다방에서 서로 만나는 걸 본 사람이 있어요."

"그래 만나면 어디 술도 못 먹는 사람들이 다방에 가서 차 한 잔 나눌 수도 있지 그걸 가지고 뭐 야단들이라."

민수 어머니가 대수롭지 않게 받아친다.

"아니. 민수 엄마는 몰라. 저녁으로 버드나무 숲에서 만나는 걸 본 사람들이 있어요. 마실에 소문이 짝 깔렸어요. 모두 입을 다물고 있어서 그렇지, 아는 사람은 다 알고 있다니까. 그래도 몰랐지요?"

선혜는 민수하고 초등학교서부터 고등학교까지 같은 학교를 나온 선후배. 민수를 오빠처럼 가까이 지내는 담배집 둘째딸이다.

"선혜 얌전해요."

광동댁 하는 말에 점받이 할머니도 같은 마음이다.

"그래 되면 좋지."

민수 어머니는 무언가 생각에 잠긴 채 고개를 저으면서 그게 아닌데? 가끔 두 사람이 만나는 건 알고 있지만 그렇게까지는? 고개를 저으며 잘 모르고 난 헛소문이겠지 생각한다.

"그래 자네 생각은 어떤가?"

점받이 할머니는 민수 어머니에게 물었다.

"무슨 말인지 믿기지를 않네요. 우리가 갖춘 게 있어야지요."

그래도 행여나 하는 생각에 광동댁 하는 이야기에 귀를 기울였다.

가끔 만나는 것을 마을 사람들이 보고 이야기를 하자 떠버리 광동댁 입을 통해서 더 확대되어 퍼지고 있다. 마실에 소문이 퍼지고 있는 것을 선혜 집에서는 눈치를 채고 두 사람의 사이를 막으려고 조심스럽게 다루고 있는 중이었다.

"요새 사람들은 저 좋으면 되는 세월이니까 그것도 모를 일이지."

광동댁이 그렇게 되었으면 하고 바라는 마음으로 점받이 할머니 말을 거든다.

"그럼은요. 민수 총각 인물 좋지 또…"

"어쩌다 만나는 것을 보고 소문 난 거 아니라?"

점받이 할머니는 확실하게 알고 싶어 다시 물었다.

"아유, 확실하다니까요. 저녁으로 버드나무 숲에서 왜 만나요? 자기들끼리는 좋은게 만나는 거 아니겠어요. 저들끼리 좋으면 되는 거지, 요새 부모 마음대로 되나?"

광동댁은 열을 내어 지껄인다.

듣고 있던 민수 어머니가 신경질적으로 반응한다.

"헛소문이라면서. 그만 시끄러워! 무슨 사장 아들하고 혼사 말이 나와도 안했다드니 하면서 사윗감을 고르고 있는 저머이 꼴 봐. 촌으로 시집을 보내겠는가!"

마실 소문은 그렇게 났을지 몰라도 사실은 그렇지를 않은데 억울하다면서 광동댁 말을 막아버린다.

"뭐. 안 되는 말했나…"

한참 열을 올려 이야기를 하던 광동댁은 그만 시들해진다.

늦더위가 석양으로 기울기 시작한다. 미루나무 잎새가 산들거리며 더위를 식히고 있다.

읍내 장에 갔다오는 기옥이 경운기가 터덜거리며 동네를 들어서고 있다. 마실 아주머니 들장 보따리들이 실려 있다. 그 뒤를 따라 시내버스 승강장에서 내린 판덕이 아버지와 홍씨가 술에 취해 횡설수설 떠들어 대며 벼가 익어가는 황금들판 길 따라 비석걸을 돌아 버드나무 숲길로 들어서고 있다. 술 취한 판덕이 아버지 흰 잠바는 오늘 따라 햇볕에 그을린 검은 얼굴을 더 검게 보이게 한다.

홍씨는 술 취하면 더 많이 쩔뚝인다.

"재수 없는 놈은 뒤로 넘어져도 코가 깨진다더니 하필 소를 하락시세에 몰고 나와서! 에잇 재수도 더럽게 없네."

홍씨가 혼자 궁싯거리자 판덕이 아버지가 묻는다.

"소는 왜 팔아?"

"올봄에 장가보낸 둘째 놈 전세방 잔금 치를 날이 며칠 안 남았다고 급하게 연락이 와서 오늘 소를 몰고 나왔더니 소 값이 내렸더라고. 그래도 급하니 할 수 없이 팔았지."

*

우 시장

팔려가는 송아지

새끼 찾는 어미 소

목청 돋는 중개인

왁자지껄 우시장은 한나절이 되어간다

한 장만 빼자는 소장수

고개 흔드는 소 주인
햇볕에 그을린 검붉은 얼굴 빨간 코 중개인

소 엉덩이를 손바닥으로 치면서
그래!
됐다!
반 장만 빼자
고개 흔드는 소 주인

당겼다 밀었다 옥신각신 신강이가 벌어진다
중개인은 소 주인을 대폿집으로 끌고 간다
소 주인도 중개인도 술 취한 우시장은
비틀거리며 하루해가 저물어간다

"소를 싸게 팔아서 속상하는데 장팔이 그놈이 소 잘 팔아 좋다고 날보고 술사라고 따라다니면서 빈정거리더라고. 어느 놈 약을 올리나! 한 장은 속았어. 그것도 장팔이가 돈을 받아 내 손에 쥐어주면서 소 값이 내림세라고 임자 있을 때 처분하라고 하는 바람에 팔고 보니까 싸게 팔았는 거 같아 속상한 데다 날보고 술 사라고? 뭐? 중개비 얼마나 받아 처먹었나?

화가 나서 한마디 했더니 이 자식이 술 냄새를 확확 피워 가며 눈을 부릅뜨고 인상을 쓰고 달려들기에 한주먹 때렸더니 아 또 이 자식이 웃통을 벗고 달려들더라고… 모두 말리는 바람에 그만 참았지. 안 그랬으면 나한테 죽었어! 장팔이 그놈! 오늘 뽄대를 한번 보여주는 건데 모두 말리는 바람에…"

소 중개를 보고 있는 장팔이는 건장한 체구에 주독이 걸린 빨간 코에 햇빛에 익은 얼굴은 삶아놓은 문어 빛깔로 얼렁뚱땅 거짓말도 잘하고 욕쟁이로 우시장에서는 주먹깨나 쓰는 데다 누구에게나 말을 함부로 한다. 그래도 아무도 시비 걸지를 못한다.

그런 장팔이하고 한바탕했다고 하면 장창을 쓸 만하다.

"나한테 대들더라고. 한방에 조지지! 지까이 놈이 장바닥에서는 큰소리치지만 나한테는 안 되지. 죽일라 카다 말았어!"

했던 말을 몇 번을 되풀이하면서 비틀거린다.

"잘했어…"

갈지자걸음으로 따라오는 판덕이 아바이는 홍씨 말끝마다 추임새를 넣는다.

"그래 잘했어! 그놈 맛 좀 봐야해!"

두 사람은 술이 많이 취했다. 홍씨는 월남 맹호부대 참전

용사로 베트콩 기습을 당해 다리에 총상을 입은 상이군인이다. 약간 절기는 하지만 신체가 건장하고 힘이 아직도 마을에서는 이 홍씨를 당할 만한 사람이 없다. 홍씨가 가던 걸음을 멈추자 몸뚱어리는 몸뚱어리대로 목을 떨어트리고 건들거리던 판덕이 아바이도 따라선다. 두 사람은 약속이나 한 것처럼 버드나무 아래에 주저앉는다.

"수년간 먹이던 농우소라 서운해서 한잔 했더니. 장팔이 그놈 때문에 취한 것 같아."

"그래! 오래 먹이던 소 팔고 나면 서운하지."

판덕이 아바이가 한마디 거들며 내품는 담배 연기는 힘없이 흩어져간다.

끝날 줄 모르는 두 사람 이야기에 어느새 산 그림자가 마을에 깔려들기 시작한다. 두 사람은 버드나무 숲길을 빠져나와 마을로 들어섰다.

장에 갔다 돌아오는 왁자지껄 떠들던 떠버리 광동댁도 술 취해 비틀대던 뚝바리 홍씨도 판덕이 아바이도 뒤뚱거리던 건홍이도 모든 고뇌를 잊고 고요히 잠들어가는 시간, 별들이 속삭이는 구봉리 산골마을 앞산 소쩍새가 적막을 깨고 있다.

장가 못 간 기옥이

 동구나무 아래는 떠버리 광동댁 입에서 새어나온 민수 선본 이야기가 화제가 되고 있다. 낮잠을 청하고 있던 홍씨가 광동댁 이야기를 듣고 끼어든다.
 "촌에서는 장가가기가 힘들어!"
 "힘 드는 게 아니라 장가를 못 간다니까! 요새 아들 촌에 가서 살라 카는가?"
 이토수 하는 말에 판덕이 아바이가 고개를 끄덕인다.
 "내가 촌에 살고 있지만 촌으로 시집 안 보내. 고생 시킬라고!!"
 현실을 외면할 수 없는 사실이기에 마실 사람들은 고개만 끄덕이고 있다. 잠시 이야기가 끊어졌다. 동구나무 가지에 매달린 한낮 매미는 마음 놓고 목청을 돋우어 댄다.

"이 사람 좀 봐!"

한참 생각에 잠겼던 쑥밭골 영감은 곁에 있는 기옥이를 가리킨다.

"나이 오십이 넘도록 장가 못가고 있잖아, 돈 있지 몸 건강하고 건실하지 뭐가 흠이라! 요샌게 그렇지, 옛날 같으면 일등 신랑감이지. 단, 촌에서 농사짓고 산다는 것밖에는 다른 흠이 없잖아?"

홍씨는 기옥이를 보면서 한마디 한다.

"자네도 올가을 매상하거든 돈 싸가지고 나가 장가 덜거든 오던지 해야지, 자네 동생들 보게. 도시에 나가니까 장가 잘 가고 잘살잖아."

늘 들어오던 이야기다.

기옥이는 싱긋이 웃기만 한다.

"웃을 일이 아니야. 자네 어머이를 봐서도 장가를 가야하겠더라."

쑥밭골 영감님의 걱정스러운 얼굴로 기옥이를 쳐다본다.

"그래요. 꾸부리 가지고 밥하시는 거 보만 받아먹기 미안하다니까요. 그렇지만 마음대로 됩니까?"

"그렇게 나가라고 하잖아! 촌에서는 장가 못 가!"

쑥밭골 영감이 안타까운 표정을 짓는다.

"자네 동생은 서울 가서 공장에 다니면서 결혼도 하고 집도 장만해서 잘 살고 있잖아!"

"그래요, 그런데 이제는 늙어서 다 파일세요!"

"뭐! 이 사람 봐! 누구 앞에서…"

모두 하하 웃어댄다.

마실 사람들이 심심해 보이면 장가보내달라고 능청맞게 농을 먼저 걸어왔다. 총각 늙은이라고 마을 사람들이 놀리면서 농담을 해왔었는데 이제는 나이가 많아지고 하니까 농담도 잘하지 않는다. 몇 년 전만 해도 중신 말이 오고가고 했었는데 이젠 중신 말하는 사람도 없다. 꽃이 지면 나비도 벌도 찾지 않듯이 이제 중신 애비도 찾지를 않는다.

나이 오십이 된 기옥이는 이제 결혼은 포기상태다. 가끔 외국 아가씨 소개는 들어오고 있다. 한번은 태국 아가씨 선을 보고는 말도 안 통하지 얼굴색도 아니지 기옥이 어머니는 마음에 내키지를 않는지 아무런 말이 없었다. 마실 사람들의 권유로 할 수 없이 기옥이 생각대로 따르기로 했다. 외국 아가씨도 나이가 많으니까 조건이 많아 망설이고 있다. 저 건너 들바람골 홍식이 아들은 시내에 아파트 사주는 조건으로 결혼을 했다. 시내서 출퇴근 하면서 농사를 짓고 있다.

부모 마음은 아무리 어려워도 결혼은 시켜야하고 여건이 따라주지 않은 현실을 팔자로 돌리기에는 너무 가혹하다. 어렵게 짝을 지어놓아도 마음에 들지 않으면 자식 놓고 살다가도 버리고 가는, 윤리도덕이 무너지고 인정이 메마른 비정한 현실이다.

몸매 망가질까봐! 학교 교육시킬 형편이 못 돼서! 결혼을 포기하고 산아를 제한하는가? 이게 우리나라 어머니의 상(像)인가? 이기적인 결혼 문화가 언제 이렇게 만연이 됐는지… 그래도 농촌만은 우리 것을 지켜지리라 믿어왔는데 헤쳐나기 힘든 이런 압박감 때문에 농촌정서도 망가져가고 있다.

한참 생각에 잠겨있던 황달수의 입에서 한숨 섞인 말이 새어나온다.

"뭘… 옛날 농촌은 다 떠났는걸!"

*

지금 농촌은

애 우는 소리도

다듬이 소리도

실개천 빨래방망이 소리도

엿장수 가위소리도 들을 수가 없다

장가도 갈 수 없다

새벽닭 우는 소리, 개 짖는 소리,
여름밤 개구리소리 봄 나절 뻐꾹새소리
옛날 호랑이 담배 피우던 그 정겨운 이야기
그 때 배는 고팠지만…

지금은.
시골 정서가 망가져 무너지고 있다
그립다
아! 옛날이여!
어디로 떠났나

할머니 할아버지가 가지고 떠났나.

"그리고 기옥이 자네 그까짓 장가갈라고 애쓸 거 없어. 혼자 살면 편해. 무자식이 상팔자라고. 자식 있는 놈이나 없는 놈이나 요새 아들 하는 꼴 보면 뭣 하러 장가갈라고 애써!"

황달수는 못마땅한 표정으로 말을 뱉어낸다.

사람들은 입을 다물고 고개만 끄덕여 주고 있다. 아들 때문에 속 썩이는 걸 마실 사람들은 잘 알고 있기 때문이다. 큰아들은 땅 팔아 서울 가서 부동산을 하다 실패를 하자 이

혼까지 하고 직업도 없이 날품팔이 생활로 살아가고 있다. 돈 때문에 저 아바이하고 등져 있고 또 둘째는 영화배우 된다고 몇 년을 들락이면서 속을 썩이고 있다. 그래도 안부모는 아들 편에서 남편을 원망하다보니까 늘 가정불화가 생기고 있다. 이 사정을 마실 사람들은 잘 알고 있기 때문에 황달수의 불만을 이해하고 듣는다.

요양원과 어머니

 "동민 여러분 안녕하십니까? 이장입니다. 추석 명절은 잘 보내시었습니까? 다름이 아니라 간밤에 병식이 모친이 집을 나갔습니다."

 동구나무 가지에 매달린 스피커에 이장 방송이 이른 새벽을 깨운다. 추석 명절이 지난 이튿날 아침 경찰백차가 비상등을 번쩍이고 있는 동구나무 밑에 마을 사람들이 모여들고 있다.

 새벽 일찍 잠이 깬 기옥이 모친이 이장 방송 듣고 동구나무 길로 꿈틀거리며 기어 나와 홍씨를 만났다.

 "이장 방송이 뭐라카던가?"

 "어제저녁 병식이 어머이가 식구들 몰래 집을 나갔대요."

"어디? 불났다고?"

기옥이 모친이 다시 물었다.

귀가 어둔 데다 비상등이 번쩍이는 경찰차를 소방차로 알고 사방을 살피고 있다.

"그기 아니고 병식이 어마이가 집을 나갔대요."

홍씨가 할머니 귀에다 대고 큰소리로 말한다.

"그 이핀네 또 집을 나갔어?"

병식이 어머니는 병이 발작하면 언제 나갔는지 집 식구들도 알지 못한다. 이런 일이 한두 번이 아니다. 이럴 때마다 파출소는 물론 온 마을이 발칵 뒤집힌다.

병식이 어머니는 YS대 요양병원에 입원 중이다.

병식이 내외는 직장 따라 서울에서 살고 영감 할머니 두 내외가 살다가 할머니를 요양병원으로 보내고 영감 혼자 집을 지키며 살고 있다. 병식이 내외는 추석을 쇠러 오면서 요양원에 입원하고 있는 어머니가 외롭고 쓸쓸한 명절이 될까 봐 함께 가고 싶어 외출을 얻어 집으로 모셔왔다.

올 때는 손주들이 북적이니까 이것저것 잊고 즐거웠는데 추석을 쇠고 요양원으로 갈 약속 시간이 가까워지자 병식이 어머니 표정이 어두워지기 시작했다.

이렇게 심적인 변화가 올 때는 죽은 둘째아들이 꿈에 나

타났다. 둘째아들이 중학교 일학년 여름 방학에 친구들과 같이 해수욕 갔다가 파도에 휩쓸려 실종이 되었다. 몇 년을 두고 시체를 찾으려고 굿도 해보고 별짓을 다해도 찾지를 못했다. 병식이 어머니는 신경성 뇌질환으로 병원에 입원도 여러 해 했었다. 그렇게 흘려보낸 세월이 근 십 년이 넘었는데도 병식이 어머니 가슴에 대못이 박혔다.

"엄마! 캄캄한 밤이 무서워요. 출렁이는 파도 소리 싫어요, 무서워요. 먹장 같은 밤하늘에 깜박이는 별들이 외로워 슬퍼요. 저녁이면 늑대들이 우글거리는 울음소리… 출렁이는 파도 소리 슬퍼요.
 엄마! 나 아직 극락에 못 가고 있어요. 집도 절도 없는 미아(迷兒)라고 받아주지를 않아요. 극락으로 가도록 빌어줘요."
"그래 엄마가 빌어줄게. 그기 있어."

꿈속에 병식이 어머니는 바다 용왕님 만나러 간다면서 치마저고리를 싸 들고 집을 나갔다. 이런 사연으로 집을 나가는 병식이 어머니를 아무도 모른다. 처음에는 마실 사람이나 병식이 아버지는 대수롭지 않게 생각해왔다. 살다 보면 서로 언짢아 속상한 일들도 있으니까 그럴 수도 있겠지,

그렇게 생각하고 병식이 아버지는 미련을 부려 왔으나 날이 갈수록 횟수가 빈번했다. 주로 변절기는 더 자주 병이 발작을 한다. 걱정스런 얼굴들로 마을 사람들이 모여들어 웅성이고 있다.

뚝바리 홍씨가 쩔룩이며 이장 곁으로 다가선다.

"어이 이장, 밤에 나갔으니까 멀리는 안 갔을 기고 인근 마을 이장들한테 연락을 해서 방송 좀 해달라고 해봐. 그래고, 마실 사람들은 조를 편성해서 마을 주변 들로 산으로 찾아 나서도록 하세. 뭐? 다른 방도가 없네."

홍씨는 월남전에서 총상을 입은 상의용사다. 긴장하거나 흥분하면 더 많이 쩔룩인다.

"예, 그러잖아도 파출소에서 벌써 각 이동에 연락을 했답니다."

"그래 잘됐네. 그럼 마실 사람들 조 편성해서 내보내게."

나이 먹은 노련한 홍씨가 진두지휘를 한다.

"예 그렇게 해야겠네요."

이장은 홍씨 말대로 마을 사람들 조를 편성해서 들로 산으로 내보냈다.

부인네들 쪽에서 떠버리 광동댁이 불쑥 나오면서 다급한 목소리로 말한다.

"그래 빨리 좀 서둘러봐요."

"아침에 까마귀가 그렇게 들살 대드니만, 퍼렁소 그기 한 번 가봐요?"

퍼렁소는 폭포가 있는 소다. 지난 여름방학 때 건넌들 허씨 외손자가 외가에 와서 친구들과 목욕을 하다 익사 사고가 났었던 곳이다. 한마을에 살던 덕골 영감이 밤늦게 장에 갔다가 술에 취해 오다가 도깨비한테 홀려서 따라가다 정신이 들어 깨어보니 새벽인데 퍼렁소까지 따라갔었다는 말이 있다. 뿐만 아니라 비 오는 여름밤에 여인의 울음소리를 들었다는 사람도 있다. 익사 사고가 많이 나는 곳이고 자살한 사람도 있고 아주 불길한 곳이다.

떠버리 광동댁은 불길한 생각을 혼자서 상상하면서 떠들어대자 곁에 있던 이토수가 한마디 한다.

"어허 광동댁, 언가니 지껄여 봐. 왜 자꾸 그런 소리를 해!"

이토수 부인이 나와 광동댁 손을 잡아 부인네들 쪽으로 끌어들인다.

"쓸데없는 소리 말고 이리 나와."

광동댁은 말을 입에 넣어놓고 못 참는다. 생각도 없이 나오는 대로 불쑥불쑥 지껄인다. 뿐만 아니라 마을에 일어나는 일들을 남보다 먼저 알고 마구 지껄여대는 사람이다. 그래서 마을 사람들이 떠버리 또는 방송국이라고도 한다.

병식이 어머니를 온 마을 사람들이 종일 찾아 돌아다녀 보았지만 찾지를 못한 긴장 속에 하루해가 지고 어둠살이 내려앉은 때 즈음 장석걸에 병식이 어머니가 보따리를 들고 태연하게 들어오고 있다.

"조금 전에 장석걸에서 찾고 있었는데, 참 이상한데!! 귀신이 탄복할 일일세!"

사람들은 고개를 갸우뚱 웅성인다.

"어매, 어디 갔다 와요?"

병식이가 뛰어나오면서 울먹인 소리로 눈물을 글썽인다.

머리가 헝클어진 채 몹시 지쳐 보이는 병식이 어머니는 아무런 표정이 없다.

이튿날 병식이 어머니는 어제 일들을 의식하는지 병식이 말에 잘 순응을 한다. 이렇게 한번 야단을 치르고 나면 죄인처럼 기가 푹 죽어있다.

요양원으로 갈 시간이 되자 '어매 요양원에 가야지요' 하는 말에 아무 표정 없이 고개만 끄덕인다. 전 같으면 '좀 더 있다 가면 안 돼?' 하면서 가기 싫어했는데 이번에는 병식이 눈치만 살피면서 차에 오른다.

차에 오르는 병식이 어머니를 보고 병식이 아버지가 '그래 잘 있다 와요?' 작별인사를 해도 눈길 한번 주지 않는다.

'오늘 같은 날 명절을 마치고 가는 아들 짐 보따리에 극성을 떨어가며 챙겨주든 저머이가 저 꼴이 되다니…'

한심한 생각으로 동상처럼 우두커니 서서 지켜보는 아들 차는 제 어머니를 태우고 버드나무 숲을 지나 장석걸을 돌아 점점 시야에서 멀어져 간다. 차 뒷좌석에 숙맥처럼 아무 말 없이 실려 가는 안사람이 그렇게 가여울 수가 없다. 고생고생해서 아들 둘 공부시키고 장가보내고 취직해서 저들 살도록 했는데 이제 한숨 쉬고 남들처럼 손주 보고 알콩달콩 살려고 했는데 모든 게 물거품이 되고 말았다.

고생하면서 살아온 보람도 없이 이게 무슨 꼴이람. 아무것도 보이지 않은 그 끝을 넋 나간 사람처럼 처절하게 바라보는 병식이 아버지의 희끗희끗 빛바래진 머리카락이 추색에 흩어져 날리고 있다. 병식이 아버지 머릿속은 끝없는 상념에 잠긴다.

*

노년의 부부

부부로 좋은 소리 싫은 소리 해가며 살아왔는데
어째 집을 나가면서 눈길 한번 주지 않고
걱정 한마디 없이 가는 당신의 뒷모습이

원망스럽고 서글퍼지는구려.

몇 년 전만 해도 건강한 밝은 얼굴로
온 가족을 꾸려왔는데,
그렇게 처절하고 불쌍해진 현실을 벗어나지 못하고
우리는 헤매야 하나요.

여보!
얼마를 기다려야 옛날처럼 돌아올 수 있나요?
당신이 옛날로만 돌아와 준다면
한 달이고 두 달이고
십 년 백 년이라도 기다리겠소!

가정을 꾸려온 당신의 밝은 얼굴
그때의 모습이 그립구려.
자식과 남편밖에 모르고 살아온 당신께
기다림으로나마 보답할 수밖에 없는
서글픈 현실을 실감하면서
오늘도 내일도 반복되는 날을 보내면서
당신을 기다리겠소.

옛날로만 돌아와요,
마지막 절규요!
퇴색되어가는 우리 모습을 기약 없이 흘려보내면서
이제 얼마 남지 않은 여생을 당신과 함께 가는 것만이
내 의미 있는 삶이요 내 소원이요.

인생의 무상함을 느끼면서 집안으로 발길을 돌리는 병식이 아버지는 이래 살려고 그 고생해가며 살아왔나 만감이 교차한다. 안사람이 요양원으로 떠나간 부엌도 안방도 외양간도 텅 비어 고독과 외로움만이 움츠리고 있다. 꼬리를 흔들어주던 검둥이 늙은 암소의 핑그랑 소리가 멈춘 외양간에는 가을 햇살만이 졸고 있다.

어느 날 하루, 한마을에 살고 있는 담배집 할머니가 이웃에서 보다 못해 병식이 아버지를 찾아갔다.

"병식이 아부지 마침 집에 계시네, 병식이 아부지 좀 볼라고!"

"예, 들어오세요."

반갑게 맞이하는 병식이 아버지 마음 한구석은 서글퍼 보였다.

"어얀 일로요?"

"병식이 점마 때문에 그러는데 자꾸 이래 애먹지 말고 동구나무걸 점받이 할마이 한번 찾아가봐. 귀신이 안 씨이고는 어디 아픈 사람도 아니고 이상하잖아? 웃마 기옥이 저마이 고친 거 봐! 연 띠가 맞으면 알 수 있나, 속는 셈 치고 하루 저녁 두더리 달라고 해봐."

"예, 그렇잖아도 한번 만나 볼라고요."

점받이 할머니는 6.25 전쟁 때 북한군 간호장교로 지내다 1.4 후퇴에 귀순하여 남한에 와서 결혼을 했다. 자식 하나 놓지 못하고 남편이 일찍 죽고 구봉리 오지 마을에 와서 응급환자를 치료해 가면서 지역 주민들에게 많은 봉사를 해왔다. 무면허 단속의 대상이 되자 정리하고 쉬고 있는데 우연이 몸에 신이 왔다.

읍에 있는 애기동자로부터 신을 받아 뒤뜰바위에 모셔놓고 있다. 마을에서는 점쟁이, 점받이 할마이, 보살, 돌팔이, 여러 호칭으로 부르며 대단찮게 생각하고 있지만 한마을에 살고 있는 기옥이 어머니가 깊은 병이 걸려 대구로 서울로 큰 병원에 다 가 보고 용하다는 데는 다 가 봐도 못 고치는 병을 이 할머니가 하루 저녁 두드리고 나서 차츰 차츰 생기가 나기 시작하더니 지금은 건강하게 잘 지내고 있다. 뿐만 아니라 읍에 떡집 아들이 고시시험에 몇 번을 떨어졌는데 이 점받이 할머니한테 공들이고 난 이듬해 고시 합격을 했다. 구봉산 도사로 소문이 퍼져 전국 각지에서 사람들이 찾아들었다.

"그런 거 봐! 할마이 그래 볼기 아니라, 뭘 안다니까! 시간 끌지 말고 빨리 서둘러."

걱정스런 얼굴로 재촉을 한다.

병식이 아버지는 마을 사람들 권유도 있고 해서 점받이 할머니를 찾아갔다. 점받이 할머니는 병식이 아버지를 걱정스런 얼굴로 맞이한다.

"할마이 때문에 언가이 속상하지?"

"예 마실 사람들 걱정을 끼쳐 죄송합니다."

"뭐? 일부로 그래나, 뭐가 죄송해! 당하고 있는 사람 심정은 오죽할까?"

"그래, 어떻게 하만 좋을까 의논 좀 해 볼라고요."

병식이 아버지는 난처한 표정으로 할머니를 바라본다.

"내가 잘 듣고 있어요. 병원에 갈 병이 아니잖아, 어디 아파야 병원에 가서 째고 꾸메고 하지 왜? 멀쩡한 사람이 요양병원엘 가! 그래 두면 안 돼."

애석한 눈길로 병식이 아버지를 바라보면서 말을 잇는다.

"읍에 있는 애기동자 불러 하루 저녁 두드려 쫓아내야 해."

동자도사는 어린 나이에 신이 들어 경을 읽거나 하면 귀신이 완전히 제압을 당해 눈물을 흘리면서 떠난다는 말이 있다. 뿐만 아니라 구경하는 주위 사람들 모두가 눈물바다를 이룬다는, 읍에서도 애기점쟁이로 아주 유명하다. 그런 애기동자를 만나기도 힘들지만 청하기가 어렵다. 그래서 청하려고 마음을 못 먹는다. 병식이 아버지는 애기동자는 포기하고 할머니께 부탁을 했다.

"나도 같이 하지만 혼자 할 일이 아니라…"

"애기동자를 청하기가 어렵잖아요."

"내가 거들면 돼."

할머니는 어렵잖게 대답을 한다.

"그럼 그렇게 해줘요."

"처음부터 바짝 서둘러야지 여간해선 안돼! 그 병은 내가 알아! 애쓰는 기 딱해서 내가 도와줄게. 진작 서둘러야 할 일이지, 왜 요양원엘 가?"

점받이 할머니는 원망스런 얼굴로 걱정을 한다.

병식이 아버지도 할머니 말에 공감이 가는지 고개를 끄덕인다. 멀쩡할 때는 영감은 영감대로 할머니는 할머니대로 안 보내고 안 가려고 하지만 마음대로 되지 않는 것이 병이 한번 발작하여 집을 나가면 온 마을이 뒤집어지고 멀리 있는 아들까지 비상이 걸린다. 그래서 할 수 없이 요양원 신세를 지고 있다.

그 후 일주일이 지난 일요일, 병식이 내외는 어머니가 있는 요양원에 들렀다. 일요일이라 면회 오는 가족들이 붐빈다. 어머니 표정이 그렇게 밝지를 않았다.

"어매 잘 지냈어요? 아픈 데는 없고요?"

"어, 나 인제 아픈 데도 없고 괜찮아. 집에 가면 안 돼?"

"왜? 집에 가고 싶어요?"

어머니라는 위치를 버리고 어린애처럼 응석을 부린다.

"너 아부지 조석은 어떻게 해먹는지? 너 아부지 불쌍해!"

자신은 망가지고 있는 것을 생각도 않고 남편 걱정만 늘어놓는다.

병식이는 가슴이 울컥 내려앉는다.

"어매, 아부지 걱정 안 해도 돼. 우리가 있잖아!"

언제나처럼 자신보다 남편과 자식을 위하는 것밖에는 아무런 삶의 이유가 없다.

"그럼 나는 언제 집에 가는데? 왜 나를 여기 있기 해. 집에 가는 것밖에 살아갈 의미가 없다. 저 아부지 밥상머리 같이 앉아 싫은 소리 좋은 소리 해가며 상도 찡그리고 웃기도 하는 그런 가족으로 돌아가고 싶은 간절한 바람이다. 이 어미의 애절한 심정이다."

"병원 의사가 가라고 하만 가도 돼요."

"왜 의사가 나를 못 가게 해? 의사한테 가서 나 이제 괜찮다고 이야기해봐, 나 괜찮아여."

"어매, 조금만 기다려 봐요."

"조금만 기다리라고?"

안심을 시키는 아들의 말을 그대로 믿고 받아들인다.

어머니는 자식이 불편하게 생각할까봐, 걱정할까봐, 애처로운 마음으로 아무 말 없이 고개만 끄덕여 준다.

"언제까지 있어야 해?"

기약 없는 약속이지만 알고 싶고 믿고 싶다.

창문 밖 산에는 가을 단풍이 물들어 가고 있다. 가끔 불어오는 소슬한 바람에 플라타너스 나뭇잎 하나가 창가에 내려앉는다.

따가운 가을 햇살이 식어가는 오후, 헤어져야 할 시간이다. 어머니를 두고 가야 하나? 말이 입에서 떨어지지를 않는다.

어매, 어매 몇 번을 부르며 망설인다.

병식에게 문득 옛날 고려장 이야기가 생각난다.

아들이 어머니를 업고 깊은 산속으로 고려장 하러 갔는데 등에 엎혀 가는 어머니는 아들이 걱정되어 자신을 움막에 내려놓고 돌아서는 아들에게 길이 험해서 갈림길마다 내가 나무를 꺾어놓았으니 나무 놓인 길로만 쭉 따라가면 집을 찾아갈 수 있다고 알려준다. 아들 걱정하는 어머니 말에 감동을 받은 아들은 나라 법을 어기고 벌을 받더라도 다시 어머니를 업고 집으로 돌아왔다는 이야기이다.

동생이 바다에서 실종이 되었을 때 어머니는 그 바다 모래사장에서 며칠을 밤을 새워 울었다. 이런 어머니를 두고 가야 할 시간에 쫓기면서 다음 주에 또 올게요. 늘 하던 말을 던지고 돌아서는 등 뒤에서 '뭐 하러 자꾸 와? 찻길 위험한데, 오지 마!' 전에는 보이지 않을 때까지 손을 흔들어주시던 어머니가 '조심해서 가' 하고는 고개를 떨어뜨린다.

가족을 그리워하는 어머니는 이 자식을 얼마나 야속하게 생각할까? 어머니는 자식을 두고 가지 않을 것이다. 모정은 죽음보다 더 강하다.

걸음이 떨어지지 않은 발길을 돌린 차는 요양원을 벗어나 산길 따라 댐 호수 길로 들어섰다. 맑은 호수에 가을 하늘 흰 구름 떼가 수면에 떠돌고 있다. 자식 하나 보고 살아온 어머니한테 왜 이런 처절한 고독을 안겨 주어야 하는지 원망스럽다.

고독과 외로움 속에 애틋한 가족을 그리워하는 어머니를 뒤로하고 돌아서는 비정한 현실을 아픈 가슴으로 달래가며 산기슭 하얀 건물 요양병원이 시야에서 점점 멀어져 가고 있다.

*
위대한 어머니

어머니는 모계(母鷄) 유추(類推)처럼
대문 밖 눈길을 잠시도 놓지 않은
애타게 기다리는 어머니!
넘어지지나 않는지, 싸우지나 않는지,
늘 애태우며 살아오신 어머니
돈이 아까워
먹고 싶은 것도 없고 입고 싶은 것도 없고
하고 싶은 말도 가슴에 묻고
참고 참아가면서 살아오신 어머니
당신은 위대한 어머니입니다.

손발이 닳도록 긴 밭골 호미 자루 이루시며
그렇게 공부시키고 시집 장가보내고
후유 하고 한숨 쉬었는데
연지곤지 바른 고운 얼굴은 어디 가고
검은 얼굴 주름살은 골이 깊어만 가는데
이제 당신의 인생은 어디서 찾으시렵니까?

강 교장 부부의
동상이몽(同床異夢)

*
저녁노을 아름다워라

황혼이 설레이는 해질녘
저녁을 찾는 갈매기 깃 소리
쓸쓸한 여운을 남긴 채
황홀한 환상의 세계로 나르고 있다

외로움에 익숙한 노부부
낡은 벤치에 백발을 날리며
아쉬움에 세월을 돌아보며
저물어가는 저녁노을 아래 서성이고 있다

얼마나 많은 세월이었기에
무게를 이기지 못해 무너진 추억들
달빛이 조용히 내려앉아 추억을 주워 모은다

그때 그 시절이 그리워
할머니는 봄 처녀 되어 돌아오네.

하얀 솜털구름이 뭉실뭉실 피어오르는 구봉산 하늘가에 붉은 저녁노을이 산령을 서성이고 있는 가을 어느 날 오후, 교장으로 퇴임한 지 20여 년이란 세월을 흘려보내고 야인이 된 강 교장이 허름한 바지를 입고 퇴색된 정원 긴 나무 벤치에 부인과 함께 앉아 백발을 날리며 사색에 잠겨있다.

아들딸 남매를 대학원까지 졸업시켜 큰아들은 서울 A대학교 교수로 있고 딸은 결혼해서 미국으로 이민을 갔다. 이렇게 애지중지 키워온 자식들은 영감 할마이 남겨둔 채 훨훨 다 날아가고 두 노부부는 외로움을 서로 달래가며 살아가고 있다.

아들은 그나마 일 년에 한두 번 추석 설 명절에 오지만 멀리 이민 간 딸은 전화로만 안부를 물어가며 살고 있다. 마실 사람들은 저래 애써 가르쳐봐야 다 소용없다고들 하지만 퇴임한 교장은 그게 무슨 소리야? 건강하게 자기 일에

충실하면 되지 뭘 바래, 허 참! 하며 자식들을 감싼다.
　이렇게 욕심 없이 살아가는 교장 노부부다.
　담장 곁에 버티고 있는 수십 년 된 은행나무 한 그루가 있다. 노랗게 물들어가는 은행잎이 가끔 불어오는 소슬한 바람에 한잎 두잎 떨어져 바람에 뒹구는 것을 안타까이 지켜보고 있다.
　영감님은 온 집안이 황금빛으로 물들어 잘 익어가는 가을을 그대로 오래 두고 보고 싶은데 떨어지는 은행잎이 안타깝기만 하다. 그런가 하면, 할머니는 저기 전부 돈인데! 떨어지는 은행잎이 아까워 애를 태운다.
　오늘같이 볕 좋은 날 털면 몇 포대 되겠는데, 저 떨어지는 잎이 전부 돈인데, 가을 날씨 알 수가 있어야지, 비 오고 쌀쌀해지면 허실이 많은데…
　할머니는 작년 생각이 났다.
　작년 가을에 영감 어디 출타하고 난 뒤에 한창 물들어가는 은행잎을 털어 시내 건재약방에 팔았더니 10만원을 주기에 그 돈으로 영감 좋아하는 고기반찬 사다 보름간을 싱겁잖게 밥상에 올려놔 준 마음도 모르고 영감한테 얼마나 혼이 났던지 괘씸한 생각이 들어 근 한 달을 두고 말하지 않았다.
　"여보, 할마이, 은행나무가 저래 있으니까 온 집안이 황금빛깔로 얼마나 보기 좋아! 오래 두고 보면 참 좋겠는데! 저래 잎이 떨어지는 거 보니까 서글프네. 우리 인생도 저런 모습으로 자연의 순리에 따라 떨어져 가고 있지."

잠시 생각에 잠겨있던 영감은 후유- 하고 긴 한숨을 내려쉬더니 푸념 섞인 한마디를 내뱉는다.

"늙어가는 게 슬퍼지네…. 내년 봄에 저쪽에 한 그루 더 심어 볼까?"

작년에 은행잎 털어 팔았다고 한 달간 말하지 않고 지낸 생각이 나지 않는지 영감은 은행나무 맞은편 빈자리를 가르치며 할머니의 의견을 물었다.

"예, 좋아요"

할머니 동의에 만족스러운 얼굴로 할머니를 바라본다.

할머니는 좋다고 말은 했지만 얼마나 오래 살라고 이 나이에 나무를 심어… 영감 마음먹는 게 대단하다고 생각한다.

듣는 데서는 말 못하고 할머니는 속으로 궁정거렸다.

'은행잎 떨어지는 기 뭐가 인생이 서글퍼 한숨까지 쉬어가며… 내사 아까워 죽겠는데, 두고 보면 돈이 나오나 밥이 나오나! 돈을 해야지!'

할머니는 할머니대로 계산이 있다.

이번 장에 나가서 영감 좋아하는 고등어하고 막걸리 사

다 대접할 작정이다. 영감이 술을 좋아하기에 한잔하면 만사가 오케이다. 영감 마음만 돌리면 저거 전부 돈인데…

그 후 며칠이 지나 읍내 장날이 돌아왔다.

두 노부부는 메밀 벌처럼 오일장을 즐거이 찾는다. 이 구석 저 구석 구경하며 아는 사람도 만나고 심심찮게 하루를 보낸다. 장에 가면 꼭 들리는 대폿집이 있다. 김이 무럭무럭 나는 뒷골목에 있는 포항 대폿집이다. 첫차를 타고 가면 거의 같은 시간에 들리기 때문에 그 시간이 되면 포항집 주인 아줌마는 창문 밖으로 눈길을 떼지 않고 기다려준다.

"오늘 늦으셨네요?"

"응 오다 제자를 만나 이야기 좀 하다 보니까 늦었네."

"예 그랬어요. 오실 때가 됐는데 궁금했어요."

두 노부부를 번갈아 보면서 안도의 한숨을 쉰다.

좀 늦거나 오지 않을 때는 궁금해 한다. 나이 많은 노인들이라 혹 어디 아픈 데는 없는지 별 사사망이 다 든다며 걱정을 해준다. 혹 날이 궂거나 눈이 많이 와서 장에 못 나오는 날에는 꼭 안부 전화를 해왔다.

"오늘은 장에 못 나오셨네요, 아픈 데는 없어요? 궁금해서요."

그런 고마움에 장날마다 꼭 포항 대폿집에 들러 해장을 하고 장 구경을 나간다.

"예, 그리 앉으세요."

식탁 긴 나무 의자를 가리키며 안내한다. 부글부글 끓고 있는 양은솥 뚜껑을 아줌마가 열자 김이 천장으로 확 솟아오른다. 오늘 장을 볼 준비로 해장국을 큰 양은솥으로 한 솥 끓이고 있다.

노부부는 아침밥을 거르고 나왔기에 시래기 돼짓국 구수한 냄새가 민감하게 후각을 자극시킨다. 주인 아줌마가 밥 한 그릇에 해장국 한 그릇씩 가져온다.

"아침 안 잡수셨잖아요? 이래 아침 때우시고 술이나 한 잔씩 하시면 되겠네요."

하면서 한잔씩 부어 권한다.

영감도 한잔 할마이도 한잔 거뜬히 마신다. 술 한 병 값만 받고 나머지는 전부 서비스다. 술값을 안 받으려고 했지만 안 받으면 안 온다면서 꼭 술값은 지불한다. 언제나 자기 부모처럼 섬기고 있다. 황해도에 부모를 두고 온 탈북민으로 교장선생 내외분을 보면 고향 부모님 생각이 난다면서 부모처럼 대하면서 향수를 달래고 있다. 이렇게 해장을 든든하게 하고 시장통 가게를 기웃거리며 시간을 보낸다. 아침나절이 되면 시장은 붐비기 시작한다.

*

음력 팔월 추석 대목장

시끌버끌 장꾼들이 모여든다.
털털대는 경운기도 공터 마당에 한몫 낀다.

고추 참깨장은
아낙네와 장사꾼들 실랑이가 벌어진다.
엿장수 가위 소리에 과일장수 목청을 돋운다.
엇갈려가는 시장통은 한낮장으로 붐빈다.

뒷골목 대폿집 돼지고기 굽는 냄새
후각에 발길이 멈추어 선다.
친구 만나 한잔 사돈 만나 한잔
술잔에 정이 오고 가는 시골장
술에 취하고 정에 취한 하루해가 서산으로 비틀거린다.

오늘은 뒷마당 공터에 약장수가 사람들을 모으고 있다. 두 노부부는 약속이나 한 것처럼 약장수 공연장으로 발길을 돌렸다. 할머니는 영감 손을 잡고 둘러선 관중들을 막무가내 뚫고 앞자리로 끌고 들어가 앉았다.

마술사가 나오더니 입에서 불을 뽑아낸다. 그리고 또 잘생긴 멋쟁이 신사가 장미꽃 한 송이를 들고 나와 보자기를 덮어씌우더니 비둘기를 여러 마리를 만들어 낸다. 그럴 때마다 관중들은 박수를 치며 환호한다. 짧은 치마를 입은 아가씨들이 나와 춤과 노래로 공연장 분위기를 돋운다.

한참 신나게 구경을 하고 있는 관중들 앞으로 한 중년 신사가 조그마한 병을 들고 나와 건강보조식품이라면서 오줌이 자주 마렵고 잘 안 나오시는 분, 밤에 깊은 잠을 못 자는 분, 저녁마다 마누라 눈치 보시는 아저씨에게 특효 식품이라면서 권하고 있다.

그래 맞아, 잠도 그렇고 오줌도 자주 마렵고 아주 내 증세하고 꼭 같아. 저거 하나 사 가지고 가야겠다면서 주머니에 손을 넣어 돈 있는지 확인을 했다.

할마이한테 아쉬운 소리 안 해도 되겠다.

선전이 끝나고 아가씨들이 약병을 들고 관람객들 앞으로 다가가자 관람객들이 슬금슬금 뒷걸음질하며 한 사람씩 빠져나간다.

할마이가 일어나 영감 손을 잡아 끌어낸다.

"아니 가마이 있어봐."

잡은 손을 뺀다.

"약 저거 한 병 사 가지고 가세. 말하는 기 내 증세하고 꼭 같아!"

"어허 빨리 나와요."

영감 말은 듣지도 않고 손을 잡아 끌어당긴다.

"아니 나한테 돈 있어."

"빨리 나오시라니까."

"저거 하나 사자니까."

"저거 가짜라니까."

"뭐? 가짜라고?"

"그래도 구경한 값으로 하나 팔아 줘야지, 저 사람들은 뭘 먹고 살아! 허참"

할머니도 한번 속아봤다. 몇 년 전에 허리가 아파 하도 좋다고 하기에 약장사 말만 듣고 사 먹어봤지만 아무런 효과도 없고 결국 그냥 버렸다. 돈만 없애고 말았다.

뿐만 아니라 몇 년 전에 약장사들이 읍내 새마을 예식장을 빌려 보름간을 마을마다 봉고차로 돌아다니며 할머니들을 태우고 와서 노래와 쇼로 할머니들을 즐겁게 해주어 가면서 생활용품을 시중보다 싸게 팔기도 하고 가을까지 외상을 해가면서 할머니들에게 환심을 샀다.

물건을 많이 사는 할머니들한테는 공짜로 주기도 하고 부자 할머니라면서 구매 충동을 일으키는가 하면 돈 많아 보이는 할머니에게는 많은 서비스로 고가의 물건을 팔면서

이 할머니 수준이 높다면서 할머니들 사이에 자존심을 부추겨 경쟁을 시킨다.

약장사 말대로라면 만병통치다.

읍내 떡방앗간 할머니는 서울로 시집간 딸이 시집간 지 5년이 넘도록 자식이 없어 속을 끓이고 있는데 하도 좋다고 해서 백만원 주고 두 달분을 사서 보냈다.

딸은 먹지도 않고 버렸다면서 그런 불량식품을 샀다고 딸한테 원망을 얼마나 들었는지 약장사 때문에 돈 쓰고 인사도 못 들었다면서 약장사 말만 하면 욕을 해 붙인다.

담배집 할마이는 영감 몰래 전기장판 전기밥솥 외상으로 사다 날랐다. 그해 가을 돈 갚을 날이 지나자 장사꾼들은 영감 몰래 산 것을 알고 영감님한테 받을까요? 하며 으름장을 놓았다. 할머니는 기겁을 하고 모아둔 용돈으로 한 푼 깎지도 못하고 털어주고 며칠을 머리를 싸 둘러메고 들어누운 적이 있다. 이렇게 돈만 버리고 효과도 없는 거 다시 사지 말아야지 하면서도 약장사들만 오면 영감같이 순진한 사람이나 또 마음 약한 할머니들은 홀려 든다.

어느새 공연장 사람들이 흩어지기 시작한다.

해가 서산에 기웃거린다. 슬슬 정거장으로 나가면 시간이 맞겠다.

오늘 장은 약장사 덕에 잘 놀다 간다. 두 노부부는 정류소로 향했다.

정류소에 들어서자 할머니는 걸음을 멈춰 선다.

"아이 참 나 좀 봐"

왜? 하고 영감이 묻자

"내 정신 좀 봐!"

하면서 공연장 쪽을 멍하니 바라보고 한숨을 내쉰다.

"내가 들고 다니던 장가구!"

말을 던지고 할머니는 급히 왔던 길로 발길을 돌려 공연장으로 향했다.

"아이고! 정신머리하고는…"

"그게 가만있나, 벌써 누가 주워 갔지!"

약장수가 떠난 텅 빈 공연장은 소슬한 바람에 끌려가는 낙엽만 뒹굴고 있다.

그 장바구니에 오늘 장본 고등어와 막걸리가 들어있는데!

고추 따는 마실 아줌마들

상쾌한 가을, 안개 자욱한 아침 햇살을 등에 업고 큰골 기옥이 밭 고추 따는 마실 아줌마들의 손길이 바쁘다. 이토수댁, 갈골댁, 광동댁, 판덕이 어머이, 이장댁…

"그럼 몇 번째라?"

민수 선본 이야기다.

갈골댁 묻는 말에 이토수댁이 대답한다.

"내가 알기만 해도 근 스무 번이 넘지"

"뭐! 스무 번이 넘는다고? 그렇게나 돼?"

쑥밭골댁은 고개를 갸웃거린다.

모두가 맞다는 듯이 고개를 끄덕인다.

"점받이 할마이 하는 이야기는 이번에는 잘될 것처럼 그 래드니만 또 안됐다면서?"

이토수 부인은 광동댁을 향해 시선을 주고 있다.

"거짓말한 게 탄로가 난 모양이라."

"무슨 거짓말을?"

이토수댁은 궁금한 표정으로 광동댁을 바라보자 고추 따던 손들을 모두 멈추고 떠버리 광동댁에 시선이 모여든다.

"장가들면 서울 외삼촌 공장으로 간다고 했다는데 처녀 쪽에서 알아본게 공장이 아니고 빵 굽는 가게라는구만. 점받이 할마이가 큰 공장이라고 했던 것이 그만 탄로가 난 모양이라."

"에이! 할마이도, 그래 거짓말해가지고 중신하다가 어떡할라고!"

"괜찮아. 중신하는 데 거짓말 다 하더라! 나는 참말로 중신애비한테 폭 속아서 시집 왔어. 부잣집이라고 하길래 쑥밭골에서 하도 가난하게 쑥만 먹고 살다 시집가만 쌀밥은 실컷 먹겠구나 하고 시집을 오니까 꽁보리밥에 감자만 티나도록 먹고 살았다니까. 그때는 중신애비 말만 믿고 시집가고 장가갔다니까."

"그래! 맞아! 나는 부잣집이고 남자도 미남이고 시아버지 될 사람은 동네 구장이고 중신애비 말만 믿고 시집을 오니까 남자는 희멀건 하게 잘생기고 부잣집 외동아들로 오야 오야 하고 키워 세상 물정도 모르는 바람둥이더라고. 읍내에 술집 가시나들은 이 남자를 다 좋아했다니까. 인물 좋지 돈 잘 쓰지 기집이 몇이나 되는지? 아이고, 지금 생각하만 어예 참고 살았는지 몰라! 그기다 내가 아를 못 가지니까 바람을 피워도 말도 못하고 시부모들한테 죄진 사람같이 살았다니까. 점방집 여편네하고 좋길래 아들이나 볼라고 받아들였더니 남자가 시원찮았는지 그 여편네도 애가 없더라고. 팔자로 돌리고 살아왔지만 요새는 저들끼리 다 맞차 보고 시집가고 살다가도 맞지 않으면 헤어지는 게 보통으로 생각하는 세상인데, 뭐!"

지난날을 이야기하던 광동댁은 멈추었던 손으로 다시 고추를 딴다.

"왜? 그 집 혼사가 그렇게 어렵지?"

쑥밭골댁은 떠버리 광동댁을 보고 걱정스럽게 묻는다.

"어려운 게 아니라 누가 촌으로 시집을 올라고 해야지, 우리들처럼 바보 등신 같은 사람들이나 촌에 와서 이 고생하고 붙어살지. 요새 아들 촌에 와서 못 살아."

"그래 맞아"

갈골댁은 고개를 끄덕인다.

"우리들같이 한번 시집가면 그 집 귀신이 되는 줄 알지. 요새 아들 누가 그런 아들이 있어? 살다 싫어지면 보따리 싸가지고 가는 걸. 친정으로 쫓겨 오면 친정 부모가 받아

주니까. 우리 때는 어데 친정으로 와! 맞아 죽을라고, 택도 없지! 요새는 이혼을 여사로 알고 있다니까."

"그래. 이혼을 하만 어떡할라고? 서로 안 맞아서 이혼을 하는가 아니면 더 좋은데 가서 살라고 이혼을 하는가? 이혼이란 낙인이 한번 찍히면 인생은 끝난 사람이라. 세월이 암만 흘러봐라 허물이 씻어지는가?"

광동댁 떠버리가 불쑥 말을 뱉어내자 갈골댁이 받아친다.

"허물은 무슨 허물! 요새는 보통으로 생각한다니까."

"나는 애 못 놓는다고 시어미한테 몇 번을 쫓겨났는지 몰라! 그래도 친정 가서 쫓겨났다는 말 한마디 못했다니까. 친정에 가서 쫓겨났다는 말하면 그 집 귀신이라면서 친정집에도 못 들어간다니까. 한번은 쫓겨나서 보따리를 언니 집에 맡기고 친정집에 있으니까 서방이 데리러 오더라고. 몇 번을 그러다가 나중에는 모든 걸 포기하고 죽을라고 몇 번을 망설이다 언니한테 실토를 하고, 나 혼자 살도록 방 하나 구해달라고 했더니, 언니가 그래 더 못 참겠나? 해서 언니하고 같이 붙들고 얼마를 울었는지 말도 마라. 시집살이 나같이 지독하게 받은 사람 없을 거야."

고추 따던 손을 잠시 멈춘 광동댁 밝았던 얼굴에 눈시울을 붉히며 노래로 마음을 달래본다.

참을 수가 없도록 가슴이 아파도
여자이기 때문에 말 한마디 못하고
헤아릴 수 없는 설움 혼자 지닌 채
고달픈 인생길을 허덕이면서
아- 참아야 한다기에 눈물로 보냅니다
여자의 일생

 판덕이 어마이도 이토수댁도 찡한 가슴으로 따라 부른다. 노래는 합창이 되어버렸다.
 "우리들은 이래 살아 왔다니까."
 붉은 고추를 따 들고 있던 갈골댁은 허리를 고쳐 편다.
 "지금은 참 좋은 세상이지! 우리들 고생하고 살아온 거 생각하면 너무 억울해. 아는 체독같이 배가지고 그 추운 겨울에 샘이나 어디 집에 있나. 들 가운데 그 깊은 우물을 두레박으로 길러 이고 길은 미끄럽지 들어오면 시어머이 잔소리, 아이구! 생각만 해도 그때 어떻게 살았나 싶어! 그런지 엊그제 같은데 세상이 그렇게 변했으니 요새 밥하는데 앉아 불을 때나 꽁꽁 얼은 냇가 나가서 빨래를 하나 물을 들어다 먹나, 요새 젊은것들 부모한테 감사하게 생각하고 잘해야 하는데 그걸 알기나 하는가?"
 "알기는 뭘 알아?"

이토수댁은 후유 하고 한숨을 내쉰다.

"말도 마라. 나는 시어머이가 나를 보고 통머리 크다면서 도장 열쇠를 시어머이가 가지고 조석 때마다 쌀을 내주면 늘 밥이 모자라 시아바이 시어머이 시동생들 남편 시누 밥 뜨고 나면 나 먹을 밥은 없다니까. 밥상을 방에 들놔주고 나는 부엌에서 먹은 척하면서 굶어서 살아 왔다니까. 한 번은 봄에 시어머이가 산에 가서 나물을 뜯어가지고 왔는데 모르고 바위싹 나물을 뜯어 가지고 온 것을 삶아 먹고 온 가족이 식중독이 걸렸는데 시아바이 시어머이 남편 시동생들은 나물을 적게 먹었으니까 잠깐 고생했는데 시누하고 나하고는 나물로 배를 채우다보니까 많이 먹어서 배가 아파 얼마나 애를 먹었는지 잘못하면 죽을 뻔했다니까. 그때 식구들은 왜 그리 많았는지, 지금 생각하면 어떻게 살아왔는가 싶어, 지금 아들 이 말하만 믿지를 않을 기고만."

"믿기는 뭘 믿어? 바보 같은 소리 하고 있네, 젊은것들한테 도로 퉁 맞을 소리지. 또 이야기 해봐야 무슨 소용이 있나. 그럭저럭 사는 기라고 사는 거지. 바보같이 살아온 기 너무 억울해서 하는 이야기지."

햇볕에 그을린 주름진 얼굴로 쑥밭골댁은 한숨을 품어낸다.

"우리들 평생 사는 거 돈 많은 여편네들 하루 사는 것만도 못한 걸! 서울 봉춘이 여편네 좀 봐! 돈이 많은게 좋은 자가용에 사내하고 여행이나 다니고, 금목걸이 팔찌하며 해걸고 다니는 게 몇 백만 원짜리라고 자랑을 하든데, 하루를 살아도 그래 좀 살아 봤어만."

판덕이 어마이는 부러운 말투로 일손을 잠시 멈춘 채 먼 하늘을 바라보며 혼자 지껄이고 있다.

"아이구, 우리 살림살이 다 팔아도 그 여편네 몸뚱어리에 감은 가치가 안 되니…"

판덕이 어마이는 한심하다는 뜻이 한숨을 푸하고 내쉰다.

떠버리 광동댁은 판덕이네 재산을 잠시 계산하는 척한다.

"설마! 무슨 몇 백만 원이라. 영감까지 다 팔아도 안 되겠다."

"그놈의 늙어빠진 영감 어떤 년이 산대? 그냥 줘도 안 가져가겠다."

이토수댁이 끼어든다.

"뭐? 늙어빠졌다니 우리 영감이 어때서? 지 영감은 엥간이 싱싱한가?"

고추밭은 웃음이 터진다.

떠버리 광동댁은 판덕이 어마이를 부른다.

"어이! 판덕이 엄마!"

왜? 하고 판덕이 어마이는 광동댁을 바라본다.

"팔자 한번 고쳐보지?"

"아! 그 소리 할라고? 좋지!"

판덕이 어마이는 기다리기라도 한 듯이 응수한다.

"어디 한번 구해줘봐!"

"돈 많은 서울 양복쟁이?"

"돈 많은 양복쟁이 좋지! 그래만! 판덕이 저 아바이는 어떡하지? 어디 버리지도 못하지 누가 가지고 갈 사람도 없지, 나는 좋은데 판덕이 저 아바이 불쌍해."

"불쌍하기는 뭐가 불쌍해. 술주정뱅이 영감"

광동댁은 핀잔을 준다.

"그래 그놈의 정 때문에 오도 가도 못하지."

이토수 부인이 끼어든다.

"그까이 정! 매일 술 취하고, 안 그래만, 돼지 똥 냄새 나는 고리타분한 영감한테 무슨 정이라?"

광동댁 말에 모두가 옳소 하고는 하 하 웃어댄다.

"그럼, 서울 양복쟁이 신사 한번 구해보지! 그래, 팔자 한번 고쳐보자."

판덕이 어마이가 슬슬 분위기를 맞추어주자 광동댁의 농은 판덕이 어머이한테 넘어간다.

"아직 판덕이 저머이는 써먹을 만해?"

"뭘? 써먹는단 말이라?"

하 하… 하고 모두 웃어댄다.

판덕이 아버지보다 15살 아래 나이 차이가 난다. 판덕이 하나를 늦게 낳아서 싱싱한 피부가 젊어 보인다. 어쨌든, 판덕이 어머이는 서울 양복쟁이한테 시집가라는 떠버리 말이 듣기 싫지는 않았다.

"이제는 고물 다 됐네요. 마음도 몸도 다 늙고 다 헛일입니다. 이놈의 집구석에 와서 영감 종노릇만 실컷 하고 일만 티를 내고 남은 건 병하고 주름살밖에 남지 않았네요."

윤기가 흐르는 붉은 고추를 따는 아낙네들의 손길은 바쁘기만 하다. 가벼운 구름조각이 깔려드는 파란 하늘에 빨간 고추잠자리가 무리지어 공중을 비행하다 수숫대에 앉기도 하고 판덕이 저머이 머리에 쓴 수건에 앉았다 또 날아간다.

아직도 참매미는 숲 속에서 화음을 엮어대고 동네 마당 앞뒤로 감이 익어가는 가을, 저녁노을은 붉게 물들어가고 있다. 밭골 머리에는 온종일 따 담은 붉은 고추 마대가 즐비하게 놓여 있다. 산 그림자가 서늘한 공기를 안고 밀려오는 해거름 판 떠들어대던 고추밭 아줌마들도 골 밖으로 나와 마을로 내려선다. 고추 마대를 실은 기옥이 경운기가 털털거리며 마을로 따라서고 있다.

길목에 헝클어진 채 여름을 지켜온 바랭이, 토끼풀, 질경이, 쑥들이 계절을 잃어가고 있다.

민수 집에 온 선혜

그날 저녁 안 골목의 선혜가 왔다. 가끔 집에 와서 놀다 갔지만 민수 방에 들어오기는 처음이다. 방에 들어선 선혜는 두리번두리번 살피고 있다.

"왜? 노총각 냄새 나? 뭘 그렇게 살펴?"

민수 얼굴의 미소는 선혜를 향했다.

"노총각 싫으면 장가가면 되지?"

"어허, 이 사람아! 하늘을 봐야 별을 따지, 색시가 있어야지 장가를 가지."

"오빠도 왜 색시가 없어? 눈을 잘 닦고 찾아 봐요. 안 보여요?"

"안 보여! 어디?"

"여기 여기"

하 하… 선혜가 웃자 민수도 따라 웃었다.

아랫목에 나일론 이불 베개가 잘 정돈되어 있고 벽에는 붙박이 벽장이 있다. 어머니의 손길로 보이는 외출할 때 즐겨 입는 하얀 잠바는 옷걸이에 깨끗이 손질돼 있다. 윗목 책상 위에는 라디오 그리고 테이프가 즐비하게 늘려져 있고 방문 정면에는 TV와 전축이 있다. 전축은 사용한 지가 오래 된 것인지 먼지가 부옇게 묻어있다. 정리정돈은 잘되어 있지만 뭔가 안정되지 못하고 엉성해보였다.

씁쓸한 미소를 혼자 지으며 선 채로 사방을 둘러보던 선혜는 책상 위에 테이프를 이것저것 닥치는 대로 주워 들고 앞뒤로 살펴보았지만 마음에 드는 것이 없었다. 들었다 놓고 또 들었다 놓는다.

"아이구! 오빠 테이프 보니까 늙은이 다됐네. 케케묵은 테이프야."

하면서 보던 테이프에 눈길을 떼고 무슨 생각이 났는지 동작을 멈추고 민수에게 묻는다.

"참, 오빠! 지난 장날 선보았다면서요?"

"그래, 봤지."

어떻게 알았지? 말하고 싶지 않았는데 몇 번은 선혜를 웃겨 가면서 장난스럽게 이야기를 했었는데 이젠 이야기할 흥미도 없고 자존심도 상했다.

"어떻게 잘 되었나요?"

"잘 안 됐네요."

민수는 계면쩍은 웃음을 짓는다.

"또?"

선혜가 말을 하려다 손으로 잽싸게 입을 막는다. 무심코 나온 말이 민수 자존심을 건드리는 것 같아 조심스러운 눈빛으로 한쪽 손으로 입을 가린 채 미안한 표정으로 민수를 바라봤다.

민수는 아무 표정 없는 얼굴이다.

"또는 뭐가? 또라! 아직 몇 번을 더 치러야 할 터인데."

단순하고 순진해 보이는 말끝에 그제야 선혜가 하 하 하 고 웃는다.

"왜 웃어?"

민수가 장난기 있는 얼굴로 선혜를 바라본다.

"노총각이라고 놀리는 거야?"

민수도 큰소리로 하하 하고 웃어넘긴다.

"안 팔려! 안 팔려!"

민수는 선혜를 웃겼다.

민수는 그제야 선본 이야기를 꺼냈다.

"내가 말이야. 그날 처녀한테 잘 보이려고 면도하고 로션 바르고 양복을 걸치고 신나게 고향다방에 갔었지. 처녀가 예의가 있어 보이고 참하더라고. 한데, 결혼하면 서울로 간다고 그러시던데요? 선볼 때마다 들어왔던 이야기라 별로 다르게는 생각 안 했지만 여자들은 똑같구나! 그럼 촌에 살면 같이 못 산다는 이야기 아니라! 도시 나가서 살 값이라도 나는 그런 조건이라면 싫어. 당장 거부감이 생기더라고. 처음 볼 때는 교양도 있어 보이고 참하더니 그만 실망했어. 할머니를 봐서 딱 자르기는 그렇고 예 봐 가면서요 라고 했더니 그만 처녀는 실망을 했는지 말이 끊어지더군. 꼭 서울이나 어디 도시 가서 살아야하는 조건으로 왜 결혼을 해야 해? 이 촌놈도 벨이 있는 놈이야. 웃기지 마라. 에이 더러분 세상! 선혜는 어떻게 생각해?"

입을 다문 채 선혜는 고개만 끄덕여준다. 선혜 의중을 알고 싶었다.

"결혼하고 난 후에는 도시 가서 살 형편이면 도시 가서 사는 거지, 꼭 그렇게 조건을 붙이면 안 되지! 일반 통행 아니야? 장가 못 갈까봐? 도시 가서 산다고 해, 장가갈라고 거짓말이라도 하라고? 어매만 아니면 결혼 안 해, 아이구 더러워!"

흥분된 어조로 한참 열을 올린다.

"선볼 때마다 열이 난다니까!"

이렇게라도 털어버리니까 속이 시원했다. 선혜가 내 마

음을 잘 읽고 있다. 들어 줄 사람이 있어 행복하다. 기대고 싶고 무슨 말이든지 하고 싶은 민수다. 민수 표정이 심각해 지면서 잠시 생각에 잠긴다. 슬슬 웃기면서 하는 이야기지만 속마음을 알 수가 있었다.

안쓰러운 생각에 선혜는 가슴이 찡했다. 민수오빠는 나를 좋아하고 있다.

그러나 얼마만큼이나 좋아하는가는 몰라도 마치 연인이나 된 것처럼 나를 기쁘게 해주려고 별별 농을 다해왔다. 그렇다고 태도가 비굴하다거나 내 마음을 잡기 위한 저자세도 아니다. 조금 어리숙한 얼굴에 검은 눈 반듯하게 내려온 콧날 믿음직한 체구는 매사에 서둘지 않고 항상 여유 만만해 보였다. 그래서 선혜가 좋아하는지도 모른다.

벽시계가 땡땡 열한 번을 친다. 창문 밖 초가을 나뭇잎이 미풍에 흔들리고 있다. 두 사람은 벽시계를 바라보면서 벌써 시간이!

"오빠하고 이야기하면 시간이 더 잘 가는 것 같아!"

선혜가 서둘러 일어서자 민수도 같이 따라 나섰다.

집을 나선 두 사람은 가을바람에 쫓기는 옥수수 밭을 지나 초아흐레 달빛에 보석같이 반짝이는 맑은 냇물이 흐르는 징검다리를 건너 안 동네 선혜 집 쪽으로 들어섰다. 나뭇잎을 스쳐가는 미풍에 구봉리 밤은 고요히 잠들어 가고 있다.

"오빠! 밤새도록 같이 걷고 싶어."

"그래 우리 밤새도록 걸어보자!"

민수도 같은 생각이라면서 선혜 말을 받아들였다.

온갖 벌레들이 울어대는 구봉리 가을밤은 조용히 잠들어가고 있다. 마을 앞 신작로 길 따라 두 사람은 또박거리며 선혜 집 가까이 동구나무 아래로 들어섰다.

"오빠, 좀 더 걸으면 안 돼?"

걸음을 멈춘 선혜는 민수를 바라보자 민수도 따라선다.

"나도 그러고 싶지만 저 달 좀 봐. 밤이 오래 됐어."

아흐레 달이 산령을 넘어서고 있다.

선혜를 집으로 돌려보내고 난 민수는 가로등 불빛을 벗어나 어둠이 깔려있는 집으로 들어섰다.

종선이 결혼

 종선이는 민수보다 3살 아래인 외사촌 동생이다. 대학을 나와 무역회사에 다니고 있다. 외숙모가 지난여름 시골에 내려와서 부잣집 며느리 본다고 자랑삼아 이야기해왔다.
 어머니는 아침 일찍부터 부산을 떤다. 어떤 며느리를 보는지 궁금하기도 하고 친정집안 사람들한테 민수 중신이야기도 부탁할 겸 서둘렀다.
 "다음 차도 있는데 뭘 그렇게 서둘러요."
 "너 외숙모는 며칠 전에 오라는 걸 오늘이라도 좀 일찍 가봐야지."
 "아이구! 어매도… 요새는 시집가고 장가가는데 돈만 있으면 되는 걸, 옛날 하고는 달라요."
 "그렇지만 누가 있나, 큰일 치를 때는 상의할 사람도 있어야지."

"서울 가는 김에 바람도 쐬고 구경도 좀 하고 와요."

"그래만 얼마나 좋겠나. 근데 이 가을 판에 내가 그럴 팔자가 되나? 이번에 막내가 아니면 안 갔으면 좋겠는데 너 외삼촌이 서운하게 생각할까봐 가봐야지."

어디를 가도 마음 놓고 쉬는 성격이 못된다.

민수 어머니가 서울에 도착했을 때는 한나절이 지났다. 벌써 진해 이모, 대전 막내 현숙이 이모 모두 와있었다. 현숙이 막내 이모는 보자마자 부둥켜 안기면서 이슬 맺힌 얼굴로 반긴다.

"언니 왜 이렇게 야위었어? 농사가 힘들어?"

저 아부지 죽고 막내이모는 만날 때마다 안쓰러워했다.

"그래 내사 촌에 사니까 그렇지. 너들 얼굴 보니까 반갑다."

민수 어머니는 얼버무려 대답을 해버렸다.

형제들 중에 민수 어머니가 제일 예쁘다고 해왔었는데 지금은 바싹 마른 몸매에 걸음걸이마저 비틀거리고 있다.

"그래 농사짓느라 애 먹는다. 민수가 일을 그렇게 잘한다면서? 그놈 뭐 해낼 거야!"

지켜보고 있던 민수 외삼촌이 덕담을 한다.

"그래 하면 뭘 해?"

"그게 무슨 말이라?"

민수 외삼촌이 정색을 하고 반문한다.

"촌에서 장가를 갈 수 있어야지. 선만 보면 깨어지니 속상해 죽겠어."

"걱정할 거 없어 민수는 잘 살 거야. 내가 여기 서울에서 고향소식을 다 듣고 있어. 저 아부지 강서방 하고는 달라. 민수는 꿈이 있는 사람이야. 다른 사람하고는 달라, 두고 봐라!"

민수 외삼촌은 자신 있게 확실한 예언을 한다.

민수 어머니는 들은 체 만 체 이모 쪽으로 시선을 돌린다.

"너들 어디 짝이나 좀 맞춰줘라."

민수 결혼 외에는 어떤 말이든 들으려고 하지를 않았다.

"저거 저래다 장가 못 가면 어떡하나? 잠이 안 온다."

심각한 민수 어머니의 표정에 진해 이모가 위로한다.

"언니도 그걸 가지고… 다 배필이 있어요."

말은 그렇게 했지만 농촌 총각들 결혼이 심각하다는 걸 신문이나 TV에서 보아왔기 때문에 걱정이 안 될 수가 없다.

"촌에서는 장가보내기가 그래 힘이 든대요. 내일 장가가는 종선이 좀 봐. 아파트 가지고 오지요, 또 예물도 그렇게 많이 가지고 왔다고 하지, 참 세상 고르지 못 하구만."

불편한 표정으로 민수 어머니에게 시선을 주고 있다.

"이게 다 부모 잘 못 만난 탓이지, 다른 게 있나. 그것도 그렇지만 요새 아들 촌으로 시집을 올라하나? 결혼하면 서울로 간다고 거짓말이라도 하라고 해도 거짓말도 못하니 그렇게 고지식해가지고… 꼭 지아비를 닮아서…"

"왜 형부가 어때서, 아들 원망을 아바이한테 돌려, 언니도…"

둘째 진해 이모가 핀잔을 준다.

"저 아부지 남의 비명에 직장에서 목 짤리자나! 그래 용한 사람이라 칸게."

예식장은 붐비기 시작한다. 하객들은 서로 인사를 주고받으며 삼삼오오 서서 예식 시간을 기다리고 있다.

"원 사람이 이렇게 많아. 오늘 이 예식장에서 스무 쌍이 식을 올린다고? 돈 버는 건 예식장뿐이구만."

예식 시간을 기다리던 한 중년 신사 하는 말에 같이 온 친구가 한마디 한다.

"이래도 장가시집 못 가는 사람 있는가?"

"그래 말이라!"

옆에 예식장은 식을 마치고 하객들이 쏟아져 나온다. 2층 3층 예식장을 찾는 사람 예식을 마치고 내려가는 사람 예식장은 붐빈다.

"오늘이 대혼일이래. 예식장마다 그래 복잡하다고 하네. 오늘 우리 마누라하고 둘이 잔치 보러 나섰네. 몇 군데 더 가봐야 해."

서로 주고받는 옆 사람들 이야기가 민수 어머니 귀에는 예사롭지 않게 들려왔다.

어느새 종선이 예식장은 하객들로 꽉 찼다. 화촉을 밝힌 앞좌석에는 양가 부모님들이 앉아 있다. 멍청해진 민수 어머니는 축하를 해주려 와서 왜 내가 이래 멍청하지! 박수도 치고 해야 하는데… 모두 장가보낸다고 저렇게 신이 나는데 왜 내가 이렇게 초라해지지… 여기 있다가는 생병 날 것만 같다.

내가 이러려고 여기를 왔나. 하객들 축복을 받으며 식이 끝나자 가족들의 만류를 뿌리치고 사과 수확기라 바쁘다는 핑계로 예식장을 빠져나왔다. 전철을 타고 용산 버스 터미널 앞에 내렸다. 역시 대합실에도 많은 사람들로 붐빈다.

민수 어머니는 남의 결혼식에 다녀오면 항상 어두운 표정으로 한숨을 쉬어가며 머리를 싸매고 며칠간 드러눕는다. 무슨 부귀영화를 보겠다고 남들이 떠나는 촌으로 기어들어 와서 자식까지 힘들게 하는가, 괜히 민수 저 아부지가 원망스러워진다. 멀쩡한 놈이 장가를 못 간다는 게 하나의 숙명으로 받아들이기에는 너무나 가혹하다.

다음날 아침 밥상이 막 끝나자 떠버리 광동댁은 뒤뚱이면서 삽작을 들어서고 있다. 저 여편네가 또 무슨 방송거리가 생겼나 저래 일찍 찾아오지 하면서 광동댁을 맞이한다.

"광동댁 어서와"

"그저께 오니까 안 계시길래, 오셨나하고 궁금해서"

"응, 서울 잔치가 있어서 거기 다녀오느라고, 그래 어째 일찍이?"

궁금한 민수 어머니가 먼저 말을 건넸다.

"그저께 선혜 집에 야단이 났었다 칸게."

"왜?"

"선혜는 울고불고 영감은 살림살이를 짜들고 동네가 온통 뒤집어졌다니까. 그 영감 화가 나니까 대단하데!"

"왜? 그랬는데!"

민수 어머니가 다시 묻자, 광동댁이 잠시 머뭇거리다 말을 잇는다.

"선혜 때문에 그랬지 뭐"

"선혜가 어떻게 했기에?"

먼저 들은 이야기가 있어 궁금한 민수 어머니는 광동댁 얼굴만 바라보고 있다.

"다 큰 기집애가 마실 다닌다고 그래"

"요새 아들 다 그렇지 부모 마음대로 되나?"

민수 어머니가 듣기에는 대단찮은 이야기다.

그런데 떠버리가 하고 싶은 이야기는 따로 있다.

"그게 아니고…"

"뭐라? 그러지 말고 말해봐?"

"민수 총각하고 만난다고 그러는 모양이라."

광동댁 말이 끝나자마자 민수 어머니가 버럭 한다.

"우리 민수가 왜? 뭘? 잘못했기에? 우리 민수가 그리 만만한가! 저 집 가시나나 잘 단속하지 우리 민수를 왜 들먹여! 미친년 아니라?"

민수하고 선혜하고 만난다는 소문을 광동댁이 퍼트리고 있다. 그것도 상상 과장된 말이다. 입안에 넣어 놓고는 못 견디는 사람이다. 보는 사람마다 어디 가서 말하면 안 돼. 부탁을 해놓고 이야기를 한다. 선혜 집에서도 떠버리 광동댁이 소문을 내는 걸 알고 있지만 광동댁 입을 막을 도리가 없다.

청혼

담배집 영감 할마이가 이렇게 속을 썩이고 있는데 마침 이토수로부터 자기 조카 병선이 청혼이 들어왔다. 민수보다 학교 후배인 병선이는 방앗간 부잣집 외동아들이다. 초등학교 4학년 때 서울로 이사를 갔다. 대학을 나와 태평양민간친선교류단이란 회사를 경영하면서 돈을 많이 벌었다고 이토수가 늘 자랑을 해왔었다.

이토수와 숙질간인 병선이는 일 년에 한두 번씩은 꼭 산소에 내려온다. 병선이랑 한마을에서 살아왔기에 잘 아는 처지라 담배집 영감 할마이는 쾌히 승낙을 했다. 대학 나오고 또 돈 잘 버는 회사 사장에다 사윗감으로는 더 이상 바랄 것이 없다. 선혜에게는 과분한 자리다.

선혜도 병선이가 돈 잘 버는 사업을 하고 있다는 걸 평소에 많이 들어왔기에 병선이에 대해서 잘 알고 있다. 그렇지만 선혜는 받아들이지 않았다. 민수를 좋아하는 이유도 있겠지만 병선이는 부잣집 외동아들로 오만하고 독선적이다. 어릴 때 이웃에서 같이 살아왔기에 잘 알고 있다.

선혜와 민수 관계는 날이 갈수록 소문이 더 퍼져 가고 있다. 청혼이 들어왔던 병선이한테 아무런 연락이 없어 담배집 영감 할마이는 애간장을 태워가며 소식 오기만 기다리고 있다. 그런지 며칠이 지나 병선이 삼촌 이토수가 찾아왔다.

"서울 병선이한테 연락 오기를 다음 주말쯤 내려와 약혼을 하면 어떻겠느냐고 묻기에 서로가 잘 아는 사이고 하니까 알아보고 말고 할 것 없이 양가에서 좋다고 하면 괜찮다고 했는데 선혜 아버지 생각은 어떤지요? 좀 바쁘다면서 연락이 왔습디다."

"그래 바쁜 사람 형편대로 해야지."

안 그래도 기다리는 중인데 선혜 아버지는 쾌히 받아들였다.

다음 주말 병선이가 내려왔다. 선혜는 아버지의 완고한 명에 못 이겨 약혼을 했다. 당사자의 의사와는 관계없이 부모님들의 일방적인 결정에 또한 불만도 있다. 선혜야 좋아하던 말든 담배집 영감 내외는 선혜와 병선이 약혼을 자랑삼아 하고 다닌다. 자랑도 자랑이지만 민수와의 관계를 무색하기 위해서이기도 하다.

  약혼을 하고 며칠이 지난 어느 날 선혜는 어머니께 불만을 털어 놓았다.

  "엄마, 나 시집 안 갈래."

  선혜의 불만을 눈치채고 있지만 이렇게 표출을 할 줄은 생각도 못했다.

  "뭐라고? 시집을 안 간다고? 시집 안 가?"

  선혜 말을 몇 번이고 반복한다.

  "저, 기집아 좀 봐! 복을 까부는 거지, 너 죽었다 깨나도 그런 자리 못해. 너 아부지한테 맞아 죽을라 카만 그 따위 소리 계속해라. 아이구! 이 기집애야 정신 차려라! 시집 안 가면 뭐 중 될래? 네 나가 얼마야? 다 큰 기집아가 무엇 하러 저녁마다 머스마 집에 들락이나? 마실 사람들이 머라 카는지 알기나 아나? 이 기집애야?"

  "왜? 민수 오빠 집에 가는 게 뭐가 잘못이라?"

  민수를 들먹이는 어머니가 미웠다.

  "저, 기집아 좀 봐! 오빠는 무슨 썩어빠진 오빠라? 먼저 저 아바이한테 혼나고도 아직 정신을 못 차리구만."

  눈물을 글썽이던 선혜는 그만 울음을 터드린다.

  "너 학교 보낼 때는 그 따위 촌으로 시집보낼라고 공부 가르쳤는지 알아? 이 철따구니 없는 이 기집아야, 농사짓는

홀어미 자식한테 너를 보내? 내 눈에 흙 들어가기 전에는 그 놈의 꼴 못 봐! 울기는 왜 울어? 지미가 죽으면 저렇게 안 울게다."

선혜 어머니의 격앙된 목소리에 선혜는 울고만 있다.

저 아부지 눈치 볼라네 딸 눈치 볼라네 선혜 어머니의 심기가 아주 불편했다. 이렇게 가정불화가 있을 때마다 선혜는 며칠간 바깥출입을 하지 않는다.

벌써부터 선혜 부모들이 반대한다는 것을 알고 민수는 만나지 않기로 결심을 해왔지만 두 사람의 연정은 날이 갈수록 깊어만 가고 있었다.

추색이 짙어가는 산골마을 가을 어느 날 밤. 높은 산이 둘러싸인 마을은 해만 떨어지면 금세 어둠이 찾아 든다. 추수에 바쁜 마을은 저녁상이 끝나자 금세 인적이 끊어지고 마을은 고요히 피로에 잠들어가고 있다.

선혜가 며칠간 소식이 없다.

약속은 없었지만 오늘쯤은 올 것 같은데. 만나도 별로 할 이야기는 없지만 괜히 기다려진다. 벌레소리가 멈춘 계절은 늦은 가을로 접어들었다. 가끔 불어오는 가을바람에 뒹구는 낙엽소리만 외로운 심금을 울려주고 있다.

왜 선혜를 기다리는가? 만나지 않기로 다짐을 했는데 보고 싶고 기다려지는 게 그리움인지 사랑인지?

선혜를 사랑하고 있음을 새삼스럽게 느껴진다.

개가 짖는다. 건너 마을 이장 집 개 짖는 소리다. 이장 집 북실이다. 짖는 소리가 컹컹 울린다. 방금 선혜가 집을 나선 모양이다. 이장집 안 골목에 선혜 집이 있어 이장 집 개 짖는 소리로 선혜집 동정을 알 수가 있다. 선혜를 만날 때마다 이장 집 개 짖는 소리로 예측을 해왔었다.

북실이는 셰퍼드하고 도사견하고 교잡종이다. 북실북실 크고 잘생기고 인심이 좋다. 벌써 집 앞에 왔나? 집 앞 옥수숫대 소리가 우수수 들리어온다. 부엌 앞 검둥이가 짖는다. 맞아, 선혜가 왔구나,

검정 바지 빨간 잠바차림으로 싸늘한 밤바람에 양 볼이 빨개진 선혜가 방문 앞에서 망설이고 있다. 틀림없다.

왜? 들어오지 않고!

혼자 중얼거리면서 방문을 열고 밖을 살폈으나 선혜는 보이지를 않았다. 모퉁이 늙은 밤나무에 산들바람이 한바탕 일고 있다. 우수수 떨어지는 낙엽이 바람에 굴러 간다. 옥수수 밭을 지나가는 바람소리에 놀란 검둥이가 멍멍 짖고 있다.

'에이 등신 같은 놈, 왜 저래 분간도 못하고…'

선혜는 오지 않았다.

그리움은 아랑곳없이 하늘에는 수많은 별들이 쏟아질 듯 반짝이고 있다.

지난 장날 구 이장댁 팔려간 송아지 찾는 어미 소가 "엄무 엄 무" 구봉리 밤하늘 적막을 깨트리고 있다.

며칠이 지난 어느 날, 선혜는 쫓기는 심정으로 민수를 만났다.

"오빠 나 어떡하면 좋아, 죽을 것만 같아, 시집 안 가면 안 돼?"

선혜 집에서 그렇게 반대를 하는데도 민수 결심만 바라고 있는 선혜의 비장한 말에, 민수는 각오된 결심으로 무겁게 입을 연다.

"선혜야 우리는 안 돼…"

민수의 말소리는 흐려졌다.

"왜, 안되는데?"

선혜 음성은 날카로웠다.

"왜, 안되느냐고?"

선혜 말을 받아 되풀이한다.

"그리고…"

말을 잇지 못하는 민수 표정에 선혜는 눈시울을 붉혀온다.

"그리고가 뭔데? 오빠는 나를 사랑하지 않아? 안 돼, 나하고 결혼해야 돼. 왜 그런 말 못해, 왜? 왜?"

원망스러운 얼굴로 바라보는 선혜를 잠시 지켜보고 있던 민수는 고개를 젓는다.

"그기 아니라, 나도 선혜만큼 사랑하고 가슴이 아파! 내가 왜? 선혜 행복을 빼앗아! 부모님들이 만들어놓은 행복의 둥지를 왜 내가 부셔야 해? 진정으로 나는 선혜를 사랑해, 그렇지만…"

민수의 목소리는 냉정했다. 조그마한 실마리라도 찾으려고 만난 민수에게 어떤 해법이 나오지를 않았다.

"아니야, 이 세상에 나를 사랑하는 사람은 아무도 없어."

선혜는 훌쩍이며 돌아선다.

민수는 돌아서는 선혜를 잡지 않았다.

돌아서는 선혜는 냉정한 나를 원망하겠지만 나의 답은 이렇게 할 수밖에 없어 미안해! 그것만이 선혜를 위하는 일이고 나를 위하는 일이다.

사실은 선혜 부모로부터 많은 원성도 듣고 욕도 많이 얻어먹었다. 애비 없는 호리자식이니 배운 것도 없이 농사짓는 주제에 뼈아픈 소리를 들어가면서… 민수는 가슴에 상처를 받아왔다. 그래도 참고 선혜에게는 그런 내색 하나 보여주지 않았다. 그렇다고 선혜 부모님을 원망하고 싶지 않았다.

"선혜야 우리는 헤어져야 돼. 그게 우리 행복이야."

헤어져야 할 슬픈 가슴을 안고 굳은 마음에 각오로 눈물을 글썽이며 떠나는 선혜가 어둠에 묻혀질 때까지 바라만 보고 있었다.

'사랑은 눈물의 씨앗이라고 누가 그랬지?'

시간이 얼마를 흘렸는지 시월 스무 날 달이 산 넘어 불그레 번져오고 있다.

*
그날 저녁
헤어져야 할 슬픔을 안고
돌아서는 그녀
무거운 발걸음으로
가로등 불빛을 벗어나
땅안개 깔아진 어둠을 뚫고 사라져간다

가로등 불빛에 부딪치는 가로수 잎새 사이로
풀벌레 곡성 터트려진
코스모스 흐느끼는 밤
별들이 쏟아지는 산야,
멀어져 가는 그녀의 뒷모습에 이슬이 맺힌다

서울 병선에게 초대받은 선혜 아버지와 삼촌 이토수

동구나무걸에서 쉬고 있는 선혜 아버지를 만난 이토수는 선혜 아버지 곁으로 다가간다.

"서울 병선이한테서 연락이 왔는데 같이 한번 올라오시라고 하기에 요새는 좀 바쁘니까 같이 수의해서 간다고 했어요."

곁에 있는 사람이 들릴 듯 말듯 낮은 목소리였다.

선혜 아버지는 내심 기다린 것 같다.

"연락이 왔던가? 그래 한번 가보세!"

"좀 지나거든 언제 날 받아 서울 구경 삼아 한번 가봅시다."

선혜 아버지는 반가운 표정으로 쾌히 받아들였다.

이토수가 늘 조카 자랑을 해왔지만 병선이가 어떻게 사는지 궁금하던 차 마침 초청을 받아 반가웠다.

"바쁜 거 좀 해놓고 한번 가세."

그리고 며칠이 지났다. 바쁜 가을추수가 끝난 어느 날 아침 일찍 두 사람은 서둘러 읍으로 나가 서울 가는 직행버스를 탔다. 여느 때와는 달리 그렇게 붐비지 않았다. 차에 탄 승객은 이 큰 차에 고작 5, 6명밖에 되지 않았다.

좌석 번호가 운전석 바로 뒤 좌석 1, 2번이다.

"이제 손님들이 있을 때인데 가을걷이도 어느 정도 끝났고 한데 이래 가지고 버스 밥 먹고 살겠나?"

선혜 아버지가 자리에 앉으며 혼자말로 중얼거리자 앞 운전석 기사가 한마디 거든다.

"촌에 사람이 있어야지요. 전부 늙은이들만 있고 서울 다닐 만한 사람들은 서울에 다 살고 있잖아요."

"그래 그것도 그러네."

운전기사 말에 고개를 끄덕여 주었다. 기사는 서른댓이 될까 넥타이 와이셔츠 차림에 아주 깔끔한 젊은 신사다. 투박한 말투에 기름때 묻은 운전수가 아닌 곱살하고 친절한 말씨에 선혜 아버지는 기분이 상쾌했다.

고속도로에 진입한 버스는 상큼한 아침공기를 가르며 서울로 향했다. 창밖으로 보이는 아침 안개를 뒤집어 쓴 추수가 끝난 들판, 가난을 이겨낸 하우스들, 산기슭 산뜻한 전원주택 옹기종기 둘러앉은 농가는 조용히 겨울 채비를 서둘고 있다.

서울에 도착한 시간이 오전 10시다. 병선이 자가용 운전수가 기다리고 있다. 병선이 자가용 운전기사는 아주 친절하게 인사를 했다.

"올라오시느라 수고가 많았습니다. 오늘 사장님이 좀 바쁜 일정 때문에 못 나오시고 대신 제가 모시겠습니다."

하필 바쁜 날 올라와서 못 보고 가는 건 아닌지 걱정스러운 생각이 들기도 했다. 병선이 자가용 기사는 두 사람을 탑승시켜 사무실로 향했다. 모처럼 서울나들이를 나선 선혜 아버지는 거리에 차들이 꼬리를 물고 신호등을 기다리고 있는 차창 밖을 내다본다.

"저 좀 보게!"

가리키고 있는 선혜 아버지 시선 따라 이토수가 차창 밖을 내다보았다.

"어얀 차들이…"

선혜 아버지는 연신 감탄을 토해낸다.

서로 부딪칠 것만 같은 차들이 곡예를 하면서 슬기롭게 잘 빠져 나가고 있다. 날로 높아져가는 고층빌딩이 빼곡히 들어선 서울은 하루하루가 다르게 발전되어 가는 모습에 감탄이 절로 나온다. 짧은 치마를 입고 걷는 사람, 긴바지를 입고 걷는 사람, 제각기 개성을 갖고 일자리 찾아 가는 바쁜 발길마다 서울의 거리는 생동감이 넘치고 있다.

우리가 타고 가는 자가용은 밀집한 고층 건물 속으로 들어선다. 지하 주차장에 멈추어 선다. 차에서 내린 운전수가 안내를 한다.

"저를 따라 오십시오."

엘리베이터로 안내를 했다. 타고 간 엘리베이터는 16층에서 멈춘다. 두 사람은 태평양 친선교류단이란 문패가 붙은 사무실로 들어섰다. 사장실에 기다리고 있던 병선이가 반가이 맞이한다. 사장실은 넓은 공간에 책상 앞에는 큼직한 이병선 대표란 명패가 있고 전화가 여러 대 놓여 있다.

"오시느라 고생이 많았습니다."

하면서 두 사람의 손을 잡고 소파 쪽으로 안내한다.

"제가 마중을 나갔어야 하는데 오늘 좀 바쁜 일정이 있어서 기사만 보내서 대단히 죄송합니다."

선혜 아버지는 '응 그래 인사하는 기 그렇게 별로 배운 사람은 아니구나' 하고 가볍게 고개를 끄덕여 주었다. 병선이는 삼촌과 선혜 아버지를 번갈아 보며 안부를 묻는다.

"요새 바쁘지는 않습니까?"

"왜! 아직 바쁘지만 대충 해놓고 왔지. 촌에서 눈이나 와야 조용할까?"

선혜 아버지가 병선이에게 묻는다.

"그래 요새 사업은 잘되는가?"

"예, 계절적으로 조금 그렇습니다."

똑똑 노크와 함께 또박 또박 조심스럽게 들어서는 여직원이 찻잔을 앞에 갖다 놓는다.

"예, 차 한잔 하시고 점심 잡수로 가시지요."

병선이는 벽시계를 쳐다본다. 시계가 11시를 가리키고 있다.

"직원은 몇 사람이나 되는가?"

"예, 외국에 나가있는 직원까지 십여 명 됩니다."

직원들이 가지고 들어온 결재며 전화 받기가 바쁜 것 같았다. 지켜보던 선혜 아버지는 그렇게 늘 바쁜가 하고 묻자 오늘 일본으로 가는 인력이 있어요 하면서 병선이는 시간을 보더니 나가자고 서둔다.

기사에게 조선호텔로 가자고 하자 일행을 태운 차는 주차장을 빠져 나와 거리로 들어섰다. 이제 막 점심시간이 되자 빌딩마다 무더기로 사람들이 쏟아져 나온다. 뒷좌석에 앉은 선혜 아버지는 차창 밖으로 스쳐가는 건물들을 내다보면서 이토수가 평소 조카 자랑을 하더니 할 만 하구만. 눈 감으면 코 떼어먹는 세상에 더구나 젊은 놈이 서울복판 저 큰 건물 속에서 사장 자리를 지킨다는 게 보통 놈은 아니다 생각했다.

'지 식구 밥 굶기지는 않겠구만. 그래 이토수 조카 자랑할 만하다.'

선혜 아버지 마음이 뿌듯했다.

'태평양 교류단이란 처음 듣는 이야기지만 일본으로 취업시키는 회사이니까 회사도 괜찮고 역시 사윗감으로는 됐어.'

뒤 의자에 몸을 기대 눈을 감았다. 구봉리 마실 사람들이 눈에 아른거린다. 갈골영감 홍씨 판덕이 아바이 허창수……

'등 넘어 허창수 저 아들하고 혼사 말이 있을 때 대학교 나온 서울 며느리 본다고 거드름을 떨어대는 꼴 생각하면은 당장 내려가서 콧대를 확 꺾어버려야지.'

어느새 목적지에 도착했는지 차가 멈추어 선다. 호텔 수위가 달려오더니 차 문을 열고 병선이에게 코가 땅에 닿을 듯 고개를 숙여 인사한다. 고객으로 깍듯하게 모신다. 이런 비싸고 좋은 데 드나드는 걸로 봐서 역시 대단한 놈이라는 것을 느꼈다.

흰 가운을 입은 곱살하게 생긴 젊은 안내원이 나오더니 우리를 식당으로 안내한다. 안내를 받은 곳은 한식 코너였다.

신난 떠버리 광동댁

 한편 그렇게 자주 민수 집을 들락거리던 떠버리 광동댁은 선혜가 돈 많은 병선이에게 시집을 간다니까 며칠을 두고 꿀벌 나게 들락거리고 있다.

 민수와 선혜가 만나는 소문도 광동댁이 상상 확대해서 소문을 퍼트리고 있어 선혜 어머니가 벼르고 있는 참인데 저 여편네를 잘못 건드리다간 오히려 혼사에 지장이 있을까봐 멀리 할 수가 없어 선혜 어머니는 한발 물러나 그냥 받아들이고 있다. 그렇게 좋은 사이가 아니었는데 병선이하고 약혼을 하고 나서부터 마음이 풀어졌다. 무슨 말거리를 만들어 지껄이고 다닐지 항상 신경이 쓰인다.

*
가을비

가을비가 내리고 있다
추적추적 하염없이 내리고 있다
비에 젖어 갈 길을 잃은 늦여름은
계절을 따라서기 바쁘다.

창가에 부딪히는 외로움은 절규를 토한다.
찬란했던 날들이
고개 떨추고
먼 산 푸른 하늘을 그리워할 때
가을비는 외로움에 추적이고 있다.

지난밤부터 늦가을 비가 추적추적 내리고 있다. 가을걷이가 채 끝나지 않은 벼 알맹이만 털어간 논에는 짚단들이 무논에 그냥 잠겨있다. 이런 서글픈 날엔 마실 사람들이 주막으로 모여든다. 벌써 진영이, 팔수, 김반장 귀머거리 강씨는 화투판을 벌리고 있다. 몇 년 전만 해도 고스톱 꾼들이 많아 두 패로 놀았었는데 지금은 한 패 만들어 치려고 해도 사람이 모자란다. 옛날 같으면 진영이같이 나이 차가 많으면 같이 놀아 주지를 않았는데 지금은 나이 따지고 하다 보면 같이 놀아줄 사람이 없다. 귀머거리 강씨 역시 화투판 매너가 안 좋지만 할 수 없이 같이 놀게 된다.

"어옌 가을비가 이렇게 많이 오지?"

등 너머 허창수가 혼자 궁성이면서 문밖에서 빗물 묻은 옷깃을 툭툭 털며 방으로 들어서고 있다.

"비 오는데 뭐 하러 와? 집에서 마누라 등이나 긁어 주고 있지."

들어서는 허창수를 보고 농을 좋아하는 홍씨는 인사를 대신한다.

"저 사람 좀 봐! 저 형님이 오면 빨딱 일어나 인사를 해야지. 저 형님한테 하는 인사가 저래."

"이 사람들은 만나면 저래"

홍씨 옆에 앉아 있던 이토수가 끼어들어 한마디 거든다.

"똑같은 사람들이 저 형님한테 하는 꼴 좀 봐! 이런 버릇 없는 사람들 보면 마실 인심 좋지! 언제 사람이 될래?"

이렇게 하는 것이 이 사람들 인사다.

이 세 사람은 동갑 나이에 만나면 서로 형이라면서 농으로 시작한다.

뒤따라 담배집 영감이 잔기침을 하면서 문을 열고 들어선다. 홍씨는 방에 들어서는 담배집 영감을 보고 먼저 인사

한다.

"영감님 그래 서울은 잘 다녀오셨습니까? 신수가 훤하십니다."

방 안 사람들 시선이 영감에게 향했다. 담배집 영감이 고개를 끄덕인다.

"어떻게 사는가 구경삼아 잘 갔다 왔네."

"그래, 간 길에 사위한테 구경도 좀 시켜 달라하고 며칠 묵어서 오지?"

쑥밭골 영감이 농 삼아 말을 던진다.

"바쁜 사람 붙들고 뭐 할라고"

"요새 교통이 좋은게 그날 갔다 그날 와도 되는데. 버스도 그날 본게 이토수하고 나하고 한 오륙 명밖에 안 탔더라고. 이 큰 차가 이래가지고 밥 먹고 살겠나 했더니 운전수가 듣고 서울 다닐 만한 사람들은 전부 서울 살고 있으니까 촌에 영감 할마이들 아들 딸네 집이나 다닐까, 촌에 사람이 없잖냐고 하는데 그 소리를 들으니까 그것도 그렇더라고. 차는 아주 편하고 좋더라고… 직행 타면 얼마나 편한지 서울 볼일 당일 보고 올 수 있더라고…"

담배집 영감이 서울 갔다온 이야기를 하자 홍씨가 덧붙인다.

"세상 살기 참 좋아졌다니까. 옛날 같으면 걸어서 읍내까지 나가서 기차 타고 가면 근 10시간 걸리는데 그것도 기차시간이 잘 안 맞으면 몇 시간을 기다려야 한다니까. 그래가면 새벽에 서울에 도착한다니까. 한번은 서울 이태원 친구한테 가는데 새벽에 용산역에서 내렸는데 깡패들한테 붙들려 돈 몇 푼 빼앗긴 기억이 나는데 그때는 깡패들이 서울에 우굴거렸다니까. 촌놈들 안 당할 수가 없었는데 전두환 대통령 때 삼청교육대 생기고 나서부터는 세상이 확 바뀌었다니까. 그때 생각하면 살기 참 좋은 세상이지. 서울도 얼마나 발전이 됐는지 친절하고 활기가 넘치는 거리에 빼곡히 들어선 빌딩은 갈 때마다 다르다니까. 줄지어 다니는 차들하며… 언제 이렇게 잘사는 나라가 되었는가 싶어. 내가 새마을 지도자로 일본 선진지 견학을 갔을 때 농가에 가니까 한 농가에 자가용하고 트럭이 있더라고. 우리나라 농촌은 언제 저렇게 될까, 견학을 하고 있는 우리 일행은 고개를 갸웃거리면서 상상도 못했지! 그때가 79년도였던가 그랬을 거야! 그때 우리나라는 사업하는 사장이나 차가 있었지 어디 차 구경을 해! 어예다 마을에 자가용 한 대 들어오면 아 어른 할 거 없이 차 구경하느라 법석을 떨었는데 지금은 어때? 아무리 좋은 차라도 내거 아니면 거들떠도 안 본다니까. 지금 촌에 가보면 노인들만 있는 집 외는 집집이 자가용하고 트럭이 다 있잖아? 사람보다 차가 더 많다니까."

홍씨가 우리나라 발전상을 적나라하게 이야기를 하자 이토수도 한마디 한다.

"그래 우리가 이번에 서울 가서 보고 느꼈다니까."

이토수 말에 담배집 영감도 서울 가서 보고 느낀 것이 홍씨 이야기에 공감이 가는지 고개를 가볍게 끄덕인다.

"참! 살기 좋아졌지. 우리가 살아왔던 옛날이야기 하면 요새 아들 믿을까?"

"믿기는 뭘 믿어! 나무껍질, 쑥 캐서 먹고 살았다니까, 전부 건강 식품일세요! 양식이 없어서 배 골린 이야기하면 라면 끓어먹으면 되지요. 그런 다니까."

박씨 영감이 지껄여 놓고는 어이가 없는지 하하 웃어버린다.

"그건 그렇고 영감님 사위 자랑 좀 해봐요. 그래 병선이 총각 그렇게 돈을 많이 벌었다면서요?"

곁에 있던 점방집 아줌마가 부러운 눈빛으로 물어왔다.

"돈을 많이 벌었는가는 몰라도 그렇게 바쁘게 보이던데. 모르지."

쑥밭골 영감은 고개를 끄덕인다.

"그래 바쁘면 돼."

이토수가 조카 병선이 자랑을 평소 해왔기에 담배집 영

감 말에 모두 고개를 끄덕인다. 한편 떠들어 대던 허창수는 입을 다문 채 뒷전에 물러나 앉아있다. 아들하고 혼사 말이 있을 때 한마디로 거절시킨 허창수는 심기가 아주 불편한 자리가 되었다. 사범대학을 나온 허창수 아들은 서울시내 K고등학교에 근무하고 있다.

그래, 허창수 네놈이 돈 많은 대학생 며느리 고른다고 떵떵댔지. 이 놈아 나도 너 같은 놈 알기를 우습게 안다. 담배집 영감은 의기양양했다.

"딸 가진 부모 비행기 탄다고 하더니만 참말로 맞는 말이구만. 선혜 아버지 딸 덕 봐요! 사위가 서울로 올라와 같이 살자고 한다면서요. 요새 그런 사위가 어디 있어!"

"농사 이제 그만 치우고 서울로 오라고 하니 말은 고마운데 나하고는 안 맞아."

난처한 얼굴 표정을 짓고 있다.

"선혜 아버지 한턱내셔야 하겠다."

농 삼아 던진 주막집 아줌마는 짠돌이 영감한테 공연히 말을 했는가 싶어 후회스런 얼굴로 눈치를 살폈으나 전연 그런 기색이 보이지 않고 아주 기분이 좋아 보였다. 영감님의 반응에 술집 아줌마도 마음 놓고 환한 웃음을 지었다. 오늘 같은 날 그래 잘 됐다. 더구나 허창수 있는 자리에서 보란 듯이 한턱내는 것도 괜찮겠다는 생각이 들었다.

"그래 좋지. 한턱내지"

아무리 소문난 노랭이 영감이지만 이런 분위기를 놓칠 수 없지!

"안주 좀 만들어서 한잔 가지고 오소."

담배집 노랭이 영감은 큰마음 먹고 술을 시켰다.

"아이구 농담으로 그랬는데! 참말로 가져오라고요?"

술집 아줌마는 다시 확인을 해 물었다.

"어허! 한잔 낸다고 하는데 아줌마는!"

하면서 홍씨는 눈을 꿈적인다.

노랭이 영감 마음 변하기 전에 빨리 가지고 오라는 눈짓을 알아차린 술집 아줌마는 선혜 아버지를 힐끔 보더니 갑자기 바빠진다.

"예, 알았습니다."

점방집 아줌마는 앉은 채 엉덩이를 질질 끌고 부엌문 쪽으로 나간다. 잠시 후 술상이 나왔다. 막걸리에 두부찌개하고 오징어볶음이다.

"한잔씩 돌릴까요?"

점방집 아줌마가 담배집 영감님의 의중을 묻는다.

"그럼 물어보나 마나지. 같은 값이면 다홍치마라고 여자가 술을 권해야지 술맛이 나지."

선혜 아버지는 허허 너털웃음을 웃어댄다. 아줌마는 담

배집 영감님이 내는 술이라면서 술잔을 한 바퀴 돌렸다. 한편 뒤편에서 화투를 치던 팔수하고 귀머거리 강대만이하고 실랑이가 벌어졌다. 강대만이 하는 꼴 보니 좀 잃은 모양이다. 귀머거리 강대만이는 화투를 칠 때마다 안 싸울 때가 없다. 좀 따면 상대방 약을 살살 올리고 좀 잃으면 트집을 잡아 싸우려고 하는 아주 나쁜 습관을 가지고 있다. 그런 줄 알면서도 화투판을 벌릴 때는 이 맘 저 맘 없이 시작을 한다. 이렇게 화투치다 큰소리가 나면 같이 있던 방안 사람들은 슬금슬금 다 빠져 나간다.

몇 년 전에 강대만이하고 화투를 치다 싸움이 벌어졌는데 강대만이 부인이 파출소에 신고를 해서 방에 같이 있던 사람들 모두가 파출소로 끌려가서 진술서를 쓴 창피를 당한 적이 있다. 그래서 마실 사람들은 화투를 같이 안 치려고 해도 강대만이는 화투를 좋아하기 때문에 만나면 먼저 주척거린다. 사실은 강대만이 오는 게 그렇게 반갑지를 않다. 거기다가 강대만이 부인이 의부증이 있어 남편 뒤를 몰래 따라와 살피곤 하면서 밤늦게까지 놀다보면 야단법석이 난다.

오늘같이 비 오는 날 매상을 올려야 하는데 오늘도 싸움판이 벌어지니까 화투판도 깨지고 사람들도 다 빠져 나갔다.

화가 난 점방집 아줌마는 방 뒷설거지를 하다 주전자며 쟁반을 발로 차면서 신세 한탄을 한다.

"더러워 못해먹겠네."

여자 혼자 술장사를 하니까 무시한다면서 악을 바락 바락 쓰고 있는 참인데, 멀리서 귀머거리 강대만이 부인 목소리가 들려오고 있다. 강대만이가 벌써 무슨 말을 했는지 숨을 헐떡이고 주막으로 오고 있다.

"그래 벌써 놀음판이 벌어졌구만. 놀음 붙여가지고 부자될 줄 아나! 저 놈의 집구석 불을 싸지르던지 해야지 겨울철만 들어서만 저 집구석 때문에 동네 망한다니까."

하며 딱따구리 새 소리를 지르고 있다. 강대만 부인 목소리는 멀리서도 알 수가 있다. 목성이 크고 딱따구리 새 소리를 낸다. 남편이 귀가 어둡다보니까 목소리가 크면서 특이하다.

"저 놈의 이핀네 머라 카나? 아가빠리에 똥을 퍼 불 뿌릴라."

"뭐? 어짜고 어째? 그래 오기만 해 봐라."

강대만이 부인 목소리가 점점 가까이 들려오고 있다. 강대만이 부인은 자기 남편이 어디서 싸우면 꼭 끼어든다. 남편이 귀가 어둡고 하니까 무시한다면서 잘잘못은 불문이고 무조건 남편 편에서만 주장을 하기 때문에 마을 사람들이 싫어할 뿐 아니라 상대를 안 하려고 한다.

강대만 부인과 점방집 아줌마하고 어둠살을 뚫고 들려오는 싸우는 소리에 마실 사람들이 모여 들고 있다. 우리 집 양반을 저 여편네가 좋아한다면서 자기한테 몇 번을 걸렸다고 이야기를 해 왔다. 이런 말들이 강대만이 부인 혼자 상상하면서 지어낸 말이다. 화투도 화투지만 평소에 점방집 아줌마한테 이런 감정이 쌓여있었다.

이첨 저첨 점방집으로 오면서 고래고래 소리를 지른다. 마을 사람들이 알아달라는 뜻이다. 마을 사람들도 강대만이 부인이 의부증이 있는 것을 알고 있다.

추적거리던 가을비가 그친 밤하늘 먹구름 사이로 별들이 듬성듬성 보인다. 저녁을 먹은 마실 사람들은 점방집 아줌마하고 강씨 부인 싸우는 소리를 듣고 나왔는데 모두가 선혜집 쪽으로 귀를 세우고 있다.

선혜 아버지 고함 소리가 들려왔다.

와장창 살림 짜드는 소리다.

"왜 저래지? 선혜 저 아부지는 오늘 주막에서 술까지 내면서 사위 자랑을 그렇게나 하드란데!"

갈골댁은 고개를 갸우뚱한다.

"그르게 말이라"

"저 집 영감 할마이는 요새 딸 사위 자랑 신나게 하고 다니는데! 오늘 왜 저래?"

이상하다는 듯이 홍씨 아줌마는 갈골댁에 시선을 주고 있다.

갈골댁이 선혜네 싸우는 소리에 귀를 기울여본다.

"저 들어봐."

선혜 아버지 고함소리에 모두가 귀를 기울이고 있다.

"시집을 안 간다고. 그럼 중 될래? 이 기집애야?"

"아이구 기집아도 복을 까부는구만."

구경하고 있던 판덕이 어머이 하는 말에 광동댁이 불쑥 지껄인다.

"요새 아들! 우리하고는 달라. 지 맘에 들어야지 부모 마음대로 못한다니까! 왜 저래는지 내사 짐작이 가는구만!"

"뭐가 짐작이 가?"

판덕이 어머이가 묻는다.

곁에 있던 부인네들 시선이 광동댁으로 모여들자 광동댁은 자기 입을 손으로 막은 채 사람들 틈을 빠져 나갔다. 민수 때문이라는 걸 이야기를 하려고 했는데. 시선이 모여드는 바람에 아차! 잘못 지껄이다간 큰일나겠다 싶은 것이다.

이렇게 선혜 집에 가정불화가 자주 일어나자 마실 소문은 별에 별 소리로 퍼지고 있다.

"기집아도 미쳤지! 병선이를 싫어한다고!? 호강에 받쳐

하는 소리지 지까이 어디 가서 그런 신랑을 만나?"

부인네들의 입에 오르내리고 있다.

병선이와 약혼을 하고도 민수와 만난다는 소문을 광동댁은 퍼트리고 다닌다. 선혜 어머이는 광동댁을 만날 때마다 부탁을 해도 그때뿐이다. 말거리만 되면 싫어하든 좋아하든 입에 넣어놓고 못 참는 사람이라 막무가내 지껄이고 다닌다.

저 소문이 본인 귀에 들어가거나 아니면 한 마실에 살고 있는 삼촌 이토수가 광동댁 말을 믿지는 않지만 그래도 혹시나 하는 초조한 심정으로 하루하루를 보내고 있다. 그러던 중 며칠이 지나자 서울 병선이가 결혼 날을 받아왔다. 음력 12월 보름 날로 받아왔다. 사실은 하루라도 더 데리고 있고 싶어 내년 봄쯤 식을 올려줄 계획이었는데 동네 소문 때문에 하루라도 빨리 서둘러야겠다는 생각으로 쾌히 승낙을 했다. 대구로 큰딸을 시집보낼 때는 별로 몰랐는데 나이 탓인지 막내딸 선혜를 시집보내고 나면 허전하고 쓸쓸할 것만 같다.

한편 나이 많은 부모님을 두고 결혼해서 떠나기가 걱정이 되는지 선혜는 병선이와 의논 하에 서울로 모시기로 했지만 평생을 이곳 구봉리에서 살아온 영감님이라 쉽사리 따라주지 않을 것 같았다. 어느 날 하루 병선이는 선혜 어머니와 아버지가 있는 자리에서 이야기를 꺼냈다.

"아버님, 농사 이제 그만 두시고 서울 가서 같이 살아요. 큰 아파트 장만해 놓았습니다."

부모님들을 서울로 모시겠다고 정중히 청했다.

선혜 아버지는 선뜻 대답을 하지 않고 난처한 얼굴 표정을 지었다.

"평생을 여기 촌에서만 살아온 사람이 어디를 나가"

다른 데 가서는 못 살 것만 같아 고개를 흔들고 있다. 도시 생활이 맞지 않을 뿐 아니라 생각조차도 해보지 않았다.

"그래 고맙다만 서울 가면 깝깝해서 우리들한테는 안 맞아. 이제 늙은 사람이… 시골이 좋아!"

선혜 아버지는 의사가 전연 없다.

"아니요, 아파트에도 경로당이 있어요. 거기에도 촌에서 오신 영감님들이 많이 있어요."

진심어린 병선이 말에 선혜 아버지는 박절하게 거절은 못하고 고개를 끄덕인다.

"그래 고맙다. 저머이하고 수의 한번 해보자."

"뭘 수의하고 말고 할 기 있어요?"

"우리 때문에 큰 아파트까지 장만했다는데 어떻게… 사위도 자식인데 이제 농사 그만 치울 나이잖아요."

선혜 어머니는 망설이는 영감을 바라보며 서울로 따라가

자고 영감에게 권하고 있다.

  여기서 몇 대를 살아왔는데 평생을 살아온 이 고향을 떠난다는 게 그리 쉬운 일이 아니다. 모두 나이 들면 고향으로 온다는데, 뒤늦게 늙어가지고 어데를 따라가? 영감은 고민에 빠졌다. 할마이는 막내 저거 끼고 살다 시집보내고 나면 서운해서 어떻게 살아? 걱정해 왔는데 막상 약혼해놓고부터 할마이는 어두운 얼굴로 지내는 거 보면 안쓰러울 때가 있다. 할마이 봐서는 따라가야 하는데 영감 걱정이 태산 같다.

사과 출하

   그해 겨울, 민수가 사과 출하를 하려던 전날 밤 사이 눈이 내렸다. 눈은 잠시 그쳤지만 밤 사이 내린 눈에 길이 미끄러운 데다 찌푸린 하늘은 눈이 곧 더 쏟아질 것만 같아 걱정이 된 민수 어머니는 만류를 하였으나 고집을 부리며 사과를 싣고 떠났다.

   점심나절에 내리기 시작하던 눈이 폭설로 이어지고 있다. TV에서는 전국적으로 폭설주의보가 내렸다. 새벽에 떠난 사람이 저녁나절이 되도록 아무런 연락이 없다. TV 방송에는 곳곳에 교통사고 소식이 시시각각 나오고 있다.

   밖에는 앞을 분간할 수 없이 함박눈이 쏟아지고 있다.

   민수가 올 시간이 됐는데… 걱정이 된 민수 어머니는 불안한 생각에 장석걸을 연신 내다보고 있다.

'날은 저물어 가는데! 에이 망할 놈! 그렇게 가지 마라고 해도 고집을 부리고 가더니 정녕 무슨 일이 있지? 왜 전화 하나 없지. 지애미 속 썩는 줄 모르고!'

방정맞은 불길한 생각이 들기 시작한다. 온 종일 내린 눈은 무릎까지 쌓인다. 어둠살이 내려앉는다. 마을 앞 가로등이 하나씩 하나씩 켜지고 있다. 가로등 불빛에 눈발이 마구 흩어져 쏟아지고 있다. 무슨 사고가 있지 안 그러면 연락이라도 올 터인데, 별 사사망이 다 든다.

시계는 밤 11시를 가르치고 있다. 그때 마침, 멍멍 개가 짖는다. 이제 오는구나하고 반가운 마음으로 문을 덜컥 열어본다.

"예, 이장입니다."

바라던 민수가 아니고 이장이 불쑥 들어섰다. 가슴이 철렁 내려 않는다. 정녕 민수한테 무슨 일이 생긴 것이 틀림없다.

"어얀 일로 눈길에?"

놀란 가슴을 달래가며 이장 표정을 잠시 응시한다.

"우리 민수한테 무슨 일이 있구만!"

예측이라도 한 듯이 이장을 바라보는 민수 어머니의 표정이 굳어버렸다. 이장은 망설였지만 이야기를 안 할 수가 없다. 이런 비보를 전달하는 게 가장 괴로운 일이다.

"예, 파출소에서 연락이 왔는데…"

"뭐라고?"

급한 민수 어머니는 이장 말 도중에 따고 들어 물었다.

"조그마한 접촉사고라고 하니까 놀랄 건 없고요."

이장 말이 떨어지기 바쁘게 낙담을 한다.

"참말로 사고가 났구만! 눈이 그렇게 쏟아지는데 가지 마라고 해도 고집을 지기드니… 후유"

한숨을 길게 내품는다.

"너무 걱정할 거 없어요. 수원 아주대학병원에 있다고 하니까 내일 가보시면 알겠지요."

이장은 민수 어머니가 놀랄까봐 아주 가벼운 교통사고로 애써 이야기를 했지만, 실제 상황은 이장도 모른다.

민수 어머니는 곧 쓰러질 것만 같은 멍청한 표정을 짓고 있다. 뜬 눈으로 밤을 새운 민수 어머니는 밤새껏 내린 눈으로 찻길이 끊어진 무릎까지 내린 눈길을 새벽 일찍 걸어서 읍으로 나갔다.

점심나절쯤 되어서야 병원에 도착했다. 교통사고가 많아서인지 응급실은 붐빈다. 아프다고 소리치는 사람, 팔을 붕대로 감은 사람, 머리를 붕대로 감은 사람, 두리번거리며 찾은 민수 얼굴은 온통 붕대로 감은 채 링거를 꼽고 있는 모습이 차마 볼 수 없는 비참한 몰골이었다.

말을 잃고 침대에 다가선 민수 어머니는 후유 하고 한숨을 내쉬더니 비슬거리며 침대를 잡았다. 앞이 캄캄한 게 아무것도 보이지를 않았다. 곧 쓰러질 것만 같았다.

"나무아미타불 관세음보살"

버릇처럼 나왔다.

민수는 움직일 수 없도록 침대에 묶이어 있었다.

"아이구 이 놈아! 이 꼴이 이게 뭐냐?"

입을 다물고 있는 민수 눈에 눈물이 고여 있다. 아픈 눈물이 아니라 어머니 마음을 아프게 한 눈물이었다. 흰 가운에 키가 자그마한 간호원이 주사기를 들고 들어서면서 보호자 되십니까 하고 묻는다.

"예 어머이 됩니다."

대답을 하면서 어디를 다쳤느냐고 묻는다.

"아직은 진단이 나오지를 않았습니다. 곧 진단이 나올 겁니다."

당황해서 어쩔 줄을 모르는 민수 어머니 표정을 본 간호사는 큰 사고가 아니니 너무 걱정 마라며 친절하게 위로를 해주었다.

만호 광산 사고

한편 밤새껏 내린 눈에 온 마을이 하얗게 묻힌 이른 아침. 광산에 다니는 만호의 부인이 푹 푹 빠져가는 눈길에 핏기 하나 없는 얼굴로 이장 집에 들어오고 있다.

"무슨 일로 아침 일찍이?"

이장을 본 만호 부인의 충혈된 눈에서 눈물을 질금질금 흘린다.

"어젯저녁 광산에 사고가 났답니다. 우리 그이가!"

"뭐! 그이라니?"

침통한 얼굴로 시선을 땅에 떨어뜨린 만호 부인에게 반문했다.

이장은 놀란 얼굴로 시선을 떨어뜨리고 있는 만호 부인을 넋 나간 사람처럼 바라보고 있다.

"그럼 만호가 사고를 당했다고요? 어허! 큰일 났네! 어제는 민수 교통사고로 놀라게 하더니, 마실에 왜 이런 사고가 자꾸 일어나지? 그래 어떻게 되었답니까?"

"채석장 암반이 무너져 인부들이 다쳤다고 하는데 모두 병원으로 실려 갔기 때문에 생사여부는 잘 모르겠다고 하는 걸 본게 아무래도 무슨 일이 생긴 것 같아요. 눈이 많이 와서 차도 안 다니지 어떻게 하만 좋을지…"

안절부절못하는 만호 부인 말에 한번 알아보자며 전화 옆으로 다가가더니 광산 전화번호도 모르고 수화기를 손에 잡았다.

이장도 당황했는지, 전화번호도 확인하지 않고 수화기부터 잡는다.

"어허, 내 정신 좀 봐!"

만호 부인은 손에 움켜쥔 종잇조각을 황급히 내민다.

"여기 전화번호가 있어요."

받아 쥔 전화번호로 전화를 돌렸으나 계속 통화 중이었다. 이장은 짜증스러운 얼굴로 겨우 통화가 되었다.

"어젯저녁 사고 난 김만호 보호자인데요… 예? 무어라고요?"

이장 억양이 높았다. 전화를 주고받는 이장의 심상치 않은 표정을 본 만호 부인은 고개를 떨구고 훌쩍거린다. 통화를 하고 난 이장은 수화기를 아무렇게나 던지고 잠시 말을 잃고 있던 이장은 만호 부인을 보고 한숨을 내쉰다.

"병원엘 가봐야겠네요."

맥없이 이장은 입을 무겁게 열었다. 차마 만호가 죽었다는 말을 할 수가 없다. 만호 부인은 눈물을 질금질금 흘리면서 자리를 일어섰다. 주고받는 전화에 불길한 생각이 들었다. 밖에는 눈이 날리고 있다.

"그러나 저러나 차가 다녀야지. 눈은 이렇게 왔는데"

이장의 걱정이 이만저만이 아니다.

"걸어서라도 가야지요."

고산지대라 눈이 다른 곳보다 많이 온다. 눈이 오면 꼼짝없이 이 마을은 고립이 된다. 실의에 찬 말을 남기고 집을 나서는 만호 부인의 뒷모습을 보며 마실 노인들이 늘 걱정을 해오는 이야기가 생각났다.

옛날부터 매년 음력 2월 초하룻날 동신제를 모셔왔었다. 마실에 젊은 사람들이 떠나고 남아있는 사람들은 전부 늙은이들만 있고 하니까 동신제를 없애 버렸다. 마실 어른들은 늘 개운찮게 생각해오고 있었다. 민수 교통사고하며 크고 작은 일들이 계속 생기고 있다. 교통은 불편하지만 산수 좋고 아주 살기 좋은 평화로운 전원 마을이었을 뿐 아니라 6.25동란 때도 인근 마실에는 보도연맹에 가입한 사람이 많아 학살당한 사람도 있고 행방불명된 사람들이 많아 과부촌을 이루고 있지만 이 마실에는 보도연맹에 가입한 사람 하나 없는 피난 마실로 불리어 왔다.

이런 마을에 전해오던 옛 풍습을 무시해버린 젊은이들을 노인들 측에서는 늘 못마땅해 왔을 뿐 아니라 동구나무 점쟁이 할머니는 마실에 나쁜 일이 있을 때마다 걱정을 해왔다.

아침 이때쯤 되면 만호가 야간작업을 마치고 자전거 뒤에 빈 도시락을 달고 돌아올 듯한 장석걸 빈 신작로엔 차가운 눈바람만 쓸쓸히 불어오고 있다. 이장은 눈이 그치는 대로 마실 사람들과 같이 장례식장 갈 계획으로 주막집으로 갔다.

소식을 들은 마실 사람들은 벌써 와서 이장을 기다리고 있다. 뒤따라 쩔뚝이면서 점방에 들어서는 홍씨는 이장을 보자 다급하게 묻는다.

"만호 사고 소식을 들었는데 어떻게 된 일인가?"

"예. 어떻고 말고 죽었답니다."

다른 말 필요 없이 이야기를 해버린다.

"뭐! 죽어?"

홍씨는 놀란 얼굴에 믿어지지 않은 표정으로 머리를 젓는다.

"민수 교통사고하며 동네 큰일났구만! 동네 굿을 하던지

해야지 계속 사고가 나니 말이냐."

"그래 말일세. 건홍이 좀 봐! 그 건강하고 잘나가던 사람이 저 모양으로 병신이 돼서 집에 와있지…"

쑥밭골 영감은 심각한 얼굴로 자꾸 불안한 생각을 이어간다.

생각에 잠긴 이토수도 고개를 끄덕이며 말을 잇는다.

"민수 저 아버지 죽던 이듬해부터 동신제를 안 모셨지? 그 후부터 마실을 떠나는 사람이 많이 생기고 분교가 폐교되고 크고 작은 일들이 얼마나 많이 생겼나. 마실이 어수선한 걸 혼자만 생각하고 있었는데 오늘 말이 나오니까 하는 말인데, 무슨 굿을 하든지 해야지 불안해서 살겠어?"

"그래요. 점받이 할마이는 모시든 동신제를 안 모시면 안 되는데 불길한 일이 있을 때마다 걱정을 하길래 핀잔을 주었더니만 그것도 그러네요."

갈골영감은 팔수 하는 말에 맞장구를 친다.

"자네한테도 그러든가? 나한테도 몇 번을 그래더라고…"

음산한 분위기에 젖어든 구봉리 사람들은 만호 사고 소식을 듣고 점방집으로 모여들고 있다. 마실 사람들은 불길한 일이 생길 때마다 지내던 동신제를 모시지 않는 죄책감을 누가 선뜻 먼저 말을 먼저 꺼내지 못했다. 잠시 듣고 있던 김덕구는 홍씨와 갈골영감을 번갈아 보면서 핀잔을 준다.

"또 미친 소리들 하시네. 요새 하늘에 쇠덩이가 날아다니는 세상에 무슨 귀신 콧구멍 후비는 소리라!"

김덕구는 동신제를 반대하는 사람이다.

"어허, 자네는 무조건 반대만 할 기 아니라, 한번 생각해 봐. 계속 마실에 불상사가 일어나고 있으니까 그런 생각이 안 들겠는가."

홍씨가 받아 한마디 한다.

김덕구는 아무런 대꾸가 없다. 사실은 대꾸할 명분이 없을 뿐 아니라 아무도 동조하는 사람이 없다. 김덕구는 혼자 궁시렁거리며 못마땅한 표정을 짓고 있다.

그것도 그럴 것이 김덕구 윗대가 강씨 틈에 끼어 외톨이로 가난하게 살면서 강씨 종가 머슴살이로 설움을 받아가며 살아온 것을 김덕구는 잘 알고 있다. 당시 동신제를 지낸다고 해야 고작 돼지나 잡고 지게로 져다 나르기나 하고 제사에 참석도 하지 못했기 때문에 김덕구는 한이 맺힌 사람이다.

나이 다섯 살쯤 되던 해 친구들하고 같이 동고사 지내는데 떡 얻어 먹으로 갔었다. 덕구 아버지는 제사에 참석도 하지 못하고 뒷전에서 심부름만 하고 있었다. 제사를 마치고 나서 음복을 하는데 덕구 아버지가 떡을 가지고 와서 아이들한테 죽 나누어 주었다. 덕구는 자기 몫으로 돌아오는 떡을 받아 던지고 집으로 돌아가버렸다. 다른 친구 아버지는 두루마기 입고 제사를 지내는데 우리 아빠는 심부름만 해? 아빠가 원망스럽고 미웠다.

그 후부터는 덕구는 동 제사 지내는 데 가지 않았다. 특히 강씨 종손 진주영감 하는 일에는 무조건 반대다. 지금은 강씨들이 객지로 많이 떠나고 마을이 쇠퇴해지자 김덕구의 횡포는 날로 더 심해져 가고 있다. 미련하게 생긴 체구에 안하무인격으로 위아래도 없이 거친 말투로 마실에서 하는 사사건건에 반기를 들어왔다. 똥이 무서워 피하는 게 아니라 더러워 피하는 줄 모르고 날이 갈수록 더 기세를 부리고 있다.

"아이 참! 이러고 있을 게 아닌데."

이야기를 듣고 있던 이장은 문을 열고 밖을 내다본다.

"어허, 눈이 아까보다 더 많이 내리는데."

"저래도 병원에 가봐야지?"

김팔수는 이장 의중을 물었다.

"그럼. 가봐야지. 만호 부인 혼자 갔는데 마실에서 가봐야 하지 않겠어요? 눈이 좀 그치도록 기다렸는데…"

"솔잎 먹는 송충이는 솔잎만 먹고 살아야지, 에이 사람도 무슨 광산엘 다닌다고…"

갈골영감이 혀를 툭툭 차며 하는 말에 서둘고 있던 이장이 갈골영감 쪽으로 고개를 돌리면서 애석한 듯 한마디 한다.

"그 사람 배추 농사 한 3년간 실패를 하더니 농사짓다가는 이혼 하겠어 하면서 그만 농사 치우고 광산에 나갔잖아요."

"그래 알지."

"하도 애덜버 하는 말일세."

술에 취해 부르던 애창곡 '누구를 원망해' 노래를 하며 비틀거리던 모습이 떠올랐다. 잠시 생각에 잠겼던 이장은 자리에 일어나면서 같은 또래 김팔수를 보고 서둘러 본다.

"우리 몇 사람만 걸어서라도 가보세. 만호 부인 혼자 저래 보내놓고 걱정스럽네. 날씨가 서글프고 하니까 다른 분들은 여기 계세요."

"그래 다 갈 거 없어."

김 반장이 말은 그렇게 하면서 따라나선다.

일행은 주막을 나섰다. 가끔 잿빛 구름을 뚫고 나오는 햇살이 눈빛에 빤작거려 눈길을 분간할 수가 없을 정도로 눈이 부셨다. 한바탕씩 신작로를 휩쓴 눈보라는 걸어가는 일행을 휘감아 뒤집어씌운다. 돌개바람이 눈을 껴안고 골짜기 하늘로 치솟는다. 바람이 몰아붙이며 쌓인 눈이 무릎까지 빠져 길을 분간할 수가 없다. 지금 여기가 바람맞이 바람골이다. 읍내 갈 때 제일 무섭고 힘든 곳이다. 옛날 읍내

장에 소 팔고 오다 강도를 만났다는 인적이 드물고 아주 후미진 곳이라 혼자 걸어서 다니기에는 지금도 무서움을 느끼는 한적하고 외진 길이라 바람골이라고도 하고 귀신골이라고도 한다.

*

돌개바람

눈 쌓인 신작로 바람이 일고 있다.
산등성이 외로운 묘 등을 쓸고
밭둑을 쓸어
하늘 높이 눈보라가 뱅뱅 치솟는다.
나뭇가지에 부딪히는 바람소리
총각 귀신 휘파람 소리인가

옛날에
이곳을 지나가던 노파(老婆)가 얼어 죽은
인적이 한적한 산기슭 외딴길
혼자 다니기는 으슥한 길
차가운 햇등이 서산을 서성이는 해거름 판
얼어 죽은 노파의 넋이 떨고 있다.

변덕스런 날씨는 금세 햇살이 눈을 부시게 한다. 이장 일행이 병원에 도착했다. 병원에서 장례식장 안내를 받았다. 장례식장은 도심에서 좀 떨어진 한적한 곳이다. 광부 사망자가 만호 외 2명이다. 눈이 많이 오고 길이 미끄러워 교통이 불편해서인지 사고 난 광부 가족들이 보이지를 않았다.

한 젊은 여인이 뒹굴면서 통곡을 하고 있다. 아들 대학시험 발표 날이 어제인데… 서울 S대학에 합격했다는 통보를 받았다. 사망한 광부는 소학교도 못 나온 일자무식자로 못 배운 것이 한이 되어 아들만은 어떤 일이 있어도 대학교를 보낸다면서 대학교 졸업할 때까지 광산에 다녀야한다면서 시험 발표 날을 기다렸는데 야간 근무라 소식도 모르고 죽었다면서 바닥을 치면서 통곡을 하고 있다.

"이게 무슨 날벼락이라… 시험발표 날을 그렇게나 기다려왔는데 죽으면 어떡해! 죽으면 어떡해! 얼마나 기다렸는데…"

젊은 여인의 비통한 통곡에 곁에 있는 이장 일행의 심금을 울리고 있다.

한편 핏기 하나 없이 영전 앞을 지키고 있는 만호 부인은 눈이 퉁퉁 부어있다. 같이 간 일행 모두가 눈물을 글썽이며 말을 잃어버린 채 영전 앞에 고개를 떨구었다.

정 간호사는 정 선생의 딸

민수가 병원에 입원한 지 며칠이 지났다.

707호실은 교통사고 환자들이다. 하얀 가운 차림에 정 간호사가 체온계를 들고 들어선다.

"잘 주무셨습니까."

인사를 하면서 체온을 잰다. 언제 들어도 정 간호사 목소리는 낯익은 경상도 말씨다. 궁금하게 생각해오던 민수는 정 간호사에게 고향이 어디냐고 물었다.

정 간호사는 잠시 머뭇거리며 민수를 바라본다. 가끔 고향을 묻고 나이를 묻는 짓궂은 환자들을 만난다.

"아니, 말씨가 경상도 같아서요."

"예, 맞아요."

"경상도 어디신데요?"

"울릉도입니다. 아버지 직장 따라 울릉도를 떠난 지가 오래 됩니다. 구봉리에서 오셨다고 했지요?"

"예, 그런데요?"

"제가 어릴 때 구봉리에서 살은 기억이 나서요."

"뭐요! 구봉리에 살았다고요?"

"예, 어릴 때 살았기 때문에 산골마을이라는 것밖에…"

재차 물어본 민수는 의아한 얼굴로 정 간호사에게 눈길을 떼지 않고 있다.

"아버지가 구봉 분교에 근무했습니다."

"예?"

정 간호사의 말끝마다 놀라는 얼굴이었다.

"그럼 선생으로요? 누군데요? 내가 바로 그 동네 살고 있는데."

"예, 입원 서류를 보고 알았어요."

또박 또박 말하는 정 간호사 이야기가 신기하기도 하고 궁금하기도 했다.

"그럼 언제쯤 되나요?"

"내가 4살 때니까 지금부터 30년 전이 되겠네요."

"그럼 아버지 성함이 어떻게 되시나요?"

"우리 아버지 성함은 만자 진자라요."

민수는 생각이 나지 않는지 정만진 정만진… 몇 번을 되풀이하더니 고개를 갸웃거린다.

"오래 돼서 그런지 좀체 생각이 나지를 않는데요."

너무 어릴 때 일이고 선생들이 많이 거쳐 갔기에 생각이 나지 않는다.

"내가 지금 생각나는 선생님은 키가 작고 배가 뽈록 나온 맹꽁이 선생이라고는 있었는데, 그분이 정 선생이었던가?"

민수의 말에 정 간호사는 하하 하고 웃는다.

"왜 웃지요?"

"맹꽁이라고 하니까 우스워서요."

말한 민수도 듣는 간호사도 같이 한참 웃었다.

"그 분이 맞아요."

"그럼 그분이 아버님이라고?"

민수는 하 하 하고 큰소리로 웃어댄다.

"풍금 잘 치고 음악을 좋아하셨던 그분?"

"예, 맞아요."

그때가 1학년이었나. 선생 이름은 모르고 맹꽁이란 별명만 알았다. 그러니까 생각이 난다. 사택에 어린 여자아이 기억이 난다. 키가 조그맣고 예뻤는데? 그때 그 여자 아이라고? 아닌데… 어릴 때하고는 너무 차이가 많아 보였다. 그때 그 여자 아이는 좀 통통했었는데! 민수는 계속 고개를 갸웃거리면서 생각에 잠긴 채 정 간호사에게 시선을 멈추고 있다.

"그럼 나 기억 안 나요?"

냇가에서 고기도 잡아주고 소꿉장난하던 기억이 어슴푸레 난다.

"버드나무 숲에서 버들피리도 만들어주고 까치 알도 후벼주고 했는데 또 냇물에 떠내려가는 고무신 한 짝 때문에 울고 있는 걸 내가 건져다 주기도 했는데…"

"아! 아! 아저씨가?"

그제야 정 간호사도 생각이 나는지 모양이다.

"고무신 때문에 내가 울고 있었는데 누가 건져주었어요."

"내가 냇가 건너 독가촌에 살았는데…"

"몰라! 어디 사는가는 몰랐고요. 건져 준 사람이 키가 컸었는데!"

정 간호사는 아저씨가요, 아저씨가요… 몇 번을 되풀이하면서 고개를 갸웃거린다.

"그래 그 고기 누가 잡아 주었어? 누군지 기억 안 나? 고무신 한 짝은 바위에 두고 한 짝은 고기 잡아넣으려고 들고 다녔는데 바위에 둔 신짝이 바람에 날려 냇물에 떠내려갔잖아! 맞지?"

민수도 확실히 기억이 났다.

"예. 맞아요."

민수를 바라보는 정 간호사 시선은 그때 그 모습의 얼굴을 찾고 있다.

민수는 존댓말 하다가도 반말도 하고… 두 사람은 더 가까운 친근감으로 다가갔다.

"지금 아버님은?"

"교장으로 퇴직을 하고 집에 계시지요."

"그래요! 간호원 생활을 얼마나 하셨는데요?"

"간호대학 졸업하고 들어왔으니까 근 십년이 다 돼가요."

"그래요? 참 반갑습니다. 저는 강민수라고 합니다."

민수가 먼저 통성명을 한다.

"저는 정혜숙이라고 합니다."

"예 반갑습니다. 더구나 정 선생님 따님이라고 하니까 정말 반갑습니다."

반갑다는 말을 몇 번 되풀이하면서 신기하다는 듯이 고개를 끄덕이고 있다. 정 선생이 곁에 지나갈 때 친구들끼리 맹꽁맹꽁 하면서 달아나던 생각이 났다.

체온계 확인을 한 정 간호사는 정상이라고 알려주고 병실을 떠났다. 며칠 전에 들어온 교통 사고 환자가 통증에 몸부림을 치더니 진통제를 맞고는 잠이 들었다.

그 후 일주일이 지난 일요일은 선혜 결혼일이다.

병실에서 축하를 해주어야 하나? 어린애처럼 오빠 오빠 하며 까만 눈썹에 빛나는 눈동자로 귀염을 떨어대던 선혜가 오늘 따라 보고 싶어진다. 버드나무 둑에서 눈물을 글썽이며 연약한 팔로 내 허리를 끌어안으며 오빠 나 시집 안 갈래 민수 오빠하고 같이 시골에 살래, 눈물을 글썽이며 울먹이던 선혜 모습이 아른거린다.

선혜에게 사랑을 왜 담뿍 주지 못 했는가 후회스럽다. 왜 사랑을 그렇게 아꼈는지… 이렇게 헤어질 줄 알았더라면 후회 없는 사랑을 했을 것인데.

선혜야! 미안하다. 그러나 나는 후회하지 않는다. 내 청춘을 달래주었고 나를 가장 많이 알고 나를 지켜온 선혜의 따뜻한 마음 영원히 잊지 못할 거야.

선혜를 잡지 않는다고! 그래 잡지 않았지. 왜냐고? 나는 너의 부모님이 바라는 그런 그림이 못돼. 그리고 부모님 욕심을 채워줄 자신이 없어. 용서해주겠니? 내가 왜 선혜 행복의 꿈을 빼앗아야 해! 좋은 사람 만나 잘 살아! 잘 살 거야.

멀어져가는 선혜가 보고 싶어진다.

이때껏 느껴보지 못한 그리움이었다.

*
병실에서

어둠이 밀려오는 눈 내리는 밤
병원의 밤은 고요히 깊어가고 있다
밀려드는 그리움과 고독을 달래려고
애절한 사연을
조용히 가슴에 안고 창문 밖 눈길을 따라본다
눈을 밟고 오는 소리인가
외로움인가
미련을 버리지 못한 애틋한 마음에
그리움만 쌓여가는
아련히 떠오르는 장밋빛 얼굴
스쳐가는 바람결에 지워질까
눈바람에 묻힐까
선혜가 없는 눈 나리는 밤
나는 詩人이 되어 갑니다.

"다음 주쯤 퇴원하시면 한 달간은 2회 정도 체크진단을 받으로 오셔야 합니다."
다음날 병실에 들어온 정 간호사는 민수의 표정을 잠시

살핀다.

"어제는 무엇 때문인지 기분이 안 좋은 것 같더니 오늘은 괜찮으세요?"

"예? 어제 제가요?"

아무런 일 없는 것처럼 민수 표정은 태연했다.

"무슨 일이 있었나요?"

"아니요."

정 간호사의 궁금증은 풀어지지 않았다.

"어제는 혼이 나간 사람처럼 보였어요. 묻는 말에 답도 없고 해서요."

"내가 그랬던가요. 이거 미안해서 어떡하나!"

"아니 미안할 거까지는 없고요. 언젠가 누구 결혼식이 있다고 하면서 외출증을 내려고 했지요? 이야기를 해야지요."

어떤 말실수를 했나. 궁금증을 풀기 위한 집요한 물음이다.

"뭐 남의 결혼식에 그래 신경을 쓰세요? 누군데요? 애인?"

내용을 아는 것처럼 장난스럽게 이야기를 해온다. 이렇게 되고 보니까 민수는 다른 변명할 여지가 없다.

"하기야 병원에 오래 있다 보면 깝깝하지요."

정 간호사는 어색해 하는 민수를 대신 변명을 해버린다.

"정말! 그렇게 보였으면 대단히 죄송합니다."

"아니요. 내가 그런 말 들으려고 하는 게 아니라 내가 뭐 잘못한 게 없는가 해서요. 어제는 대단히 기분이 안 좋아 보였어요. 외출을 해야 한다든가 아니면…"

정 간호사도 어색한 변명으로 답을 대신했다.

두 사람은 어린 시절을 서로 아는 사이가 되다보니까 빨리 친숙해졌다.

"퇴원하시면 당분간 몸조심하셔야 합니다."

"예, 감사합니다."

정 간호사의 관심이 고마웠다.

"생각할수록 우리의 만남이 신기하고 감사한 생각이 들어요."

"나도 고향 오빠를 만나는 느낌이라니까요. 그런데 아직까지 결혼을 안 하셨네요?"

"안 한 게 아니고 못 했습니다."

"그게 무슨 말인데요."

정 간호사는 민수 말뜻을 모르고 다시 물었다.

"처자가 있어야지요."

"왜 처자가 없어요. 천지가 아가씨인데!"

"천지가 아가씨라도 나한테 시집올 아가씨는 없네요."

"왜요?"

"몰라요 농사짓는 촌놈이라고…"

그제야 무슨 말인가를 알고 한참 호호 웃는다.

"구해봤어요?"

"구해 봤지요. 말도 마시오."

민수가 말문을 열기 시작한다.

"내가 몇 번 선을 봤는지 알아요? 선볼 때마다 딱지맞고 보니까 이제는 만성이 돼서 별로……"

순박한 표정을 보고 정 간호사는 호호하고 웃었다.

"촌에 시집오면 고생이지요. 그러기에 나는 바라지 않아요. 촌에 안 오겠다는 사람 억지로 데리고 올 필요 없잖아요. 나와 뜻을 같이 하겠다는 사람이 있으면 몰라도… 그리고 꼭 결혼을 해야 하나요? 우리 어매만 아니면 결혼 하고 싶지 않아요."

민수의 이야기를 한참 듣고 있던 정 간호사는 쾌활하게 말을 한다.

"나는 촌이 좋아요."

"예?"

민수가 의심쩍은 생각으로 정 간호사를 바라보자 얼굴 표정이 너무나 태연했다. 농촌하고는 거리가 먼 직업이고 자라온 환경도 농촌하고는 거리가 먼 사람인데, 정 간호사에게는 어울리지 않은 말이다. 그냥 한번 해본 말이겠지.

내가 촌에 사니까 농촌에 대해서 아는 척해 보는 건가. 아니면 내 마음을 알아보고 싶은 건가?

풀리지 않은 여운을 남긴 채 정 간호사는 병실을 나갔다.

나를 좋아하는 건가? 아닌가? 아리송한 여운을 남긴다. 마음이 설레인다.

'나는 촌이 좋아요.' 왜 좋다고 했을까? 진심인가? 아니야 그냥 해본 말인가? 정 간호사의 말을 지워보려고 해도 지워지지를 않는다.

믿어보고 싶다. 내 결혼 대상이 될 사람인가? 김칫국물부터 마셔본다. 아니야. 나하고는 거리가 먼 사람인데, 대학 나오고 도시에서 죽 살아온 사람이 촌에 와서 못 살지! 내가 착각하고 있는 거겠지? 혼자서 자문자답하면서 잠 못 이루는 밤을 보내기도 했다.

오늘 검진에 정 간호사가 들어왔다. 간단한 주사와 체온 체크였다.

민수가 꼭 물어 보고 싶은 게 있었다.

"정 간호사" 하고 불렀다.

"예?"

대답이 한결 부드러웠다.

"아니, 요 며칠 전에 농촌이 좋다고 했는데? 농촌을 알고 좋다고 하는 건가 아니만 그냥 해본 말인가?"

"왜요?"

"아니 정 간호사가 살아온 과정이라든가 환경이 농촌하고는 거리가 먼 사람인데 시골이 좋다고 하니까? 왜 좋아하는지?"

민수는 정 간호사 마음을 알고 싶었다.

"농촌을 너무 감정적으로만 보는 게 아닌가? 온종일 무논에서 땀 흘려가며 논 갈고 고달프게 일 마치고 붉게 물들어가는 저녁노을 아래 소를 앞세워 들판 길 따라 돌아오는 농부를 보는 시인은 시를 쓰지만 그 농부의 고달픔은 아무런 대가가 없어요. 현실에 민감한 농촌 젊은이들은 도시로 다 떠나고 물론 처녀들은 농촌을 외면하고 있지요. 이것이 우리 농촌의 현실인데 어떻게 생각해요?"

민수의 질문이 진지하다.

"예. 나도 잘 알아요. 산업화 뒤안길에서 대접 못 받고 있는 농촌, 일한 만큼 보람을 갖지 못하고 있다는 것도 잘 알고 있어요. 그렇지만 그렇게 비관적인 것만은 아니지요. 흙탕물에 연꽃이 핀다는 멋진 철학도 있잖아요.

시골에 사는 우리 큰집 큰아버지는 소를 먹이면서 사과농사를 짓고 있는데 돈도 많이 벌고 부자로 잘살고 있어요. 애들 육남매를 대학교까지 졸업시켜서 큰아들만 대학교수로 있고 나머지 아들딸들은 전부 외국에 나가고 이젠 영감 할머니는 자가용 갖고 구경 다니신대요.

아! 농촌에도 얼마든지 가능성이 있다는 걸 알았어요. 누구에게 간섭 받지 않고 등 따시고 배부르다면서 대통령 부럽지 않대요. 평생을 남의 눈치를 봐가면서 공직생활 하던 사람들 정년퇴직하고 할일 없이 고층건물 밑으로 바둑판이나 찾아다니는 그런 무기력한 사람들 보면 한심한 생각이 들어요.

특히 우리 아버지를 보면 정년퇴직을 하시고 할일 없이 노상 집에서만 맴돌고 계시는 거 보면 참 딱해요. 정년퇴직 없는 농업, 여름내 땀 흘려 가며 가꾼 결실을 수확하는 가을에 풍요를 갖는 기쁨, 나는 우리 큰집에서 매력을 느꼈어요. 시간 날 때마다 큰집에 가서 농사일을 많이 도와주고 했어요.

그래서 조건만 된다면 시골에서 아버지 모시고 같이 살고 싶어요. 햇볕에 그을린 얼굴에 땀 흘린 생동감 넘치는 늙은 아빠의 모습이 보고 싶어요. 아빠도 그렇게 살고 싶어해요.

나는 지금 복잡한 도심 속에서 근무하고 있지만 시간 날 때마다 근교 촌으로 나가 상큼한 공기를 마시며 새소리 바람소리 들어가며 들판 길을 걷노라면 살고 있다는 생동감을 느껴요. 그런데 이해관계에 민감한 젊은이들은 농촌을 무조건 외면하고 있지요."

창문 밖 싸늘한 도심 속에서 공해에 시달리고 있는 빈 겨울 가로수를 하염없이 바라보는 정 간호사의 시선은 바뀔 줄을 모른다. 진솔한 정 간호사 이야기를 듣고 있던 민수는 고개를 가볍게 끄덕이며 농촌에 관심을 갖게 된 동기가 있었구나 이해가 되었다.

정 간호사 이야기에 더욱 절감한 민수는 나를 위로하려고 아니면 환심을 사려고 하는 이야기가 아닌가 생각도 해 보았지만 그게 아니고 농촌에 대한 애틋한 애정과 관심 그리고 동경이 가슴 밑바닥에서부터 우러나온 진심어린 감정의 표현이었다. 그리고 철학이 있다. 또 그렇게 믿고 싶은 게 민수에 심정이다.

다시 정 간호에게 눈길을 돌렸다. 눈길이 마주쳤다.

"아. 그래요! 그 이야기를 그대로 받아들이고 싶은데…… 그대로 받아들여도 되나요?"

망설이는 듯 민수의 호기심 어린 눈빛에 정 간호사의 말투가 조심스럽다.

"예. 내가 하고 싶었던 말을 했을 뿐인데! 그렇게 받아주시니 감사합니다."

민수는 공감이 가는지 조용히 고개를 끄덕인다.

많은 선을 보면서 비인간적인 모멸감을 수없이 느껴왔던 그 외로웠던 세월을 정 간호사에게 기대보고 싶다. 지금까지 아파했던 청춘을 고백하고 싶었다. 두 사람은 서로 사랑의 교감이 오고갔다. 오늘따라 정 간호사는 다른 모습이었다.

퇴색된 도시 조명보다는 싱그럽고 생동감이 넘치는 태양빛이 더 어울리는 화장기 하나 없는 정 간호사에게 끌려들어가고 있음을 느꼈다. 두 사람의 시선이 마주칠 때마다 묘한 감정을 느꼈다. 두 사람의 대화는 잠시 침묵으로 이어졌다. 침묵을 사랑의 교감으로 인정한 민수는 창문 밖 먼 하늘을 향하고 있는 정 간호사에게 시선을 옮겼다.

지금까지 망설여왔던 심정을 이야기해보고 싶었다.

정 선생, 하고 불렀다.

대답이 없다. 정 간호사는 깊은 생각에 잠겨있었다.

눈 덮인 창문 밖을 바라보던 정 간호사는 민수 쪽으로 시선을 돌렸다.

민수와 눈빛이 서로 마주했다.

"내가 정 간호사에게 꼭 하고 싶은 말이 있는데……"

말을 던지고 머뭇거리는 민수를 정 간호사가 바라본다.

"아니야. 괜히 해본 말이야."

김칫국물부터 먼저 마시는 꼴이 될까봐 민수는 하려던 말을 다시 집어넣으려던 참이었다.

"꼭 하고 싶은 이야기가 뭔데요?"

정 간호사는 놓치지 않고 알려고 한다.

'꼭 하고 싶은 이야기… 꼭 하고 싶은 이야기…' 민수는 정 간호사 말을 입에 넣고 몇 번을 뒤풀이하면서 조심스럽게 말을 꺼낸다.

"나 정 간호사에게 청혼하고 싶어… 나 정 간호사를 사랑해요!"

정 간호사는 놀란 듯이 민수를 바라본다. 잠시 침묵으로 이어지는 창밖에는 찬바람이 흰 눈을 안고 가끔 창문을 두들긴다. 잠시 침묵이 흘렀다.

"왜 말이 없어요? 싫으면 내 청혼을 포기할게요."

"아니요."

정 간호사의 깊은 생각에 잠겼던 짤막한 대답이다.

"그럼 내 청혼을 받아 준다는 거지? 그렇지요? 그렇지요?"

정 간호사에게 얼굴을 마주하면서 다그치듯 답을 받았다.

"고마워! 나 할 수 있어! 정 간호사가 함께해준다면 나는 할 수 있어! 외롭지 않아! 농촌에 내 꿈을 심어 농촌 총각들에게 희망을 줘서 처녀들이 돌아오는 그런 멋진 세상으로 만들 거야. 자신 있어!"

가슴에 맺힌 한이다. 부러진 다리를 고치는 것도 중요했지만 정 간호사와 이렇게 만나는 인연을 갖게 되다니 참으로 감사할 뿐이다. 정 간호사는 지금까지 결혼 때문에 시달리온 한을 품어내며 좋아하는 민수가 어쩌면 안쓰럽기도 하고 무거운 책무가 느껴지기도 한다.

"그래요. 나도 어쩐지 이 병실에 들어올 때마다 이상한 느낌이 들어 왔어요."

정 간호사 수줍어하는 얼굴은 소독 냄새가 아닌 향기로운 향기로 풍겨왔다.

그렇게 잘생긴 얼굴은 아니지만 마른 체구에 지적인 매력이 있다. 어서 빨리 어머니가 계시는 구봉리 집으로 초대하고 싶었다. 자나 깨나 장가 못 갈까봐 걱정하여 오신 어머니. 우리 민수 색싯감 구했다고 동네방네 자랑하며 다니실 어머니에게 하루라도 빨리 알려주고 싶다.

그래서 민수는 정 간호사를 구봉리로 초청하고 싶었다.

"촌이고 서글프지만 옛날 살던 곳이고 하니까 구봉리 집으로 초대하고 싶습니다."

"예, 한번 가보고 싶어요."

기다렸다는 듯이 서슴없이 대답하는 정 간호사 마음을 충분히 읽어냈다.

두 사람은 시간이 있을 때마다 병원 주위를 산책하며 사랑을 속삭여 왔다.

서울로 이사 간 선혜네

*

안방도 외양간도 부엌도 텅텅 비우고

떠나간 주인 잃은 빈집

추녀에 매달린 외로움은 쓸쓸히 흐느낀다.

아침밥 연기 멈춘 눈 덮인 차가운 굴뚝

찬바람만 쓸쓸히 맴도는

새벽닭 떠난 빈 둥지

제멋대로 피다 진 채송화 봉선화

뒹구는 꽃잎 속에 계절은 오고가는데

그리움만 남겨두고 떠난 빈자리

쓸쓸하고 외롭기만 하구나

그때 불러주던 그리운 목소리
세월이 가면 잊혀지겠지.

　민수가 퇴원해서 집으로 돌아왔을 땐 선혜는 결혼해서 서울로 떠났다. 선혜 아버지 어머니도 서울로 떠나간 빈집에는 찬바람만 맴도는 눈 쌓인 마당엔 들고양이 발자국만 남은 채 인기척 하나 없이 눈바람에 처마 추녀가 떨어져 바람에 덜렁이고 있다.
　한편 서울로 이사 간 선혜 아버지는 경로당에도 나가보고 복지관에도 나가고 있다. 장기, 바둑, 스포츠 댄스, 노래 교실, 시조 교실, 한문 교실, 사군자 교실 등 복지관에는 다양한 프로그램이 있지만 평생을 괭이와 호미로 땅만 뒤져 온 사람에게는 다 생소한 용어들이다. 경로당 역시 생활환경이 다르고 살아온 과정이 다른 사람들이라 어울리기가 쉽지 않다.
　하루는 공원엘 갔는데 벤치마다 노인들이 자리를 차지하고 있다. 몇 년 전만 해도 젊은이들 사랑의 아지트였는데 근래 와서는 노인들의 외로움을 달래주는 쉼터가 되어버렸다. 노부부가 벤치에 앉아 담소를 나누며 던져주는 과자에 비둘기가 쫑쫑 걸음으로 모여드는가 하면 비둘기마저 외면하는 짝을 잃은 노인들은 먼 산만 멍 하니 바라보며 지난 과거사에 젖어 백발을 날리고 있다. 자식이 잘살고 돈 잘 쓰는 노인한테는 노인들이 모여 웃음꽃을 피우는데 그렇지 않은 노인들은 뒷전 빈 벤치에서 맴돌고 있다. 내일이 없는 노인들 세계는 비정하다.

사위 권유로 나가고는 하지만 어디 즐기고 놀만한 장소가 없다. 가끔 가다 술도 한잔씩 내고 하세요 하면서 사위가 돈을 주긴 하지만 돈을 쓰고 싶어도 쓸 줄을 몰라 지난달에 사위가 주는 돈이 아직 주머니에 그대로 들어있다. 시골에서는 친구 붙들고 해장국집에 들어가 한잔 대접하면 두고두고 고마워하는데 여기서는 통하지 않는다. 투박한 경상도 말투에다 아는 것이라고는 농사 이야기밖에는 이야기 거리가 없다. 그야말로 꿀 먹은 벙어리다.

어디 시내구경이라도 하고 싶어도 길을 못 찾아 마음대로 나가지도 못한다. 사위의 고마운 마음을 마지못해 매일 나와 이곳저곳을 기웃거리며 세월을 보내고 있지만 정 붙일 만한 곳이 없다.

한번은 큰맘 먹고 노인들 댓 명을 대폿집으로 초대를 해서 식사와 막걸리로 대접을 하였더니 막걸리 한 병을 다 먹지 않았다. 좀 초라하고 부실한 것 같은 게 아니었나 생각하고 있는데 며칠 지나 노인 하나가 답례로 초대를 하기에 참석을 하였더니 불고기 한식집에서 풍성한 대접을 받은 적이 있다. 이렇게 촌 영감들은 몰라서 아까워서 함께 어울리기가…

어느 날 하루는 어리숙한 촌 노인 한 사람이 다가오면서 말소리가 경상도에서 오신 분 같다면서 자기도 경상도에서 왔다면서 담배집 영감에게 인사를 청했다.

"예. 경북에서 왔습니다."

"반갑습니다. 나는 경북 청송에서 왔습니다."

"그래요. 나는 문경에서 왔습니다."

두 영감은 서로 인사를 나누었다. 그 후 두 영감님은 대폿집을 즐거이 찾아 회포를 풀었다. 술을 한잔씩 하면서 시골에서 농사짓던 이야기며 아들 딸 이야기로 시간을 보내왔다.

"그래 영감님은 늦게사 어째 서울로 오신는가요?"

며칠 같이 지나면서 청송에서 왔다는 영감님이 물어 왔다.

"예. 나는 딸 따라 왔습니다. 딸 둘을 낳아 큰딸은 대구로 시집을 보내고 막내딸은 지난겨울에 시집을 서울로 보냈더니 사위가 서울 와서 같이 살자면서 큰 아파트를 구해놓고 한사코 오라고 해서 왔더니 촌에 있기만 못 하네요. 이제 농사도 못 짓겠지, 막내딸 끼고 있다 시집보내고 나면 아들도 없지, 쓸쓸하고 외로울 것 같아 따라 와서 보니 갈 곳도 없고 심심해서 시골에 있기만 아주 못해요. 사위가 복지관이나 경로당에 나가시라면서 권하기에 여기 나와 봐도 맹 마찬가지라 우리 촌에서 살던 사람하고는 안 맞아요."

청송에서 왔다는 영감도 고개를 끄덕이며 같은 생각이라면서 후회스런 여운을 남긴다.

"사위가 참 착하구만요. 무슨 사업을 하기에?"

"예. 일본하고 거래하는 사업을 하고 있습니다."

"아 그래요. 그래 잘사니까 장인 모실 마음을 먹지요."

"예. 고맙지요."

"사우도 자식이라 하지만 요새 그런 사람이 어디 있어요. 저들은 영감 할마이 띠 놓고 오기가 안됐어서 같이 있자고 하지만 우리 늙은이들은 불편하지요."

"이웃을 봐서도 사위 체면을 세워 줘야지요. 이제 나이 먹어가지고 아들 체면도 좀 생각해야지요. 우리 집 아들은 서울서 병원을 하고 있습니다. 우리 두 영감 할마이가 촌에 살다 몇 달 전에 할마이 죽고 나서 시골에서 혼자 사는 게 부담이 되는지 서울로 올라오시라고 하도 그래서 고맙기도 하고 아들 체면을 봐서라도 와야겠다고 생각하고 왔지요. 사실은 촌에 사는 게 편한데 아들 병원을 하면서 저 아바이 혼자 살도록 한다고 동네 사람들이 욕할까봐 내가 좀 불편해도 서울 아들네 집으로 왔지요."

"그럼. 아들이 의사면 돈도 잘 벌고 부자이시군요."

"모르지요! 며느리가 살림을 들고 하니까."

"그래요, 요새는 다 여자들이 살림을 들고 만지니까…"

당연한 것처럼 선혜 아버지는 고개를 끄덕였다.

그런데 청송 영감은 불만스러운 표정이다.

"아들을 저 처가에 빼앗기었지요."

"그게 무슨 말씀?"

"아들이 공부를 잘했지요. 의과대학 시험은 합격을 했는데 촌에서 가르칠 형편은 못되지 걱정을 하고 있던 차에 딸 가진 부잣집에서 학비를 대준다고 하기에 승낙을 했지요. 대학 6년간 학비를 딸 가진 부잣집에서 다 부담을 하니 얼마나 고마운 일입니까. 지금은 사돈입니다만 안 그러면 촌에서 애 못 가르쳐요. 더구나 의과대학은 돈이 다른 대학보다 곱절은 더 든다니까요. 그기에다 저 처가에서 결혼시키고 병원도 차려 주었다니까요. 그러다 보니까 아들을 빼앗겼지요."

서글픈 웃음을 지으며 말을 잠시 멈춘다.

"부모 노릇 못한 내가 며느리 눈치봐가면서 살아야할 형편이 됐지요. 매일 나올 때마다 며느리한테 점심 값을 타가지고 나온 다니까요. 서울은 괜히 왔나 싶어요. 자식 하나 있는 저를 내가 어떻게 키웠는데 이게 무슨 짝입니까! 시골에 있는 전지 다 팔아 저들 손에 맡겼지요. 그래도 시골에서는 저 영감 할마이 죽고 서울 아들네 집에 가서 호강한다면서 모두가 부러워해요. 나도 그렇다고 자랑을 했다니까요. 부모 마음을 아는지, 이제 신세타령 해봐야 소용없는 일이지만 할마이 죽고 나니까 당장 서러움이 이렇게 찾아오네요."

"그래요 영감님 이야기를 들으니 돈 잘 버는 자식은 사돈네 아들이란 말이 맞는 말일세요. 나는 영감님은 참 복 많은 영감으로 봐 왔는데 다 걱정이 있네요."

"예 모두가 다 그렇게 생각합니다."

두 영감은 복지관에서 만나 오후에 대폿집에 가는 즐거움으로 날을 보냈다. 그런데 한 3개월 간 청송 영감이 나오지를 않았다. 전화도 했지만 소식을 통 알 수가 없다. 정녕 죽었기에 소식이 없지 하고 있었는데 청송 영감님이 나왔다.

"영감님 왜 전화도 받지 않고 얼마나 궁금했는지… 어디 아팠는지?"

궁금했다면서 담배집 영감이 반가이 맞이했으나 별로 밝은 표정이 아니다.

"예. 시골에 볼일이 있어 몇 달간 있었습니다."

대답하는 청송 영감이 많이 야윈 얼굴이다.

"예. 반갑네요. 나는 그런 줄 모르고 걱정을 했어요. 이제 나이 많아가지고 소식이 없으면 걱정이 돼요."

"예, 고맙습니다."

짤막하게 대답을 하고는 아무런 말이 없다. 저 영감에게 무슨 말 못할 사정이라도 있는 느낌이 왔다. 술을 먹으면 술 속이 안 좋다. 할마이 죽고 나서 그렇겠지 하는 측은한 마음으로 한두 번은 그렇게 봐왔는데 겪어보니까 그게 아니고 술 취하면 입에 담지도 못할 욕을 하고 막말을 하는 나쁜 버릇이 있다.

한번은 술을 같이 먹다 젊은이들한테 대 봉변을 당한 적이 있다. 틀림없어 저 영감 무슨 문제가 있다는 느낌이 왔다. 어두운 표정으로 말없이 며칠을 보냈다. 말수가 없고 표정이 밝지 않다가도 술 한 잔 하면 표정이 밝아지고 말수가 많다. 하루는 영감하고 술자리를 같이 하면서 영감은 그간 일어난 일들을 실토를 했다.

"술 먹고 며느리한테 술주정했다고 나를 정신요양원에 입원을 시켰더라고. 세상에 그런 나쁜 년놈들이 어디 있습니까."

눈시울을 붉히며 울먹인 목소리로 이야기를 쏟아놓고는 한숨을 내쉬더니 고개를 숙인 채 분하고 억울한 감정을 잠시 가다듬더니 부끄러워 이야기를 안 할라고 했는데 생각할수록 분하고 괘씸해서 이야기를 한다면서 흥분된 얼굴은 몹시도 상기되어 있었다.

"집에 와서 며칠간 잠을 이루지 못했어요. 내가 저를 어떻게 키웠는데…"

주름 잡힌 눈시울을 붉히며 한숨을 후유 하고 내쉰다.

이야기에 어이가 없는지 선혜 아버지도 한숨을 따라 쉰다.

"그래 아들은 무어라고 합디까?"

"죽을죄를 졌습니다 울면서 빌더라고. 그래는 걸 어떻게? 같이 붙들고 울었다니까요."

"그래 왜 술주정을 했는데?"

며느리한테 술주정한 영감이나 또 요양원에 보낸 자식이나 이해를 할 수 없어 다시 물어봤다.

보통 일이 아니다. 세상을 막보자는 이 집 가정이야기를 사실은 들을 필요가 없다.

"내가 술이 원수지. 사고 치던 그날 아파트 경비실에서 내가 소란 피운다고 경비원이 파출소에 신고를 해서 순경이 오고 며느리도 보호자로 불렀는데 며느리가 늦게 왔다고 며느리한테 내가 욕을 하고 야단을 쳤던 모양이지요. 나중에 알고 보니까 며느리는 며느리대로 사정이 있습디다. 며느리가 연락을 받고 바로 경비실에 들어갈라고 하는데 이웃 아파트 부인이 이 상황을 보고 전번에도 저 영감 경비실에 술 먹고 술주정하다 파출소에서 오고 야단이 났었는데 하는 소리를 며느리가 뒤에서 듣고 창피해서 걸음을 멈추고 망설이다 그 부인이 가고 나서 경비실에 들어갔답니다.

그런 것도 모르고 며느리한테 몹쓸 욕을 했던 모양이지요. 이런 일이 자주 생기는 것을 본 이웃에서 한 달만 요양원에 입원을 시켜보라고 그래야 저 버릇을 고치지 안 그러면 못 고친다고들 하니까 불효막심한 짓을 저질렀겠지요.

그러자니 자식 마음이 얼마나 괴로웠겠어요. 내 마음을 내 마음대로 못하는 나 자신을 원망하고 말았지요. 할마이가 살아있어만 그런 일이 없을 건데. 내가 술버릇이 나빠요. 나도 알아요. 한잔 먹고 취하만 내가 이성을 잃어요. 그걸 할마이가 다 받아주고 덮어 주가며 살아왔어요. 그 버릇이 어디 갑니까. 내가 뭐 잘못해서 그렇게 된 걸 누구를 탓합니까. 이런 일이 생길 때마다 할마이 생각이 나요. 나 때문에 평생을 얼마나 애를 먹었겠어요. 할마이는 내가 이렇게 술 먹고 난동을 지길 때마다 아들은 물론 이웃이 알까봐 할마이 혼자 이 모든 걸 안고 살아왔어요. 죽고 나니까 절실히 느끼겠네요.

아들한테 온 지가 일년이 채 안 되는데도 파출소를 몇 번을 들락이고 요양원까지 갔다 왔으니 말입니다. 죽은 할마이 힘이 얼마나 큰가를 이제사 알게 되네요."

주름진 눈가에 맺힌 이슬을 어린애처럼 손등으로 닦아

내린다.

"그래요 그런 생각이 들겠네요. 지나고 나면 아쉽고 후회가 되지요. 효자 아들보다 악처가 났다는 말이 바로 그기다 두고 하는 말인 것 같네요. 그런데 영감님이 많이 잘못했어요. 아들며느리 앞에서 행동을 똑바로 해야지 대접받지 안 그래만 대접 못 받아요. 아들며느리 내 마음대로 하는 소유물이 아니래요. 며느리한테 술주정을 했다니 말이나 됩니까. 안 되지요!"

선혜 아버지 하는 말에 청송 영감은 고개를 숙인다.

"내가 죽일 놈이지요!"

정 간호사 구봉리에 초대하다

*

눈 내린 산골마을

하얀 눈 덮인 산골마을
산에도 들에도 나뭇가지에도
온 세상이 하얗게 내려앉았네.

밤새도록 내린 눈 덮인 하얀 세상
호박 길 건너 마을
아침밥 굴뚝 연기

들살 대는 참새 떼 정겨운 소리

멍청이 개 짖는 소리에
눈 덮인 산골마을 하얀 아침이 열린다.

민수가 병원을 퇴원한 지 보름이 되던 날 정 간호사를 초청했다.

간밤에 눈이 많이 내렸다. 옹기종기 둘러앉은 지붕마다 하얀 눈을 뒤집어쓰고 조용히 깊은 겨울잠에 들어선 정겨운 마을, 펼쳐지는 아침 햇살이 쾌청한 하얀 하늘 길을 가른다. 참새 떼가 들살 대는 동구나무 아래 내린 눈은 무릎까지 쌓였다. 민수는 걱정스런 생각이 들어 여기는 눈이 많이 와서 찻길도 끊어지고 고령재가 험하니 다음으로 연기하자고 연락을 하였으나 정 간호사는 괜찮다면서 강행을 한다는 것이다.

아침나절이 되자 동구나무 아래 등산복 차림의 두 처녀가 민수 집을 찾고 있다. 쩔룩이면서 마실 가는 홍씨를 만난 정 간호사가 강민수 씨 집이 어디입니까 묻는다.

홍씨가 두 처녀를 잠시 아래위를 훑어본다.

"강민수 댁 말이요? 저 냇가 건너 보이는 과수원집입니다."

홍씨는 민수 집을 향해 손으로 가리켰다. 과수원 한쪽에 하얀 눈을 뒤집어 쓴 조그마한 집 한 채가 보인다.

"예. 고맙습니다."

인사를 하고 가는 처녀들이 혹시 민수 색싯감인가, 유심히 지켜보면서 점방집으로 들어섰다.

"잘하면 마실에 국수 먹을 일 생기겠는데. 아가씨 둘이 민수 집을 찾기에 가르쳐 주고 오는 길인데, 그 집에 올 만한 그런 처녀가 있는가?"

점방집에 들어서면서 아줌마를 보고 묻는다.

"몰라! 없지요"

점방집 아줌마는 확실하게 대답을 해버린다.

"어얀 색시가 이 눈구디에 오겠어? 민수 색싯감이구만!"

"그 사람 병원에 있다 온 사람인데? 무슨 색시? 말도 안 되는 소리… 그 집에 그런 색시가 올 만한 사람이 없는데!"

이상하다는 듯이 점방집 아줌마는 고개를 갸우뚱한다.

"병원에서 퇴원한 지 얼마 안 됐는데 언제 그런 참한 색시를 구했을까?"

점방집 아줌마 혼자 궁싯거리다 문득 민수 삼촌 진영이한테 들은 이야기가 생각났다.

"아! 그 색시인가? 진영이 삼촌한테 들었는데 옛날 분교 있을 때 정 선생이라고 있었지요. 배가 볼록 나오고 키가 작고 술도 한잔씩 했지요."

홍씨는 기억이 나지 않은 표정이다.

"우리 가게에 자주 와서 술도 같이 했잖아요."
"아! 아들이 맹꽁이라고 하던 선생? 그래. 알지."
"민수 병원에 입원 했을 때 간호원이 그 선생 딸이라는구만."
"아! 그래 서로 아는 사이라 도움을 많이 받았겠네."
"덕을 많이 봤대요"
"봤겠지! 병원에 아는 사람 있어만 얼마나 좋다고…"
"색싯감이면 좋겠는데!"
점방집 아줌마가 혼자 중얼거린다.
"에이! 그건 희망 사항이고!"
홍씨는 단정해버린다.
"아니라요. 진영이 삼촌 이야기는 그기 아니던데?"
"아니긴 뭐가 아니라. 이런 촌구석에!"
"아니야! 지금 생각해본게 진영이 삼촌 이야기가 맞아 들어가는 것 같애. 한번 와본다고 하더니만 그래 왔구만. 오늘이 무슨 요일이라? 오늘이 공일이지. 맞아! 맞아! 틀림없어 그 색시가 맞아!"
"살았던 곳이고 하니까 등산 삼아 한번 와 봤겠지. 본게 등산복 차림이던데. 그걸 가지고 색싯감이니 뭐 야단이라."
홍씨가 퉁을 준다.
"민수 색싯감이면 좋겠는데…"

점방집 아줌마는 생각대로 상상을 하며 좋아한다.

"장가 못 보낼까봐 그저 만나는 사람마다 우리 민수 중신 해달라고 애 쓰는 거 보면 애들버 죽겠다니까. 민수 색싯감이면 얼마나 좋아하겠어!"

점방집 아줌마는 몇 번을 되풀이한다.

민수 어머니는 집에 들어서는 정 간호사 손을 잡고 애처로워 하는 눈길로 반가워한다.

"차도 안 다니는데 이 눈구디이에 험한 고개를 어떻게 넘어 왔어?"

"예. 읍내까지는 차로 오니까 몰랐는데 고개는 빙판이더라고요."

이마에 땀이 난 정 간호사는 어린애처럼 양 볼이 빨개져 있었다.

같이 온 친구를 민수에게 소개한다.

"예. 저는 언니하고 같이 근무하는 이순영이라고 합니다. 언니로부터 이야기를 잘 들었습니다."

"예. 반갑습니다. 저는 강민수라고 합니다."

정 간호사는 처음 왔지만 서로 낯익은 사이라 그렇게 어색하지 않았다.

"이 험한 산골에 길도 미끄러운데!"

민수 어머니의 얼굴은 웃음꽃이 피어있었다.

"촌이라 서걸프지! 우리가 사는 건 이래"

"아니요. 좋은데요."

정 간호사가 생각하고 있는 구봉리는 아주 첩첩산골이었는데 생각보다는 너무 다르다.

"내가 어릴 때 살던 구봉리가 아닌데요?"

이상하다는 듯이 고개를 갸웃거리며 민수 어머니를 바라본다.

"그때 생각이 난다고?"

"예. 그때는 차도 안 다니는 심심산골이었는데…"

"마실 사람들이 나서서 새마을 사업으로 길도 넓히고 버스도 마실 입구까지 들어오도록 하고 이제는 편리하게 살기 좋은 마실이 되었지. 그때는 마음도 못 먹었지."

민수 어머니는 동네 자랑을 잠시 하더니 시계를 보며 서둔다.

"아이구. 나 좀 봐! 시간이 저렇게 됐네. 시장하겠네."

시계는 한시 반을 가르치고 있다.

민수 어머니가 부엌으로 나가자 정 간호사가 따라섰다.

"아니 왜 이래 따라 나와? 들어가."

정 간호사를 한사코 밀어놓고 나간 민수 어머니의 속셈은 민수하고 더 깊은 이야기를 하라는 마음이었다.

잠시 후 푸짐한 밥상을 들고 들어오는 어머니의 검은 얼굴에 주름살이 살짝 드러나고 몸에 살이 없어서 치마 허리 위로 드러난 등골은 온통 뼈만 남아 보였다. 거기에다 굳은살과 뼈가 앙상한 손은 고된 인생을 살아온 역사가 담겨 있다.

"배고프지? 반찬은 없어도 많이 먹어요."

"예, 잘 먹겠습니다."

인사를 하고는 맛있게 식사를 먹었다.

점심이 끝난 시간이 오후 3시가 조금 넘었다. 겨울해가 짧은 데다 읍에서 걸어오는데 길이 미끄러워 많은 시간이 걸렸다. 읍에서 수원까지 왕복 열차표를 오후 6시에 끊어 놓았기에 순영이는 연신 시간을 보고 있다

정 간호사와 순영이는 떠날 차비를 서둔다.

"날씨도 추운데 이래왔다 갈 걸 고생만 실컷 하고…"

민수 어머니 걱정이 이만저만이 아니다.

"괜찮아요. 우리는 눈 오는 겨울에 등산을 많이 다니기 때문에 훈련이 잘 되어 있어요. 괜찮아요."

"더 놀다 가만 좋은데"

"왕복 열차표를 끊어 놓았기 때문에 지금 가야 되겠네요."

"그래 차 시간 때문에 붙들지도 못하고 잘 가라는 소리도

못 하겠구만."

 민수한테 대충 들었지만 꿈같은 이야기라 본인한테 직접 들어보고 싶어 차 시간에 쫓기는 정 간호사를 붙든다.

 "내가 할 말이 있는데…"

 정 간호사 곁으로 다가선 민수 어머니는 많이 망설이는 나지막한 음성에는 어떤 간절함이 배어 있었다.

 "우리 민수를 어떻게 생각하고 있는지 대충 이야기는 들었지만 본인한테 이야기 한번 들어볼까? 조용히 앉아 이야기할 만한 시간이 없어 이래 물어 보는 거야."

 정 간호사가 먼저 이야기를 꺼낼 수도 없고 기다리는 중이었다.

 "예, 민수 씨하고는 이야기를 했는데요."

 "응. 이야기는 들었는데. 본인한테 듣고 싶어서"

 "예. 우리는 서로 사랑하고 있어요. 그런데 제가 부족한 게 많아서요."

 정 간호사가 민수 어머니에게 공손하게 의중을 전했다.

 민수 어머니는 시원하게 마음을 털어놓고 환한 웃음으로 대답하는 정 간호사 손을 덥석 잡는다.

 "고마워. 고마워. 우리 자는 부모 못 만나 촌에 처박혀 살잖아! 내가 몸이 아파 대학도 못 가고 어디 나가서 취직을 하라고 해도 할 생각도 않고 저래 속을 식히잖아!"

"예. 잘 알고 있습니다. 저도 서울 부모님께 대충 이야기는 했습니다만 확실하게 말씀을 드릴게요."

뜻을 충분히 전한 정 간호사는 작별인사를 하고 저 만치 앞서가는 순영이를 빠른 걸음으로 따라섰다. 정 간호사와 순영이는 하얀 눈 덮인 냇가 징검다리를 가벼운 걸음으로 건너 앙상한 버드나무 숲길을 지나 장석걸을 돌아선다.

정 간호사가 떠나가는 장석걸을 바라보고 있던 민수 시선이 어머니를 향했을 때 주름 잡힌 얼굴에 미소가 잠겨 있었다.

어둠살이 들기 시작하자 둥근 보름달이 구봉산 위로 솟아오르고 있다.

*

휘영청 둥근달이 산마루에 올라선다.
산을 넘고 강을 건너 찾아온 먼 여정
소쩍새 우는 마을
별들이 잠 못 이루는 밤

희맑은 얼굴
표백되지 않은 시집간 새색시
수줍은 얼굴을 흰 구름에 묻고

산 그림자 내려앉을 때

시냇물은 銀 빛깔 되어 흘러간다.

민수 어머니는 달을 보고 합장한다.
"얘. 민수야"
어머니의 목소리는 전례 없이 정겨웠다.
달빛에 흠뻑 젖어있는 민수 어머니는 달을 보며 희미한 미소를 짓는다.
"오늘 저녁 저 달은 어째 저렇게 크고 밝어야!"
달을 향해 두 손을 모아 합장하며 절을 한다.
"고맙습니다. 감사합니다. 애야, 너도 감사하다고 절 좀 해! 이 엄마는 하늘이라도 날아갈 것 같다."
"엄마도 참…"
민수는 웃음을 지으면서 지금까지 보지 못했던 기뻐하는 어머니 표정을 지워버리고 싶지 않았다.
솟아오르는 달을 등에 지고 두 사람은 삽작으로 들어섰다. 언제나처럼 마실 온 부인네들은 오늘 일이 궁금했다. 성질 급한 떠버리 광동댁이 제일 먼저 들어온다.
"그래 잘됐어?"
"아이구 저 여편네 좀 봐! 숨이나 좀 돌리고 물어봐. 왜? 잘 안 됐어만 또 동네방네 방송할라고?"

말은 이렇게 하지만 민수 어머니 얼굴에는 환한 미소가 가득하다.

"아이구 언제 내가 그랬어! 웃는 거 본게 잘 됐구만."

민수 엄마 농 섞인 말에 한바탕 웃음이 터져 나왔다. 활짝 핀 민수 어머니 얼굴을 모처럼 보는 부인네들도 따라 즐거웠다.

"눈치를 보니까 저들끼리는 이야기가 되어 있는 것 같애. 처녀는 벌써 자기 부모한테 이야기를 했다는구만. 그래도 우리 집 민수는 저머이 속 타는 줄 모르고 말 한마디 없다 칸게! 저머이 마음을 몰라."

"모르기는 왜? 몰라!"

이토수 부인이 끼어든다.

"사귀 봐 가면서 말 할라고 그래지. 그러다 어째 잘못되면 저머이 실망 시킬까봐 말을 안했지. 총각 마음이 깊어서 그래."

"몰라! 그래 그런지는 몰라도 선보라고 하면 처녀가 올라고 해야지요. 미리 똥을 싼다니까. 그렇게 요령도 없고 멋대가리가 없다 칸게. 저 색시한테도 저래만 어떡하지?"

"그런 걱정 하나도 할 것 없어! 민수 총각 속이 꽉 찬 사람이라 별걸 다 가지고 걱정을 하네."

이토수 부인은 웃는 말로 퉁을 준다.

"한번은 장가들만 서울로 간다고 하라고 하였더니 그런 거짓말해서 장가가만 나중에 속 썩인다면서 거짓말도 못하지 내가 속을 얼마나 태웠는지 몰라. 배운 기 있나 돈이 많나, 더구나 요새 젊은 것들 촌에 와서 살라 카는가? 아이고 말도 말아. 내 속 썩는 줄은 아무도 몰라!"

고개를 설레설레 흔든다.

"한번은 저 건너 할마이 소개로 선을 보는데 색시 이모라 카는 여편네가 나서서 나이가 많다느니 촌이라니 트집을 잡는데 옆에 앉아 듣기에 속이 얼마나 상하든지 괜히 나왔다 싶은게 속으로 할마이를 원망했지. 안 그래도 선보라고 하면 상을 찡그리는 걸 억지로 데리고 나왔는데 그런 말을 해도 꾹 참고 듣는 걸 보고 불쌍한 생각이 들더라고. 부모 못 만나 저런 소리 듣는가 싶은 기."

"아이고 참! 세상 많이 변했지. 아들 가진 부모가 눈치를 보는 세상이니…"

"남몰래 속을 얼마나 끓였는지. 아이고. 안 젂어 본 사람은 몰라!"

지금까지 참고 참아오던 심정을 털어놓으며 한숨을 푹 내리쉰다.

"몰라, 색시 말하는 거 봐서는 잘될 것 같은데 모르지… 저 부모한테 확답 받아봐야지 알지."

"잘 되겠지. 그 눈구덩이 왜 와?"

광동댁 말에 쑥밭골댁은 고개를 끄덕인다.

"그래 맞아. 그 서글픈 날 뭘 하러 오겠어! 그런 거 보만 다 배필이 있어."

"그래. 봐! 될라니까 쉽게 좋은 배필이 나오잖아! 보는 사람마다 우리 민수 장가보내달라고 엉뚱한 데 가서 인연을 찾으니 되나?"

이토수 부인은 지금까지 애써온 민수 어머니를 안타까워한다.

"민수 총각 인연 찾을라고 교통사고도 났는 것 같아. 그런 생각이 안 들어? 이 산골에서 어예 그런 색시를 만나겠어?"

"다 순리대로 살다보면 인연이 찾아오는 거야."

홍씨 부인 하는 말에 모두가 고개를 끄덕인다.

"그런데 저 건너 담배집은 땅을 다 팔았다면서?"

갈골댁은 오늘 저 아부지가 들었다면서 이야기를 끄집어낸다.

"왜? 그래지."

민수 어머니는 궁금한 얼굴로 갈골댁을 바라본다.

"이제 나이도 많고 한게 농사 안 지을라고 그래겠지!"

"그래 급하게 다 팔아? 사위가 돈 잘 번다면서?"

홍씨 부인이 되묻는다.

"땅 파는 거하고 사위하고 무슨 관계가 있는가?"

광동댁도 한마디 한다.

"그거하고는 아무 관계가 없고 내 생각에는 집 장사 해서 모두 돈 많이 벌었다고 하니까 욕심쟁이 영감 집장사 할라고 판 거 아니라?"

"그것도 아니라! 땅 가지고 있어봐야 신경만 쓰이지 팔아 가지고 예금 해놓고 용돈이나 꺼내 써만 되지 뭐. 영감 할마이 쓸데나 어데 있어? 사위가 장인 장모를 모시겠다고 약혼할 때부터 이야기를 했다는데 부자인데 뭐! 이제 영감 할마이 가만히 앉아 놀아도 돼."

홍씨 부인하는 말에 이토수 부인이 끼어든다.

"그런 생각 가지고 땅 팔았지, 맞아. 조카지만 저 장인 장모한테 잘 할 거야. 본래 착한 사람들 아니라?"

민수 어머니도 생각이 같다는 뜻으로 고개를 가볍게 끄덕인다.

"나는 그 영감이 서울 올라가자마자 한꺼번에 갑자기 땅을 파니까 이상한 생각이 들더라고? 광동댁 말마따나 서울 가서 집장사 할라고 그래는가? 그 영감 돈 그냥 묵힐 영감이 아니잖아? 그런 생각 들더라고!"

홍씨 부인은 고개를 끄덕인다.

"뭐라 카든지 그 영감 할마이 팔자 폈어! 살다 그런 일도 있어야지. 그런 사위가 요새 어디 있어! 지 부모도 모시는 걸 상을 찡그리는 판인데!"

"원래 착하잖아. 서로 잘 생각했어! 땅 팔아 예금한 거 가지고 평생 먹고 살 수 있으니까. 사위한테 큰 부담 안 가고 이제 그래 살만 되지. 땅 있어만 뭘 해? 이제 여기 들어와서 농사를 짓겠어, 물려줄 아들이 있어? 잘했지 뭐!"

"그래 잘 생각했네."

"그런데 그 영감 서운하구만. 이 마을에서 몇 대를 살아온 토주 영감인데. 집이라도 놔두지…"

민수 어머니는 아쉬운 듯 말끝을 흐린다.

"집은 내놓기는 했어도 아직 팔리지는 않았는 모양이라."

"아니야. 집은 사람이 살아야지 비워두면 못써."

홍씨 부인 말에 곁에 있던 쑥밭골댁은 맞다는 뜻이 고개를 끄덕인다.

"이제 신경 안 쓰고 편하게 살아야지. 담배집 짠돌이 영감 할마이 호강하는만. 저래 늦 팔자가 좋아야하는데."

"팔자를 고치는 건지 꼬부라지는 건지 누가 알아. 가서 살아 봐야 알지. 촌에 살다 도시 가보지, 토끼장 같은 아파트에서 어떻게 살라고. 이웃이 있나 친구가 있나! 아이구 몰라! 남들은 팔자 좋아 아들 따라 딸 따라 서울로 대구로 간다마는 내사 데리고 갈 아들도 딸도 없다만 내 집이 좋더라."

떠버리 광동댁은 기지개를 펴고 부인네들 틈으로 넓죽한 엉덩이를 들어 밀고 드러눕는다.

"아이구 떠시라! 방 떠시고 등 떠시고 얼마나 좋아!"

밖에는 둥근 달이 중천에 걸려있다. 부인네들은 정월 보름달에 얽힌 추억들로 이야기꽃을 피우고 있다. 옛날 같으면 참 좋은 때인데. 달집태우기 하는 아이들 소리가 끊어진 지 오래다. 둥근달은 구름 한 점 없는 넓은 하늘에서 옛 추억을 찾아 헤매고 있다.

동 회의

  정월 스무이틀 이른 새벽.
  "동민 여러분 안녕하십니까? 이장입니다. 오늘 오전 10시에 마을회관에서 동 회의를 갖고자 하오니 빠짐없이 모두 참석하여주기 바랍니다."
  이장 방송을 궁금하게 생각하는 사람도 있지만 동신제에 관한 동회를 하는 걸로 거의 알고 있다. 마실에 불길한 일들이 생길 때마다 동신제 이야기를 해 왔고 다시 모시자는 여론이 거론되어왔다.
  아침을 먹은 마실 사람들이 회관으로 모여 들었다. 강씨 종손 진주영감이 오늘 참석한 것으로 봐서는 동신제 모시도록 하려고 나온 것이 틀림없다. 어느 때보다 나이 많은 노인들이 많이 참석했다. 동신제를 시행해보자는 이장의 강력한 의지가 있는 것 같다.

"안녕들 하십니까. 모두 이렇게 참석하여 주시어 대단히 감사합니다. 오늘 동 회의에서 의논할 사항은 마실에 불길한 일들이 자주 생기고 하니까 모두가 걱정들을 하고 있습니다. 그래서 다시 동신제를 모시자는 여론이 있기에 여러분 의견을 묻고자 하오니 좋은 말씀해주시기 바랍니다."

마을 동신제 이야기로 회의가 시작이 되자 동신제 반대를 하고 있는 김덕구는 강씨 종손 진주어른을 보고 짐작이라도 했는지 불만스러운 표정을 짓고 있다. 미련스럽게 생긴 체구에 말소리가 거칠고 우악한 성격을 가진 덕구를 마실 사람들은 의식을 하고 있다. 먼저 말했다가는 김덕구한테 무슨 욕을 얻어먹을지 두려워 서로 눈치를 살피고 있다. 서로 먼저 말하기만을 기다리는 방 안은 잠시 침묵이 이어지고 있다.

건홍이가 이장을 향해 손을 들었다.

발언권을 얻은 건홍이는 불편한 몸으로 비슬거리며 일어서서 동신제를 지내자고 말을 더듬거리면서 건의를 한다.

"예. 찬성입니다."

부인네 쪽에서 기다린 듯이 손뼉을 치며 찬성을 한다.

"병신 꼴값하네!"

김덕구는 언짢은 눈길로 건홍이를 쳐다보면서 혼잣말로

중얼거린다.

이장이 모두 찬성합니까? 하고 묻자 김덕구가 손을 들고 벌떡 일어선다.

"몇 년간 안 하던 짓을 새삼스럽게 거론을 하는가? 늙은이만 우글거리는데 누가 장만하고 누가 한단 말인가?"

덕구의 목소리는 높았다.

"저 놈 좀 봐!"

누군가 모르지만 노인 측에서 나왔다.

눈치도 없는 건홍이는 또 손을 들고 일어섰다.

"마실에 좋지 않은 일들이 생기니까 해보자는 거지."

더듬거리고 있는 건홍이를 보고 김덕구가 다시 불만스런 말투를 쏟아낸다.

"무슨 말인지 알아 들도 못하는 귀신 씨나락 까먹는 소리만 하고 있네. 본인이 나와서 좀 해. 하지도 못하면서 무슨 참견이라."

김덕구 말이 떨어지자 저런 배은망덕한 놈이 있나, 방 안은 웅성거린다.

덕구 아들이 대학을 졸업하고 취직을 못해 집에 놀고 있을 때 아들하고 노상 가정불화가 생기고 했는데 건홍이가 아들 취직을 시켜주고 나서는 가정불화도 없어지고 아들 장가도 부잣집으로 잘 가고 잘살고 있다. 그 은혜를 평생

잊지 못한다고 고마워하던 사람이 병들어 고향에 오고 나서는 별 볼일 없는 환자 취급을 해오고 있다. 안 그래도 마을 사람들은 덕구 하는 짓이 눈 선 데다 오늘 하는 꼴이 배은망덕한 행동을 하고 있다.

방 안은 침묵이 흐르고 있다.

건홍이는 목을 길게 빼고 눈을 멀뚱거리며 세상을 비웃기라도 하듯 쓴웃음을 짓고 있다. 건홍이가 성할 때 같으면 앞에서 말도 옳게 못하던 사람이 이제 사람이 저 꼴이 됐다고 그렇게 말을 마구 하나… 마을 사람들 생각이 같았는지 원망스러운 눈빛들이었다. 고마워하는 기색은 찾아볼 수도 없고 별 볼일 없는 천덕꾸러기로 생각하고 있다.

"지금 시대가 어떤 시대인데 케케묵은 옛날이야기들을 하고 있어. 그게 다 미신이라. 지금 하늘에 쇳덩이가 날아다니는 시대에 머 썩어빠진 동신제라?"

김덕구 혼자 강력하게 반대를 하고 있다. 덕구의 목청은 높았고 거칠었다. 누가 나서서 덕구 말에 대응할 사람이 없다. 없는 게 아니라 상대하지 않으려고 한다. 마을 분위기 파악을 하지 못한 건홍이나 한마디씩 하지 다른 사람들은 입을 다물고 있다.

방 안 침묵은 계속 이어지고 있다. 가끔 진주영감 잔기침 소리뿐이다.

"이장님!"

듣다못해 민수가 손을 들고 일어섰다.

민수는 덕구 쪽을 보면서, 아버님 죄송합니다라는 말로 말을 이어간다.

"우리가 동신제를 지내는 건 미신이라고 봐도 좋습니다. 그러나 그렇게만 볼 게 아니라 옛날부터 전해오던 우리 마을 풍습을 지켜보자는 생각으로 모이신 것 같은데 마실에 개운찮은 불안한 마음들을 씻어버리는 일들이라면 무슨 일인들 못하겠습니까. 아무리 시대가 변했다고 해도 우리가 우리 전통을 지키고 마실 안녕을 위해서 마실 여러분들이 좋다고 하면 수고스럽지만 우리 모두는 여기에 따르는 게 좋다고 봅니다. 이장님은 가부를 물어 결정해줄 것을 건의합니다."

민수 말이 끝나자 모두가 옳소 하고 박수를 친다.

민수 말에 김덕구는 입을 다물고 있다. 덕구 아들과 민수는 초등학교 동기에다 평소에 덕구를 친부모처럼 섬겨왔다. 덕구도 친아들처럼 생각해 왔기에 민수 하는 일에는 반기를 들 수가 없다. 마실 사람들한테 신용을 못 얻고 있기 때문에 민수마저 멀어지면 마음 둘 곳은 물론 상의할 사람도 없다. 마실 사람들 하고 언짢은 일이 생기면 늘 민수가 해결사 역할을 해왔다.

방 안은 웅성거리기 시작한다.

"자! 조용히 합시다."

이장은 자리에 일어나 방안 분위기를 정리하고 회의를 진행한다.

"그럼 방금 민수로부터 건의가 들어온 동신제를 지내느냐 그만 두느냐 가부를 묻겠습니다. 동신제를 모시는 데 찬성하신 분 손을 들어 보시오."

마실 사람 전부가 손을 들었다.

"그럼 여기에 반대하시는 분?"

김덕구는 손을 들지 않았다. 보나마나 손 들 사람은 자기 한 사람뿐이란 걸 알았기 때문이다.

"그럼 다수결에 의해 동신제를 모시기로 결정하겠습니다."

김덕구는 언짢은 표정으로 궁성거리면서 밖으로 떨쳐 나갔다.

"그럼 전례대로 음력 2월 초하루로 행사를 하겠습니다. 그날 모두 참석하시기를 바라면서 회의를 마치겠습니다. 모두 감사합니다."

이장이 마무리 인사를 하자 마실 사람들은 밝은 표정으로 마을 회관을 떠났다.

마을 동신제 모시는 날

음력 2월 초하루.

골짜기마다 잔설이 희끗희끗 남아있는 산골마을 앙상한 나뭇가지에 매달린 스피커에서 구봉마을 새벽을 깨운다.

"동민 여러분 안녕하십니까? 이장입니다. 오늘 동신제 모시는 날입니다. 정결한 마음으로 모두 제례에 참석하여 주기 바랍니다."

며칠 전부터 마실 입구 금계를 치고 동구나무걸에 붉은 황토 흙이 뿌려져 있다. 언제부터인지는 모르지만 옛날부터 전해오던 동신제를 몇 년간 갖추지 못해 불안하고 죄스러운 마음이었는데 오늘 동신제를 모시게 되어 정겹고 즐거운 마음으로 사람들이 모여 들고 있다.

두루마기를 입은 마실 사람들의 정중한 모습은 한층 분위기를 엄숙하게 만들고 있는가 하면은 떠버리 광동댁 입도 부처 입처럼 오늘만은 무게를 잡고 조용히 지켜보고 있다.

제상에는 과일 떡 고기 하며 가득이 차렸다. 초헌관인 진주어른 의상은 도포를 입고 갓을 쓴 근엄하고 엄숙한 분위기를 만들고 있다. 제관인 마실 사람들은 경건한 마음가짐으로 이토수 진행에 따르고 있다.

입을 벌리고 있는 돼지 머리가 유독 돋보였다. 절차에 따라 이장이 절을 하고 돈 봉투를 입에 물린다. 홍씨도 돈을 입에 물리고 절을 한다. 이토수, 쑥밭골 영감도 강씨 영감도⋯

돼지 입에는 돈 봉투를 한입 물고 있다. 동민 모두가 무병하고 평온무사 풍년을 기원하는 동신제로 식을 마치자 이장이 뒤로 돌아서서 진행을 한다.

"예. 모두 감사합니다. 그럼 오늘 행사에 관한 진주어른 소감을 들어보겠습니다.

"모두 수고가 많았습니다. 우리 조상님들의 지혜는 세계인들이 부러워하는 연구 자료로 보존하고 있다는 걸 우리는 하나의 자긍심으로 알, 옛날부터 해 내려오던 풍습을 힘들고 어렵지만 형편에 맞게 행하면 됩니다. 옛날에는 동신제 참여하는 데 남녀 또 반상, 빈부를 가려왔는데 이제 우리 마실만큼은 누구라도 함께 참여하도록 하세. 모두 생각이 어떠신지요?"

진주어른이 묻자 모두가 찬성이라면서 박수를 쳤다.

사실은 김덕구 불평불만도 빈부 반상 남녀 차별하는 데서 빚어진 것이다. 어린 나이에 친구들하고 동 고사 지내는데 떡 얻어 먹으로 가서 보니까 다른 친구 아버지들은 두루마기 입고 제사에 참석을 하는데 덕구 아버지는 제사에 참석도 못하고 심부름만 하는 걸 보고 주는 떡을 집어던지고 집으로 돌아서 왔다. 그 후부터 반항심이 생긴 덕구는 성격이 비뚤어지기 시작했다.

식이 끝나자 마실 사람들은 음복을 마치고 잠시 후 풍악놀이가 시작됐다. 앞잡이 상쇄 박서방이 꽹과리, 김반장 장구에 황달수는 북치고 광동댁은 징을 치고… 분위기는 흥으로 엉켜지고 있다.

강씨 영감이 춤을 추자 판덕이 아바이도 뚝바리 홍씨도 이토수도 귀머거리 강대만이도, 지팡이를 끌고 나온 건홍이도… 강대만이 부인과 주막집 아줌마도 풍악소리에 한마음이 되어 마실 사람 모두가 흥에 겨워 춤을 추고 있다. 광동댁은 치고 있던 징을 버리고 덩실덩실 춤을 춘다.

이렇게 마을은 한마당 잔치가 벌어졌다. 마실 사람들이 한마당에 모여 흥겹게 풍악을 치며 즐거워하는 잔치는 몇 십 년 만에 처음이다.

민수 저 아버지, 홍씨, 김덕구가 젊을 때는 다 씨름 선수였고 학교 운동회 때 달리기 선수였다. 특히 김덕구는 마라톤 할 때마다 우승을 했다. 김덕구는 장래 유능한 마라톤 선수가 될 것이라 모두가 기대해 왔었는데 학교진학 할 형편이 못 되다 보니까 포기를 하고 말았다.

구봉리 애들은 30리 산길을 걸어서 읍내 학교를 다녔기 때문에 체력 단련이 잘 되어 다 운동을 잘했다. 학교 운동회나 음력 7월 백중제 씨름대회 때는 늘 구봉리 마실 사람들이 우승을 해왔다. 그럴 때마다 풍악을 치며 온 마실 잔치가 벌어진다. 근래 와서는 인구가 줄고 하니까 운동회도 없어지고 백중제도 없어졌다. 마실에 풍악을 칠 일이 없었다.

체육대회 같은 행사는 없어졌지만 오늘처럼 어른들이 즐겨하는 전통 풍악놀이를 통해서 동민들 화합에 많은 도움이 되겠다는 생각을 이장은 했다.

아직 흥이 다 풀리지 않았는지 해가 지고 날씨가 쌀쌀한데도 집으로 돌아갈 생각들을 하지 않고 있다.

이장은 행사를 마무리해야겠다는 생각이 든다.

"잠깐만 들어 주세요. 오늘 기분으로 봐서는 밤을 새워도 좋겠습니다만 날씨가 차갑습니다. 오늘 동신제 모신 신의 축복을 우리는 이렇게 한마당 잔치로 한마음이 되었습니다. 지금까지 잘못된 모든 것들을 오늘 말끔히 씻어내시고 내일부터는 새로운 마음으로 사랑과 이해로서 정이 넘치고 잘사는 마실이 되도록 다 같이 노력해주기를 바랍니다. 감사합니다."

 마실 사람들 박수가 쏟아져 나왔다.

 이장 인사가 끝나자 마실 사람들은 아쉬움을 뒤로하고 한 사람씩 집으로 돌아들 간다.

민수가 정 선생 만나로 가는 날

　민수는 정 간호사 부모님을 만나러 서울로 향했다. 서울에 도착한 시간이 오후 2시 점심나절이 지나서였다. 정만진 선생이 살고 있는 아파트는 16층으로 화려하지 않은 25평 서민 아파트다. 정 선생님은 보이지 않았고 혜숙이 어머니가 반가이 맞이한다.

　"기다리시다가 밭에 잠깐 갔다 온다면서 나가셨는데 곧 오실 겁니다."

　밭이라니? 내가 잘못 들었나.

　"예, 밭이라니요?"

　"아, 밭이 아니고 공터에 채소를 심어 먹고 치워준다고 나갔어요."

　"예. 서울에서 밭에 나가셨다고 하니까 이상해서요."

"그렇지요. 교장선생님은 잠시를 놀지 않아요. 이 넓은 아파트 화단을 혼자서 매일 손질하시고 가꾸신다니까요."

"좋은 일 하시네요. 그 연세에 힘드실 건데!"

"예. 본인이 좋아하시니까요."

잠시 후 정 선생이 들어온다.

"선생님 안녕하셨습니까?"

"그래 기다리는 중일세. 밭 정리 좀 하느라고…"

흰 백발에 좀 늙어는 보이지만 체구는 여전히 키가 작고 배가 볼록 나온 맹꽁이 배다.

"반갑네! 강군 참 오랜만일세."

손을 덥석 잡는다. 인자한 모습으로 반가이 맞이한다.

거실에 들어간 민수는 엎드려 큰절을 올렸다. 절을 하고 일어나는 손을 잡아 소파로 끌어 올린다.

"그래, 자네 이야기 혜숙이를 통해 잘 들었네. 내가 거기 있을 때 자네가 학교에 다녔던가?"

"예. 일학년이었지요."

"자네 집이 물 건너 사과밭에 외딴 집이지. 그래 물 건너 집 꼬마아이가 있는 건 기억이 나는데 하도 오래 되니까 삼삼하네. 자네 어른이 물난리로 돌아가시던 그 이듬해 분교가 폐교됐지. 내가 그 학교에 있을 때는 자네가 어려서 나도 그렇고 자네도 누구라 카는 건 알지만 다시 만난다는 게 보통 인연이 아닐세."

"예. 저도 그렇게 생각합니다. 혜숙 씨와도 여러 번 그 이야기를 했습니다."

"그렇잖아도 죽기 전에 구봉리를 한번 가보겠나 가끔 그런 생각을 해보았네. 그런데 마침 혜숙이한테 자네 이야기를 듣고 반가웠네. 구봉리도 많이 변했지. 고령재가 참 험한데…"

지난날이 얼마나 그리웁고 아쉬웠던가 이야기보따리를 줄줄 쏟아내고 있다.

"지금은 버스가 마실 입구까지 하루에 2번씩 다니고 있어요."

"뭐? 그 산골에 차가 다닌다고! 그 험한 재를!"

몇 번을 되풀이한다. 몹시도 신기한 모양이다.

"내가 그 학교 발령을 받고 읍에서 30리 험한 산길을 걸어서 갔었는데. 그때는 아주 심심산골이었지. 흙벽돌 교실에 종은 6.25 전쟁 때 쓴 대포 껍데기 거꾸로 달아놓고 치고 했는데 내 혼자 교장이고 급사였지."

버스가 다닌다는 말이 믿기지 않은 표정을 짓는다.

"야! 세상 엄청나게 변했구나. 그렇게 발전했나? 참! 옛날 이야기다. 내가 그곳을 떠나온 지가 근 30년밖에 안되는데, 어제만 같은데. 세월도 많이 흘렀지만 세상도 참 많이 변했구나!"

옛날이야기에 끝날 줄 모르는 정 선생을 바라보며 당신도 참 하면서 화제를 바꾸려는 혜숙이 어머니 표정에 눈치를 채고 얼른 화제를 바꾼다.

"그래, 내 이야기만 했구나. 강군을 보니까 옛날 생각이 나서. 내 교직 생활 중에 가장 기억에 남는 곳일세."

마침 혜숙이가 들어왔다.

"교대시간 마치고 오느라고 좀 늦었어요."

민수와 약속은 있었지만 근무시간 때문에 좀 늦었다.

"찾아오느라 고생하셨지요. 죄송합니다."

"예 잘 찾아 왔습니다."

"이런 날은 네가 같이 모셔 와야지 초행길에 혼자 오도록 해…"

혜숙이 아버지가 꾸짖자 혜숙이는 죄송하다며 고개를 숙인다.

"그래 혜숙이도 오고 했으니까 이제 자네 이야기 좀 들어보자."

오랜만이었지만 인자하고 자상한 정 선생님을 편하게 대할 수가 있었다. 정 선생 이야기를 열심이 듣고 있던 민수는 잠시 머뭇거리더니 이야기를 꺼냈다.

"혜숙 씨와는 이야기를 했습니다만 부모님께 허락을 받

고자 왔습니다. 혜숙 씨와 결혼을 승낙하여 주십시오. 부모님들 기대에 어긋나지 않게 잘 살겠습니다."

어차피 각오를 하고 왔기에 긴 서론 없이 단도직입적으로 말문을 열었다. 정 선생은 혜숙이로부터 이야기를 들었지만 막상 승낙을 하기에는 망설여졌다.

"그래 결혼을 하면 자네는 무엇을 할 작정인가?"

"예. 농사를 지을 계획입니다."

묻는 말에 민수는 마지막 심판대에 올라선 각오된 심정으로 거침없이 대답을 해버렸다. 정 선생도 혜숙이 어머니도 시선을 멈춘 채 생각에 잠긴다. 잠시 입을 다문 채 민수를 바라보던 정 선생은 자기 부인에게 시선을 돌린다.

"그래 당신 생각은 어때?"

혜숙이 어머니는 혜숙이를 바라보며 묻는다.

"네가 촌에 가서 농사를 짓는다고? 못해!"

농사일을 하지 못한다는 뜻으로 혜숙이 어머니는 반대 의사표시를 한다.

방 안은 침묵으로 잠시 이어진다. 벽에 있는 시계소리만 똑딱인다.

혜숙이 어머니는 혜숙이에게 눈길을 떼지 못한다.

"해보지도 않은 일을 네가 어떻게?"

고개를 흔들어 재차 반대 의사 표시를 한다.

정 선생도 난감한 표정이다.

"어디 나가서 취직하는 게 안 좋은가?"

대답이 없는 민수는 굳게 입을 닫고 있다.

예, 어디 나가서 취직을 할까하는 생각도 있습니다라고 대답했더라면 정 선생님이나 혜숙이 어머니에게 답이 되었을까? 내가 융통성이 없나? 이런저런 생각이 오갔다. '남자가 좀 얼렁수가 있어야지.' 어머니 생각이 순간 스쳐간다.

정 선생님은 혜숙이에게 시선을 돌린다.

"그래 혜숙이 네 생각은 어떠냐?"

"예. 저는 좋다고 했으니까요."

각오가 되어 있는 혜숙이의 밝은 표정에 정 선생은 환한 웃음을 짓는다.

"그래 너희들이 좋다면 굳이 반대할 이유가 없지."

곁에 있는 혜숙이 어머니는 고개를 젓는다.

"네가 농사짓는다고!"

"왜? 혜숙이는 못해?"

혜숙이 아버지 정 선생이 부인을 보면서 반문을 했다.

"직업에 무슨 귀천이 있나. 무슨 일이든지 자기가 하고 싶어 하는 일은 괜찮아. 농촌도 얼마든지 비전이 있고 희망이 있지. 그리고 철학이 있어. 나는 승낙을 한다. 당신도 승낙해!"

아내를 바라보면서 부탁하는 정 선생이 다시 말을 잇는다.

"이 사람들 인생을 우리가 대신 사는 게 아니잖아? 그리고 내가 하고 싶은 이야기는 무엇을 하든 최선을 다하는 사람, 욕심을 버리고 순리에 복종하고 가진 것만큼 만족하고 감사할 줄 아는 사람이 되어주기 바란다. 그게 바로 농자지대본이야. 내가 감동 받은 게 있다면 요즘 농촌 젊은이들이 장가 가기 위해 자존심을 버리고 도시 나가서 취직을 한다고 할 건데 농사를 짓겠다는 자신만만한 대답에 인정을 하고 싶고 확고한 인생관이 정립 되어 있는 사람이라는 것을 알았다. 됐어. 합격이다!"

말을 마친 정 선생이 환한 웃음을 짓는다.

"예 감사합니다."

예측은 했었지만 너무나 감격적인 순간이다.

민수는 벌떡 일어나 혜숙이 아버지와 혜숙이 어머니에게 큰절을 올렸다.

"부모님들의 기대에 어긋남 없이 잘 살겠습니다. 그리고 자신 있습니다."

민수의 야심 찬 표정에 혜숙이 아버지 정 선생은 고개를 끄덕이며 만족해했다.

고향으로 돌아온 담배집 영감 부부

이튿날. 양지쪽 개울가에 잔설이 녹아내리는 소리는 이른 봄을 부르고 있다. 아직 들에 나가기는 서글프고 쌀쌀하다. 아침 일찍부터 홍씨는 점방집에서 이토수를 기다리고 있다. 마침 이토수가 들어선다.

홍씨는 이토수를 옆 자리로 불러 앉힌다.

"자네에게 물어볼 게 있어서"

아무 영문도 모르고 들어선 이토수는 심각한 홍씨 얼굴을 바라본다.

"뭔데?"

"내가 잘못 알아듣지는 않았는데…"

잠시 머뭇거리던 홍씨는 낮은 소리로 조심스럽게 이야기를 꺼낸다.

"선혜 저 아부지 이야긴데…"

"그래 이야기 해봐!"

필시 무슨 일이 있음을 직감한 이토수는 홍씨 곁으로 바싹 다가앉아 귀를 기울인다.

"지난 장날 읍에서 건너들 조갑생이한테 들었는데 그 친구가 서울서 담배집 영감을 만났다고 그래."

"그래서? 이야기 해봐."

"그 친구가 헛말 할 사람이 아니잖아?"

홍씨도 조갑생이 하는 말이 믿어지지 않는지 다시 확인을 해본다.

"그럼 헛말 할 사람이 아니지."

"병선이 사업이 뭐 잘못 됐는가?"

"왜?"

이토수는 더 궁금해진다.

"서울 올라 온 것을 큰 후회를 하드란데. 자네한테는 아무런 이야기가 없었는가?"

속삭이듯 홍씨가 나지막한 말로 묻는다.

"후회를 하다니 그게 무슨 말인데?"

이토수는 의아한 얼굴로 홍씨를 바라보며 다시 되물었다.

"아니 자네도 모르는 일인가?"

"그럼 전연 모르는 일인데."

이토수는 이해할 수 없다는 뜻이 고개를 갸웃거린다.

"다시 시골로 내려올 작정을 하고 있더란데."

"그럴 리가 없을 건데. 사우가 큰 아파트까지 장만했다면서 모시고 갔는데!"

"그래 나도 그래 알고 있지! 조갑생 말을 들어본게 사우 일이 뭐 잘못된 것같이 이야기를 하드라고. 그래서 자네는 잘 아는가 싶어서 물어보는 걸세."

"전연 모르는 일인데? 서울 간 지 얼마 된다고? 그럴 리가 없는데! 참 이상한데!"

이토수는 계속 고개를 갸웃거리고 있다.

"이야기하는 기 담배집 영감 이야기구만."

점방집 아줌마가 끼어든다.

"뭐? 잘 못 들었겠지! 참말로 그러면 영감 늦게사 욕보는 거 아니라? 큰일 났구만! 서울 딸네 집에 가서 산다고 자랑까지 했는데! 땅 다 팔아가지고 가서 무슨 꼴이라!"

"그래 말이야."

허탈하고 답답한 이토수는 믿어지지가 않는다면서 고개를 계속 저으면서 생각에 잠긴다.

"어떡하지?"

점방집 아줌마는 걱정스런 얼굴로 이토수 표정을 살핀다.

"뭘 어떻게 해?"

이토수는 대단찮게 말을 하지만 그렇게 밝은 표정이 아니다.

듣고 있던 갈골영감이 원망스런 표정을 지으면서 한마디 한다.

"딸 시집이나 보내지 서울은 뭐 하러 따라가!"

"영감님도 잘 알민서. 가고 싶어 간 기 아니잖아요. 그 영감 여기 떠나면 죽는 줄 아는데 안 갈라고 그랬지만 할마이 딸 따라가고나만 혼자 조석 때문에 할 수 없이 따라갔잖아요."

점방집 아줌마가 안쓰러운 얼굴로 갈골영감님을 바라본다.

"해먹지 뭐! 요새 모도 할마이 죽어만 아들 안 따라가고 해먹는 영감들 많든데."

"그 영감 두고 갈 할마이가 아니잖아요."

"영감이 암만 가기 싫어도 영감 마음대로 되나, 할마이한테 달렸지. 내가 알기로는 선혜 저머이가 서둘러서 땅도 팔고 했다는데."

갈골영감 말에 점방집 아줌마가 수긍한다.

"그래 맞아요."

"저래 되면 할마이 원망 많이 듣겠구만?"

"원망할 영감도 아니고 또 원망하만 뭘 해? 이제 와서 어느 누구를 원망해도 다 소용없는 일! 영감 체면이 말이 아니구만."

"그래 맞아요."

점방집 아줌마가 끼어들어 지껄이는 게 이토수는 듣기가 거북했는지 못 마땅한 얼굴로 방문을 열고 나갔다. 담배집 선혜 아버지 소문이 마실에 파다하게 퍼지자 떠버리 광동댁은 이 톱뉴스를 놓칠세라 발걸음이 바빠졌다.

민수 집에 들렸다. 거기 가야 마실 나온 부인들을 만날 수가 있다. 광동댁이 방에 들어서자 판덕이 어머이가 반긴다.

"마침 잘 왔네."

"왜?"

궁금한 얼굴로 판덕이 어마이를 보고 있다.

"담배집 영감 이야기 알아?"

판덕이 어마이는 담배집 영감 이야기를 들었지만 확실한 내용을 알고 싶었다. 같이 있던 부인네 시선이 광동댁에게로 모여들었다.

"선혜 신랑 회사가 처녀들을 일본으로 팔아먹는 회사라는구만."

어디서 들었는지 눈치 살필 틈도 없이 나오는 대로 지껄여 댄다.

"그게 무슨 말이라?"

깜짝 놀란 방 안 부인네들은 무슨 말인지 몰라 다시 묻는다.

"처녀들 취직시켜준다고 일본으로 데리고 가서 술집으로 팔아먹는 회사라는데."

민수 어머니는 놀란 얼굴로 되묻는다.

"뭐? 왜 그런 끔찍한 소리를 해! 뭣을 확실히 알고 떠들고 다녀. 마구 지껄이다간 큰일 나!"

"참말이라! 선혜 신랑은 영창에 들어갔다는데."

광동댁은 선혜 집 이야기를 무 잘라 먹듯 마구 지껄여 댄다.

"참말로 그러면 두 늙은이들 어떡하지 큰일 났는데."

갈골댁이 걱정을 한다.

태평양민간교류단은 한국여성을 일본 요정으로 알선해 주는 회사였다. 나라에서 단속을 하자 입건 구속이 된 병선이 사업은 하루아침 이슬로 사라졌다.

한편 선혜는 봉두난발로 법원으로 변호사 사무실로 쫓아다니지만 좀체 풀릴 기미가 보이지 않았다. 담배집 영감 부부는 한숨으로 반복되는 나날을 보내면서 병선이 풀려나오기만을 기다리고 있다.

"그래 팔자에 없는 호강을 할라고 생각한 내가 잘못이지.

후후… 이게 무슨 꼴이람?"

사위 걱정도 걱정이지만 사위 따라 올라온 것이 얼마나 후회가 되는지, 말을 잃어버린 선혜 아버지는 거실에서 무료한 시간을 담배로 보내고 있다. 같이 앉아 의논할 사람도 없고 하소연 할 데도 없다. 걱정해주는 사람은 물론 흉보는 사람도 없다. 할마이도 영감 속 썩는 줄은 모른다. 답답하고 막막하다.

할마이는 긴 한숨으로 넋두리처럼 중얼댄다.

"여보, 우리는 어떡하면 좋아?"

며칠을 거실에 처박혀 답답한 심정으로 말을 건네 보지만 영감은 눈길 한번 주지 않고 창 너머 먼 고향 하늘만 하염없이 바라보며 종일 있어도 말 한마디 없는 날이 많았다. 조금 맞지 않으면 고함을 지르던 영감이 며칠을 입을 다물고 있다. 저렇게 변할 수가 있을까? 사위 걱정도 걱정이지만 영감 걱정이 보통 일이 아니다. 불만도 불평도 아무런 반응이 없다. 마음이 저렇게 급작이 변할 수가 있을까. 선혜 어머니는 별별 생각이 다 들었다. 짜증도 내보고 달래도 보고 하지만 영감은 가끔 언짢은 신음만 토해낸다.

나이가 많아 이제 힘겨운 농사일 그만 접고 남은 여생을 자식들 곁에서 편안하게 보내려고 서울로 따라 올라온 것이 이게 무슨 꼴이람! 고향 사람들 보기도 그렇고 살아온 것이 부끄럽다. 지금까지 다 헛살아 왔구나!

　침묵으로 마음을 달래고 있지만 돌아오는 것은 후회뿐이다. 보름이 되도록 이런 날들을 보낸 영감님은 막연하게 이대로 앉아 기다릴 수는 없다.

　설마 설마 하고 시간을 두고 기다려 왔지만 사위 병선이 일이 좀체 풀릴 기미가 보이지를 않는다. 감옥살이가 다른 게 아니라 이게 바로 감옥살이다. 하루 이틀에 끝날 일도 아니고 하루라도 빨리 여기를 떠나는 것만이 해법이라고 며칠을 두고 고민해온 결론이다.

　며칠이 지난 어느 날. 언제나처럼 창밖 먼 하늘만 바라보던 눈길을 할마이를 향해 돌렸다. 할마이는 며칠을 두고 밤잠을 설친 피곤한 얼굴로 소파에 앉아 졸고 있다. 그런 할마이를 멍하니 돌아보고 있는 순간 만감이 스쳐간다.

　"여보!"

　놀란 듯이 눈을 뜨고 바라보는 할마이가 안쓰럽다.

　"일이 어느 정도 풀리는 거 보고 말 할라고 했는데 내가 답답해서 안 되겠네. 우리 아무 말 말고 고향으로 내려가세."

　"뭐를?"

　할머니는 눈을 휘둥그레 가지고 놀란 얼굴로 영감을 바

라보면서 고개를 흔든다. 더 버티지 못한 무거운 입을 연 영감님의 비장한 각오가 된 목소리였다.

"솔잎 먹는 송충이는 솔잎 먹고 살아야지 우리가 이제 팔자에 없는 호강을 받겠다고 마음먹은 게 너무 사치스런 생각이었네. 고향사람들 보기가 아주 우스운 꼴이 됐네. 우리 처지를 감출 길도 없고 감출 필요도 없어. 수치스럽고 창피하지만 그런 거 따질 때가 아닐세. 여기는 금은보화가 생기고 꽃방석에 앉힌다 해도 우리가 있을 곳이 못돼. 의논할 이웃이 있는가, 얼마나 냉정한가? 하루를 살다 죽더라도 사람 냄새나는 고향으로 내려가세."

산골사람이 하늘만 바라보고 땅만 뒤지고 평생 살아온 이력이 전부인 촌 영감이 서울이란 환락의 구렁텅에 빠진 지친 음성이 몹시도 처연히 가라앉아있다.

영감님의 턱수염은 며칠을 안 깎았는지 얼굴은 몹시 수척해보였다. 그간 쌓였던 감정을 쏟아내자 며칠 두고 영감님을 걱정해오던 선혜 어머니는 너무나 놀랍고 반가워 눈물이 왈칵 쏟아져 내렸다. 그러나 고향으로 가자는 데는 선뜻 대답을 하지 못하고 말없이 고개만 저었다.

"우리가 이 꼴로 고향에 가면 고향사람들 볼 면목도 없고 또 자들은 어떡하고?"

할마이는 난감한 얼굴로 고개를 흔든다.

"안 그래도 딸은 우리가 걱정할까봐 곧 해결이 된다면서 우리 앞에서는 표정 하나 바꾸지 않고 안심을 시킬라고 애를 쓰고 있는데 겉으로는 저래도 속이 얼마나 타겠어. 생각하면 아치러워 죽겠는데 저래 두고 어디를 떠나요? 우리가 속이 상하더라도 참고 견디 주어야 하지 않겠어요?"

이야기를 듣고 있던 영감이 한숨을 푹 내쉬면서 고개를 끄덕인다.

"그래서 내가 며칠을 고민해도 답이 나오지를 않아! 하도 답답하니까 이 꼴 저 꼴 안 볼라고 그래는 거지!"

"우리가 여기를 떠난다고 걱정이 안 되겠어요?"

잠시 생각에 잠겨있던 영감은 입을 다문 채 가볍게 고개를 끄덕이고 있다.

"할마이 말이 맞아. 그런데 그렇게만 생각할 것이 아니라 집에 들어오면 우리 눈치봐야하고 나가서 변호사 사무실 들락이다 보면 스트레스 많이 받아 마음 놓고 쉴 만한 공간이 없잖아요. 가끔 친구들하고 같이 앉아 수다도 하며 스트레스 풀 만한 공간을 비워주는 것도 괜찮아! 시골에 가서 바람 좀 쐬고 오겠다고 하고 내려가도록 해봐! 딸도 말리지는 않을 거야."

영감은 딸한테 자극 주지 않고 어떡해서라도 여기를 벗어나고 싶은 생각이다.

"그래야 그 애도 우리도 다 편해!"

마실 사람들 배웅을 받으면서 인제 이래 가면 또 만나겠는가. 할마씨들 눈물을 비치며 서울로 떠났던 담배집 영감 할마이는 석 달 만에 다시 돌아왔다. 그래도 다행인 것이 영감 할마이가 기거할 집을 팔지 않은 것이 큰 다행이다.

달랑 옷 보따리 하나 들고 읍내 버스정류장에 내린 영감 할마이는 소문이 분분히 나돌고 있는 마실 사람들의 시선이 부끄러워 시내버스를 타면 마실 사람들 만날까봐 택시를 타고 마을로 들어왔다. 차가운 겨울 날씨라 마실 사람들이 마침 보이지 않았다.

석 달간 비어있던 빈집이 서글프고 썰렁하지만 그래도 내가 평생을 살아온 집이라 포근하고 따뜻하기만 하다. 방에 불을 넣고 쓸고 닦고 했다. 멈추고 있던 굴뚝 연기가 마실 사람들에게 알리고 있다.

저녁을 먹은 쑥밭골댁이 광동댁에 들렀다.

"담배집 영감 할마이가 왔다면서?"

"응. 나도 이토수댁에 들었어. 같이 가봅시다."

저녁이 되자 마실 할마씨들이 한 두 사람씩 모여 들고 있다. 떠버리 광동댁, 쑥밭골댁, 이토수댁, 판덕이 어마이, 홍씨 부인…

민수 집에는 입춘대길이 왔는데…

 민수 어머니는 남 먼저 알릴 사람이 있다. 저 아버지 죽고 나서 외롭고 힘들 때마다 힘이 되어주었고 무슨 말을 해도 부담 없이 민수 어머니에게는 편한 점받이 할머니였다. 민수 결혼 문제로 늘 같이 걱정해온 점받이 할머니 생각이 났다. 민수 색시 구한 이야기하면 엔간히 좋아할 긴데!
 반가워할 할머니를 생각하면서 빠른 걸음으로 동구나무 걸 점받이 할머니 집에 들렸다. 그런데 벌써 떠버리 광동댁이 와서 민수 어머니가 할 이야기를 보고 들은 대로 생각나는 대로 보따리를 풀어놓고 신나게 떠벌리고 있다.
 저 여편네가 입에 담아 놓고 가만히 있을 리 없지.
 그간 쌓인 한풀이를 하려고 작정하고 부리나케 왔는데 김이 새버렸다.

점받이 할머니가 민수 어머니를 반가운 얼굴로 맞는다.

"축하하네. 그렇잖아도 여기 광동댁한테 이야기를 잘 듣고 있네. 이제 우리 민수 엄마 원 풀었다. 그런 거 보면 다 배필이 있는 기라. 그래, 그 색시가 여기 살았다면서?"

"예. 옛날 분교 있을 때 정 선생이라고 있었는데 그 선생 딸이랍니다. 색시도 그때 여기 살았던 기억이 나는지 한번 왔다갔어요."

"그래. 잘 됐네. 간호사라면서. 대학교도 나오고? 요새 처녀들 촌으로는 안 올라고 하는데 촌에 살아보지도 않은 사람이 더구나 대학교까지 나온 선생 딸이라면서?"

할머니는 속으로 조금 의심쩍은 생각이 들기도 했다.

"예. 그렇잖아도 촌에 살아보지도 않은 사람이 촌에 와서 살겠나 생각이 들어 저한테 물어봤지요. 자기 큰집이 촌에서 과수원을 하는데 잘사는 모양이래요. 아들 학교 다 시키고 재미있게 사는 것을 보고 농촌에 살고 싶었대요. 저래 간호원 생활을 하면서도 시간만 나면 친구들하고 촌에 나가 일손 돕기 봉사를 해 왔답니다. 도시 생활에 싫증을 느낀 모양이지요."

"그래만 됐어."

민수 어머니 말에 고개를 끄덕인다.

"그래. 옳게 된 사람이야 촌이만 어떻고 도시만 어때! 사람 나름이지. 하도 세상도 별에 별 사람이 다 있으니까 걱정스런 생각이 들어서. 그런데 민수 집은 입춘대길이 왔는데 저 담배집 이야기를 들어보니까 기가 막히는구만. 무슨 일이 그런 일이 다 있어? 허욕이 사람 잡지. 그냥 시집이나 보내지 뭐 하로 따라 올라가서 저 지경으로 내려와 동네 우사 다하고 저게 무슨 꼴이람! 시집 잘 보낸다고 그 야단을 쳐디만. 쩌쩌… 영감 할마이 비랑 거지 됐구만. 늦 팔자 말이 아니구만!"

"가고 싶어 간 것도 아니잖아요. 데리고 있던 막내딸 치우고 나면 얼마나 허전하고 적적하겠어요. 나이는 많지, 농사도 못 짓겠지, 걱정을 하던 차 마침 사위가 모시겠다고 하니까 따라갔지. 영감도 서울 가면 깝깝해서 못 산다고 가기 싫은 걸 할 수 없이 따라 올라간 걸로 알아요. 누구라도 다 따라가지, 저래 될 줄 알았나요?"

민수 어머니는 사정이 딱하다면서 남한테 듣고 느낀 대로 이야기를 한다.

"그래 형편은 그렇지만 하도 딱해서 하는 말이지."

점받이 할머니는 못내 안타까운 표정이었다.

"그래 말이요. 사람팔자 누가 알아요? 촌으로는 시집을 안 보낸다면서 그렇게나 그래드니. 서울 따라 올라가서 저래 돼가지고…"

"광동댁 그런 소리 하지 마!"

민수 어머니는 광동댁 말을 막아버린다.

"딸 가진 사람 누구라도 좋은 데 보내고 싶지 촌구석에 고생시킬라고? 다 욕심을 갖게 돼. 아들 가진 사람도 마찬가지고. 그 영감이 어떤 사람이라 몇 대를 이 마을에서 고집스럽게 살았고 평생을 다른 데 나가 본 적이 없는 사람이 오죽하면 따라 갔겠느냐고. 애지중지 키운 막내딸 데리고 살다 보내고 나면 얼마나 쓸쓸하고 허전하겠어. 나이 많아지니까 마음도 약해지고 변하는 모양이라… 나이 이기는 장사 없어. 따라간다고 할 때 마실에서 그 영감 마음 변했다고 모도 그랬잖아."

"그래. 민수 점마 말이 맞다. 근데 민수 잔치를 언제 할라는가?"

"예. 그래 의논 좀 하고 싶어서요?"

"의논하고 말고 없이, 요새는 예식장 마음대로 하니까 꽃 피고 새 우는 손 없는 따뜻한 날 만물이 약동하는 봄의 기를 받아 하면 좋아. 그러니까 봄에 하면 돼."

*
이듬해 봄

잔설이 녹아내리기 시작한다.
산골짝 개울물이 깊은 잠에서 깨어나 조잘댄다
앞산 뻐꾸기
뒷산 소쩍새
무논 개구리

터져 나오는 새싹들
새로운 생명들의 산고(産苦)가 시작된다
봄은 바쁘다
앉은뱅이 꽃등에 졸고 있는 노랑나비
어느새 봄은 성큼 다가선다

잔칫날

 구봉산 기슭 산골마을에 장밋빛 햇살이 부챗살처럼 펼쳐지는 활기 넘치는 아침. 봄의 기쁨을 안고 이장 스피커 방송이 쾌청한 아침공기를 가른다.
 "동민 여러분 안녕하십니까? 이장입니다. 오늘 우리 마실 강민수 결혼일입니다. 읍에 있는 황실예식장에서 오후 2시 예식이오니 모두 참석하여 민수 결혼을 축하하여 주기 바랍니다. 예식장 차가 11시경에 동구나무걸에서 출발할 예정이오니 참고하시기 바랍니다."
 방송이 끝나자 동네는 설레기 시작한다. 동네잔치라곤 몇 십 년 만에 있는 일이라 온통 마실은 축제 분위기로 들떠있다.
 아침밥이 끝나기 바쁘게 떠버리 광동댁은 동구나무걸에

나와 설치고 있다. 마실에 잔치나 큰일 있으면 떠버리 광동댁은 괜히 바쁘다. 빨간 입술에 까맣게 그린 눈썹 아직 염색 냄새가 풍기고 있는 파마머리는 유독이 까맣게 보였다. 지난 가을에 읍 체인점에서 구입한 양장 옷을 오늘 같은 잔치 날이 아니면 입을 기회가 없었는데 기다리기라도 했듯이 차려입고 나섰다. 마을 사람들이 한 사람 한 사람씩 나오고 있다. 나오는 사람마다 광동댁 의상에 눈길이 한 번씩 간다.

"아이구 멋쟁이 아줌마! 오늘 어디 영감 하나 꼬사볼라고?"

뚝바리 홍씨가 광동댁을 보고 장난을 청한다.

"언제부터 영감 구해 준다드니 소식이 없어! 아저씨 믿다가는 안 되겠어. 오늘 하나 구해 볼라고 작정하고 나왔는데 하나 걸릴런지 모르겠네."

기다리기라도 했듯이 광동댁도 같이 하 하 웃어댄다.

마침 이토수가 나오다 걸음을 멈추고 광동댁을 바라보고 있다. 농을 좋아하는 이토수 저 입에서 또 무슨 말이 나올까? 마을 사람들의 시선은 이토수를 향하고 있다.

"야 아!! 어얀 신사 아주머니인가 보는 중이라."

이토수는 아주 능청스러운 표정으로 바라보고 있다.

"아주 젊어 보여! 오늘 잘됐네. 동네사람들 모인 김에 또 잔치 한번 벌리 보세. 이장 어때?"

눈길을 이장한테 돌린다.

"예. 좋지요. 아줌마 생각은 어때요?"

"어떻고 말고 말로만 하지 말고 영감이나 구해와. 이장이 뭐 하는 사람이라? 마실 사람들 애로사항을 해결해주어야지."

"예 예. 알았습니다. 이장이 해결해드리겠습니다. 키 큰 영감을 구할까? 작은 영감을 구할까?"

"기왕 고르는 거 좀 큰 기 났지."

"예 알았습니다. 뚱뚱한 사람을 구할까? 날씬한 사람을 구할까?"

"좀 날씬해야지"

"예. 알았습니다. 나이는?"

"나이는 나보다 적고 싱싱해야지."

"예. 알았습니다. 돈은요?"

"돈이 많아도 쓸 줄 모르만 있으나 마나고 돈 쓸 줄 아는 사람."

"예. 알았습니다. 인물은요?"

"좀 빤질빤질한 거"

"예. 알았습니다. 또 더 고르실 거 없습니까?"

"없어요."

"예 알았습니다. 참! 코는요?"

"몰라! 크든지 작든지 데리고 와봐!"

이장은 고개를 굽실거려 가면서

"즉시 구해오겠습니다."

곁에서 듣고 한참 웃어대던 이토수 부인이 한수 더 뜬다.

"지랄 하네! 지까이한테 돌아갈 기 어데 있어?"

마을 부인네들이 하 하 웃어댄다.

"가만히 있자. 어디 가만 돈 있고 싱싱한 영감을 구하나?"

이장이 고개를 갸우뚱한다.

"걱정 마. 경로당 가면 입맛대로 고를 수 있어. 쓸 만한 양복쟁이 홀아비 하나 구해올게."

이토수 말이 떨어지자 광동댁이 펄쩍 뛴다.

"에이 싫어! 싱싱해야지. 비슬거리는 영감 뭐! 송장 치룰라고!"

주위 사람들이 하 하… 한바탕 웃어댄다. 광동댁도 따라 웃는다. 나이가 거의 비슷하기에 만나면 서로 농을 해왔다.

시간이 가까워지자 마실 사람들은 한 사람 한사람 예식장 차에 올랐다. 출발 시간이 되자 차에 올라선 이장은 인원 파악 겸 눈도장을 찍어 놓는다. 식을 마치고 돌아올 때 혹 빠진 사람 생길까봐. 지난봄 마실에서 버스를 대절해서 바닷가 여행을 갔다 인원 파악이 잘못돼서 한 사람 빠트리고 온 예가 있기에 이장은 작심하고 인원 파악을 한다.

차가 출발하자 웅성이던 마실 사람들은 약속이나 한 듯이 조용히 입을 다 문 채 차창 밖 스쳐가는 들녘에 시선을 주던 사람 태반이 졸고 있다. 떠들어 대던 광동댁도 이토수도 홍씨도…

차는 장석걸을 돌아 초록으로 물들어가는 버드나무 숲길을 지나 들판 길로 들어섰다. 들판 길 따라 고개 길 넘어선 차는 잠시 후 시내에 진입하여 예식장에 도착했다. 벌써 예식장 앞에는 하객들이 웅성이고 있다.

예식장 입구에는 동민 화환과 초등학교 동창 화환이 식장을 빛내주고 있다. 하루 전에 온 서울 외삼촌과 외숙모는 일가친척들을 안내하고 있다. 진해 큰 이모가 들어서자 대전 막내이모 현숙이가 따라 들어온다.

막내이모 현숙이는 민수 어머니를 잡고 눈을 붉히며 축하의 말을 건넨다.

"언니한테 이런 기쁜 날이. 축하해요."

"그래 고맙다."

민수 어머니 밝은 표정에 현숙이 막내이모는 만족스러운 미소를 띤다. 민수 손을 잡는 하객들마다 한결같이 어머니가 얼마나 기뻐하시겠나 하며 축하와 격려 속에서 예식이 시작되었다.

"밖에 계시는 하객 여러분 자리로 들어와 앉아 주십시오. 곧이어 식이 시작되오니 장내 정리를 부탁드립니다."

사회자 말에 이어 주례 선생을 등단시킨다. 주례선생이 등단한다. 주례선생은 평소 존경해오던 퇴직한 김갑수 선생님이시다. 신부 혼주석에는 정선생 내외분이 앉아있고 신랑 혼주석에는 민수 어머니 혼자 외로이 앉아있다.

"신랑 입장"

민수는 하객을 뚫고 개선장군처럼 늠름한 모습으로 주례 선생 앞으로 들어선다. 여태껏 보지 못했던 민수의 당당한 모습에 하객들의 우레와 같은 박수가 터져 나왔다. 특히 마실 사람들 박수소리는 그칠 줄을 모른다. 주례석 앞에 서있는 민수가 대견스럽다.

얼마나 기다렸던 세월이었던가! 민수 어머니 눈시울이 촉촉이 젖어들었다.

"민수야 고맙다. 장가 못 간다고 미워했던 내가 미안하다. 애비 없는 자식 소리 들어가면서도 기죽지 않은 당당한 너의 모습에 이 어미는 얼마나 고마운지 모른다. 나는 이제 눈을 감아도 한이 없다."

식장은 감격적이고 엄숙한 가운데 김갑수 선생님 주례사가 시작된다.

"오늘 신랑 강민수 군과 신부 정혜숙 양의 결혼을 축하하여 주기 위해 멀리서 또 가까이서 참석하여주신 하객 여러분! 신랑 신부 양가를 대신해서 우선 감사의 말씀을 드립니다. 구봉리 마을에 잔치가 참 오래만입니다. 온 마을 사람들이 축하하여 주기 위해 오늘 이 자리에 모두 나왔습니다. 마을 여러분들의 열렬한 축복 속에 결혼을 하게 되어 더욱 반갑습니다. 젊은이들이 농촌을 버리고 화려한 도시로 떠나는 오늘날 농촌을 지켜보겠다는 민수 군의 결심은 우리 모두에게 감동을 주고 있습니다. 민수 군이 선택한 이 길은 결코 아름다운 무지갯빛만 있는 꽃길이 아닙니다. 험한 가시밭길이 있을 것이며 때로는 좌절이 앞을 가릴 때도 있을 것입니다. 그러나 강민수 군과 뜻을 함께한 신부 정혜숙 양이 있기에 결코 외롭지 않을 것이며 어떠한 어려움에도 좌절하지 않을 것입니다. 이겨나갈 저력을 갖춘 꿈이 있고 철학을 갖고 있는 두 젊은이기에 구봉리에 새로운 상록수가 탄생됨을 의심치 않습니다.

만경창파(萬頃蒼波) 뱃길에 오른 이 두 사람의 장도를 빌어주고 축하해주는 힘찬 박수와 격려를 부탁드립니다."

박수가 터져 나왔다.

"끝으로 하고 싶은 말은 우리는 하루라는 시간이 주는 소중함을 잊어버리고 살고 있기에 사랑할 수 있는 하루가 계속될 것 같고 그렇기에 사랑의 표현이나 관심은 뒤로 미루고 살고 있습니다.

사랑은 미루는 게 아니라 바로 실행하는 것입니다. 사랑을 아끼는 두 사람이 되지 말고 먼저 퍼주는 사랑이 넘치는 가정이 되어주기 바랍니다. 감사합니다. 이 두 사람 앞에는 반드시 밝은 날이 있으리라 믿습니다."

주례사가 끝나자 신랑 신부가 내려와서 신부 부모님께 먼저 절을 하자 장인이신 정 선생님은 민수 손을 덥석 잡으면서 답례를 해주었다.

"그래 축하한다. 서로 사랑하고 아껴주는 부부가 되어 열심히 잘살아 주기 바란다. 그리고 어머니께 잘해라."

이번에는 신랑 혼주석을 향했다. 얼마나 힘겹게 살아왔는지 그 고왔던 어머니 얼굴은 어디로 가고 관절염에 불구가 된 왜소한 모습으로 신랑 혼주석을 지켜주신 어머니이다.

*

어머니

모계유추(母鷄幼雛)처럼
대문 밖 눈길을 잠시도 놓지 않고
애태워 기다리는 어머니

당신은 여자가 아니라 어머니입니다

젖가슴에서 흘러나오는 샘물보다 깊은 모정
불면 날아갈까 잡으면 터질까
애태우시며 살아온 어머니

눈물도 괴로움도 혼자 삼키시면서
손바닥 닳도록 키워주신 어머니
끝없는 모정은
언제나 포근한 고향이요 안방입니다

어머니 어머니
불러보고 또 불러 봐도
어머니는 눈물의 고향입니다.

외로움을 지켜 오시고 그리고 나를 지켜 주신 어머니.
평생을 자식을 위해 희생하시고 봉사해 오신 어머니!
장가 못 갈까봐 자나 깨나 걱정해 오신 어머니!

고맙습니다.
어머니의 인생은 언제 어디 가서 찾으시렵니까?

감사합니다.

감사합니다.

식이 끝나자 하객들이 빠져나가기 시작한다.

"민수 저머이 장가 못 보낼까봐 그 애를 써디만 어디서 저런 좋은 색시를 구했지?"

누군가 서로 주고받는 이야기가 민수 어머니 귓전으로 생생하게 들려왔다.

카메라 플래시가 터진다.

〈끝〉

발문

농촌에 대한 현실 인식과 전환

박찬선(시인, 낙동강문학관장)

　류장묵 동문(송설)이 소설을 쓰고 있다는 것을 안 지 오래되지 않았는데 장편소설집을 낸다는 말을 듣고 놀라지 않을 수 없었다. 한 작가의 탄생은 역사적인 일이요, 축복받을 일이다.
　류 작가는 시와 소설 양과에 등단을 했으나 주변에 전혀 알리지 않고 묵묵히 창작에만 몰두해 왔으니 과묵한 의지가 남다르다고 하겠다. 지역 문학인들의 모임이나 문학 행사에 눈길을 주지 않고 오로지 창작의 길에만 정진해 온 것이다. 하기야 작품은 놉을 해서 될 일도 아니요, 어울린다고 해서 될 일도 아니며, 오로지 자기와의 싸움에서 얻어진 결과일진대 일찌감치 작가의 자세를 터득했다고 보는 것이 좋겠다.

2017년 11월호 월간 『문학바탕』에 「구봉리 사람들」로 신인문학상을 받고 당선 소감에서 "고등학교 시절 자취방에서 친구들과 서로 장래 꿈 이야기 한 적이 있었다. 그때 나는 소설가가 되고 싶다고 했다. 그 뒤 오랜 세월이 흐른 지금에야 그 꿈을 이루게 되어 한량없이 기쁘다."고 밝혔다. 작가는 하루아침에 나타나는 것이 아니다. 나무가 나이테를 쌓으면서 자라나듯이 작가는 세월의 퇴적과 함께 인생의 경험이 쌓이면서 탄생한다. 그런 면에서 작가의 생활 공간과 현실 인식은 중요성을 띤다.

　"순박하게 살아가는 촌(村)사람들의 애환(哀歡)을 그려보고 싶었다."고 밝혔듯이 류 작가는 한적한 농촌에서 태어나서 학창시절을 제외하곤 농촌에서 생활하고 있는 전형적인 농촌 사람이다. 영농과 함께 평통자문위원, 농촌지도자, 도의회 의원, 조합장 등 직간접으로 농촌과 연관된 봉사를 해오셨다. 누구보다 농촌의 정서와 실태를 잘 알고 있는 사람이다. 이것은 류 작가가 농촌소설을 쓸 수밖에 없는 생태적이자 환경적 요인이 되고 있다. 여기에 류 작가의 인생관과 세계관 내지 적확한 상황 판단과 문제 제기는 농촌문제의 절박함을 일깨우고 있다.

  농촌이 지금 사라지고 있다. 농촌의 소멸이 눈앞에 전개되고 있다. 농촌인구 감소는 산업화가 시작되면서 뒤따랐다. 젊은이들은 농촌을 떠나 산업현장인 도회로 나갔다. 남은 사람은 늙은이들로 농촌의 노령화가 가속화되고 있다. 노인들만 사는 농촌, 빈집에 폐가가 늘고 공동(空洞)의 썰렁한 바람이 불어 적막감을 느끼게 한다.
  류 작가는 이렇게 절박한 농촌에 살면서 농촌 이야기를 소설로 형상화하고 있다. 귀농과 귀촌, 농촌 총각의 결혼, 자연재해, 농정, 영농 일지(성공과 실패), 대인 관계, 전통질서의 붕괴, 세대 간의 갈등, 사고의 변천 등 농촌에서 일어나고 있는 크고 작은 일들이 조목조목 담겨 있다. 노인들이 사라지면 마을도 이야기도 모두 사라진다. 긴박하게 돌아가고 있는 2천년대 농촌의 실상을 적나라하게 보여준다. 누군가는 해야 할 일을 류 작가가 맡고 있는 셈이다. 『구봉리 사람들』은 우리 시대 농촌의 실태 보고요, 상황진단이며 조감도이다. 농촌은 우리 생활인의 모태요, 고향이며, 이상향이다. 농촌이 없으면 우리는 정신의 고향을 잃게 되고 삶이 무너진다.

류 작가는 우리 농촌소설의 맥을 잇는 작업을 하고 있다. 농촌 농민소설은 1920년대 중반부터 시작되었다. 일제의 수탈 정책 곧 조선을 식량 기지화하고 착취를 일삼게 되자 농민은 비참하고 기구한 삶으로 전락했다. 농촌사회의 고통과 궁핍한 생활상을 사실적으로 표현하고 흙에 대한 사랑과 집념, 애환과 믿음을 나타낸 농민소설로 이어왔다. 그 이후 낙동강을 이용한 병참로의 중심에 있었던 농촌 고을 상주가 있었고, 농민들이 부조리한 세태에 반기를 든 농민운동이 일어났던 상주가 있었다. 구봉리 사람들의 이야기는 구봉리 사람들에게만 국한된 것이 아니라 상주와 우리 농촌 전반에 대한 것이요, 우리 농촌을 대변하고 있는 백서라고 하겠다. 이런 차원에서 본다면 류 작가의 소설은 농촌에서 보내는 SOS 긴급 메시지이다.

우리는 정보화시대 AI와 챗GPT가 소설을 쓰고 인간의 지

능을 대행하고 있는 시대에 살고 있다. 변화의 기류는 하루가 다르게 급변하고 있다. 농촌도 예외일 순 없다. 과학영농으로 노동력을 줄이고 품질 향상과 생산 증대를 꾀하고 있다. 원격 조종이 가능한 기기의 사용은 당혹스럽기도 하나 조작과 판단의 주체는 인간이다. 여기에 새로운 이야기가 생산되고 있다. 귀농과 귀촌, 외국인의 노동력이 투입된 농촌은 어디로 갈 것인가? 해답은 전적으로 긍정적이지 않다. 조용히 사라지는 것을 보고만 있을 것인가? 그럴 수 없는 현실이, 온갖 고난을 겪으면서 뼈 빠지게 일궈 온 농부들의 희생과 정성을 저버릴 수 없다. 급박한 농촌에 대한 인식의 전환으로 활력을 일깨우는 중차대한 일을 류 작가는 작품으로 보여주고 있다.

　류 작가의 농촌 농민에 대한 극진한 사랑이 피폐해 가는 농촌을 돌아보고 현실극복으로 실현되었으면 좋겠다. 어려운 농촌에 대한 구원과 간구가 헛되지 않고 국민적 관심 속에 우리 삶의 요람이자 보금자리로 남아 찾아오는 아름다운 농촌으로 거듭나기를 바랄 뿐이다. 오랜 세월 동안 작품 완성을 위한 류 작가의 끈질긴 노고에 찬사를 보내며 『구봉리 사람들』의 출간을 진심으로 축하한다. 아울러 농촌 소설의 대가로서 대성과 문조 더욱 빛나시기를 기원한다.

장편소설

구봉리 사람들

초판 1쇄 발행일 2024년 6월 1일

지은이 류장묵
펴낸이 곽혜란
편집장 김명희
디자인 김지희

도서출판 문학바탕
주소 (07333) 서울시 영등포구 여의대방로 379 제일빌딩 704호
전화 02)545-6792
팩스 02)420-6795
출판등록 2004년 6월 1일 제 2-3991호

ISBN 979-11-93802-05-2　(03810)
정가 17,000원

* 이 책의 저작권은 저자에게 있으며 이 책의 전부 또는 일부를
　이용하시려면 저작권자의 서면동의를 받아야 합니다.
* 이 책은 국립중앙도서관, 국회도서관 홈페이지에서 검색 가능합니다.
* 문학바탕, 필미디어는 (주)미디어바탕의 출판브랜드입니다.